dtv

Nach dem tragischen Suizid von Priesteramtskandidat Matthias Sass findet eine Gruppe Jugendlicher den katholischen Pfarrer Heimeran erhängt unter einer Brücke. Für den vaterlos aufgewachsenen Matthias war Heimeran ein väterlicher Freund. Oder war er mehr als das? Einige schwerwiegende Indizien weisen in diese Richtung … Matthias' Mutter beauftragt den Münchner Privatermittler Anton Schwarz mit den Nachforschungen. Die führen ihn in das »Haus der Gnade«, eine katholische Einrichtung für jugendliche Straftäter im Kloster Steinsberg …

Peter Probst, 1957 in München geboren, studierte Germanistik, Italienische Literatur und Katholische Theologie in seiner Heimatstadt und in Rom. Er war Regieassistent, Regisseur und Dozent an Filmakademien und schrieb seit 1982 etwa neunzig Drehbücher, vor allem für Fernsehspiele und -krimis wie den ›Tatort‹. Mit seiner Frau Amelie Fried hat er die Kinderkrimireihe ›Taco und Kaninchen‹ verfasst, und er hat an ihrem Bestseller ›Schuhhaus Pallas – Wie meine Familie sich gegen die Nazis wehrte‹ mitgearbeitet. Peter Probst lebt mit seiner Familie im Süden von München.

Peter Probst

Im Namen des Kreuzes

Schwarz ermittelt

Kriminalroman

Deutscher Taschenbuch Verlag

Von Peter Probst
sind im Deutschen Taschenbuch Verlag erschienen:
Blinde Flecken (21195)
Personenschaden (21264)

*Ähnlichkeiten mit lebenden Personen
wären rein zufälliger Natur.*

**Ausführliche Informationen über
unsere Autoren und Bücher
finden Sie auf unserer Website
www.dtv.de**

FSC www.fsc.org
MIX
Papier aus verantwortungsvollen Quellen
FSC® C019821

Originalausgabe 2012

Umschlagkonzept: Balk & Brumshagen
Umschlagbild: Bernd Schumacher
Satz: Greiner & Reichel, Köln
Gesetzt aus der Aldus 10/12˙
Druck und Bindung: Druckerei C. H. Beck, Nördlingen
Gedruckt auf säurefreiem, chlorfrei gebleichtem Papier
Printed in Germany · ISBN 978-3-423-21350-9

1.

August 2008

Der Junge saß in kurzen Turnhosen auf der Couch. Er kratzte den Schorf an seinem rechten Knie auf. Langsam bildete sich ein Blutstropfen. Er wischte ihn weg und leckte den Finger ab.

»Was ich gefühlt habe? Nichts eigentlich.«

»Wirklich?«

»Ja.«

Der Mann im Sessel lächelte. Er war etwa sechzig, leicht übergewichtig, sein schütteres Haar hatte er kunstvoll über die kahlen Stellen drapiert. Der Junge starrte auf die kleine silberne Anstecknadel am Kragen seines grauen Hemdes: ein Buchstabe, ein ›M‹ in einem Strahlenkranz.

»Hast du denn nicht gedacht: Den mache ich jetzt fertig?«

»Ne, echt nicht. Der war ja viel größer als ich und sicher drei Jahre älter. Außerdem hatte er seine Kumpels dabei.«

»Aber er hatte dir deine Geldbörse abgenommen und dein Handy.«

»Und die goldene Halskette von meinem Bruder. Die hat er sogar absichtlich zerrissen.«

Die Stimme des Jungen überschlug sich.

»Ruhig, Patrick. Jetzt mach die Augen zu und versuch, dich zu erinnern: Was ist in dem Moment mit dir passiert?«

Der Junge schloss die Augen. Der Mann betrachtete ihn und zog dabei einen Mundwinkel nach oben.

»Ich … ich habe 'nen ganz heißen Kopf bekommen.«

»Lass bitte die Augen zu.«

»Ich habe gehört, wie das Blut in meinen Ohren pocht. Und dann habe ich nicht mehr richtig gesehen.«

»Es war wie in einem Tunnel?«

»Ja, genau, einem dunklen Tunnel. Und dann hat mir eine Stimme gesagt: ›Los! Spring ihm ins Kreuz!‹.«

»Was war das für eine Stimme?«

»Die von meinem Bruder.«

»Dein Bruder ist nicht mehr am Leben, soviel ich weiß.«

»Seine Stimme höre ich trotzdem.«

»Sie sagt dir, was du tun sollst?«

Der Junge schwieg und kratzte wieder an dem Schorf. Ein Blutstropfen rann langsam am Schienbein hinunter. Der Mann schob ihm eine Schachtel mit Papiertüchern hin und blätterte in einem Bericht. »Hier steht: Patrick K. griff seinem Opfer in die Haare und schlug dessen Kopf immer wieder auf den Betonboden.«

»Seinem Opfer«, sagte der Junge höhnisch.

»Du hättest ihn umbringen können, Patrick. Wolltest du das?«

»Quatsch, natürlich nicht. Außerdem haben seine Kumpels mich ja gleich von ihm weggerissen.«

»Die Zeit hat immerhin gereicht, um ihm Nase und Kiefer zu brechen.«

Keine Reaktion.

Mit einem Mal roch es angesengt, ein Nachtfalter war zu nahe an eine der Kerzen geraten. Der Junge beobachtete interessiert, wie das Insekt sich auf der Glasplatte des Couchtischs mit lautem Brummen um die eigene Achse drehte. Er holte aus, aber der Mann packte sein Handgelenk. Der Griff war erstaunlich fest.

Der Junge starrte ihn an. »He, lassen Sie mich los!«

Der Mann lächelte und gab seine Hand frei. Der Falter drehte sich langsamer und blieb schließlich liegen.

»Gut, Patrick, jetzt pass auf. Ich weiß, dass du zu diesen und anderen unschönen Vorfällen schon oft befragt worden bist – von deinem Vormund, deinem Betreuer in der Wohngemeinschaft, der Polizei, deinem Therapeuten und den Leuten im Jugendarrest. Es waren immer dieselben Fragen, und auch deine Antworten sind mit der Zeit immer ähnlicher geworden. Aber geändert hat sich nichts.«

»Ich habe gesagt, dass es mir leidtut.«

»Es tut dir leid. Und warum?«

Er hob die Schultern. »So halt.«

»Es tut dir leid wegen der Konsequenzen. Nur darum. Du tust dir selbst leid, weil deine Freiheit nach jedem solchen Vorfall ein Stück weiter eingeschränkt wurde. Aber du hast nie begriffen, dass du Schuld auf dich geladen hast.«

»Schuld? Bin ich schuld, wenn ich abgezogen werde? Und wenn einer die Halskette von meinem Bruder kaputt macht?«

»Bei dir sind immer die andern schuld, Patrick. Die haben angefangen, die waren in der Überzahl und sowieso viel älter als du. Und als ihr diesem Mädchen Gewalt angetan habt, bist du angeblich auch nur von den andern angestiftet worden. Du hast immer für alles Ausreden gehabt.«

»Es ist auch meistens scheiße gelaufen für mich. Das ist wie ein Fluch.«

»Ein Fluch?«

Der Junge machte eine Unschuldsgeste und grinste.

»Willst du noch was trinken?« Der Mann hielt ihm ein Glas mit Wasser hin.

Er trank es gierig aus.

»Du bist jetzt vierzehn, Patrick, und hast Erfahrungen gemacht, die andere in ihrem ganzen Leben nicht machen. Du hast Dinge getan, an die normale Jungen in deinem Alter nicht mal denken. Du bist verletzt worden und hast andere verletzt. Dein Leben war bis jetzt eine einzige schiefe Bahn, es ist immer bergab gegangen mit dir. Und du kannst drauf warten, dass das, was vor dir liegt, die Hölle ist. Es sei denn …«

Er machte eine Pause und fixierte Patrick.

»Es sei denn, du machst einen radikalen Schnitt. Ich nehme an, du weißt, dass das hier deine letzte Chance ist, Patrick. Wenn du es wirklich schaffen willst, wenn du irgendwann ein Leben führen willst, in dem du respektiert und geliebt wirst und dich in andere einfühlen und selbst lieben kannst, musst du alles vergessen, was du bisher gedacht hast und was dir von anderen gesagt wurde.«

Der Junge starrte ihn an.

»Sogar die Stimme deines Bruders musst du vergessen.«

»Das … das kann ich nicht.« Er sprang auf.

Der Mann drückte ihn auf den Stuhl zurück. »Du stehst auf, wenn ich es sage, klar?«

Patrick erschrak über den Ton des Mannes, der aber gleich wieder sein sanftes Lächeln aufsetzte. »Wir können dir hier helfen, ein neuer Mensch zu werden. Aber dazu musst du uns vertrauen.«

Patrick schwieg. Er hatte das Gefühl, dass der Mann womöglich recht hatte. Vielleicht war das *Haus der Gnade* wirklich seine letzte Chance – wenn er nicht enden wollte wie sein Bruder.

»Hast du schon mal gebetet?«

Jetzt kam *die* Nummer. Aber was hatte er anderes erwartet?

Er schüttelte den Kopf.

»Aber du kennst sicher ein Gebet? Das *Vater unser*?«

»Hab ich vergessen.«

Der Mann stand auf und trat unter ein Kruzifix. Er

deutete auf den Gekreuzigten. »Schau dir diesen Menschen an!«

Patrick blickte zu der Jesusfigur, die genauso blass und mager war wie er. Der Kopf mit der Dornenkrone hing zur Seite, die Augen waren nach oben verdreht, dicke Blutstropfen klebten wie Marmelade auf der Stirn.

»Versuche zu spüren, wie er leidet.«

Patrick überlegte, ob sein Bruder so ähnlich ausgesehen hatte, als sie ihn fanden. Er hatte nie Einzelheiten erfahren, aber es gab Gerüchte, er sei gefoltert worden. Aus Rache, weil er bei irgendeinem Drogendeal beschissen hatte. Wahrscheinlich hatten sie ihn gar nicht tot machen wollen, es war ihnen nur so passiert. Sie wussten ja nicht, dass er einen Herzfehler hatte. Das durfte keiner wissen.

»Er leidet auch für dich.«

Patrick musste grinsen, weil er es ziemlich schräg fand, wie der Mann über die Figur sprach – als wäre sie lebendig.

»Seine Feinde haben ihn gequält, verhöhnt, ans Kreuz geschlagen und dort elendiglich sterben lassen. Trotzdem ist seine Botschaft nicht der Hass, sondern die alles umfassende Liebe. Davon hast du doch sicher schon gehört?«

»In der Grundschule vielleicht.«

»Als Erstes werde ich dir beibringen, wie man zu ihm betet.«

Scheiße, jetzt soll ich zu einer Figur beten, dachte er.

»Vielleicht findest du das, wie manches andere im *Haus der Gnade* zuerst merkwürdig. Aber wenn du dich darauf einlässt, wirst du bald merken, was für ein unendliches Geschenk das Gebet ist und welche Kraft aus ihm strömt. Du wirst spüren, wie es nach und nach alle deine Sünden von dir abwäscht. Du wirst eine ganz neue Stärke erleben und irgendwann hörst du die Stimme des Herrn, der dich vor dem Bösen bewahrt und durch die Dunkelheit zum Licht führt. Jetzt knie dich bitte hin, Patrick!«

»Was?«

Der Mann zeigte milde lächelnd auf den Platz unterm Kreuz.

Das meint der nicht ernst, dachte der Junge.

Aber der Mann wiederholte seine Aufforderung.

»Auf den Boden?«

»In der Luft können nur Heilige wie Filippo Neri knien.«

Der verarscht mich doch, dachte Patrick.

»Es ist wichtig, dass du deinen falschen Stolz ablegst und zeigst, wie klein und erbärmlich du im Angesicht des Herrn bist. Du kennst vielleicht das Gebet: *O Herr, ich bin nicht würdig, dass du eingehest unter mein Dach, aber sprich nur ein Wort, dann wird meine Seele gesund.*«

»Nö, nie gehört.«

»Dann fangen wir damit an. Also, Patrick, knie dich hin!«

Ich muss den ganzen Quatsch mitmachen, dachte der Junge, dann lassen die mich vielleicht bald raus aus dieser Irrenanstalt, und ich kann abhauen, nach Kanada oder Australien.

Er stand auf und kniete sich ungelenk hin. Dabei spürte er einen Stich in dem Knie, das er sich beim Fußballspielen aufgeschürft hatte.

Der Mann trat hinter ihn. »Sprich mir einfach nach, Patrick. *O Herr, ich bin nicht würdig* … Komm, das ist doch nicht schwierig: *O Herr* …«

Patrick seufzte tief. »… *ich bin nicht würdig.*«

»*Dass du eingehest* …«

»Dass du rein gehst …«

»Einge-hest.«

»*Eingehest unter mein Dach.*«

Sie sprachen das Gebet gemeinsam zu Ende und der Mann lobte ihn zum ersten Mal. Dann legte er ihm die Hand auf den Kopf. »*Herr Jesus Christus, ich knie in De-*

mut vor dir und bitte dich: Schütte über mich aus deine unendliche Gnade.«

Wie der redet. Total abgedreht, dachte Patrick.

»Ich weiß, dass du mich liebst, wie du alle Menschen liebst, egal wie sündig und verkommen sie sind. Weil sie alle deine Kinder sind. Ich weiß, dass du mir ein neues Herz schenken wirst, wenn ich zur Umkehr bereit bin.«

Patrick meinte zu spüren, dass der Druck der Hand stärker wurde. Die Stimme des Mannes ging in einen merkwürdigen Singsang über. »*Kehret um zu mir von ganzem Herzen, mit Fasten, Weinen und Klagen. Zerreißet eure Herzen, nicht eure Kleider, und kehret um zum Herrn, eurem Gott.«*

Es klopfte. Der Mann zog seine Hand zurück und blickte unwillig zur Tür. »Bitte?«

Ein älterer Junge schaute herein. »Pater Anselm, Entschuldigung, der Herr Prior ...«

»Nicht jetzt.«

»Er sagt, es sei dringend.«

Der Mann stöhnte. »Ja, gleich.« Er verscheuchte den Jungen mit einer Handbewegung.

Patrick kniete mit gesenktem Kopf da und sah im Augenwinkel, wie der Mann sich zu ihm herabbeugte. Er flüsterte. »Es wird ein steiniger Weg für dich werden, aber mit Gottes Hilfe kannst du es schaffen. Begib dich nur ganz in meine Hand.«

Dann verließ er eilig den Raum.

Patrick stand auf und sah sich um. Auf der Kommode lag das Feuerzeug, mit dem Pater Anselm die Kerzen angezündet hatte. Ob es aus echtem Silber war? Daneben einige Geldscheine und Münzen. Der Laptop auf dem Schreibtisch war jedenfalls neu, das hatte er sofort gesehen. Der war locker tausend wert, er müsste nur damit abhauen ...

Aber die Fenster waren vergittert und die Mauern um das Haus mindestens drei, vier Meter hoch. Außerdem gab es überall Aufpasser: beim Essen, beim Sport, in der Werkstatt.

Und selbst wenn er es schaffte, die auszutricksen und irgendwie aus dem *Haus der Gnade* rauszukommen – er wusste ja nicht mal, wo er war. Sie hatten ihn stundenlang durch die Nacht gekarrt. Von den anderen Jungs konnte es ihm auch keiner sagen. Die kamen aus Frankfurt oder Berlin und wussten nur, dass sie ewig unterwegs gewesen waren.

Komisch, dass Pater Anselm ihn einfach allein gelassen hatte. Im Bericht stand doch garantiert, dass er klaute. Vielleicht war das ein Test? Na, klar. Der wollte sehen, ob das komische Beten schon was gebracht hatte.

Patrick lachte kurz auf. Dann steckte er schnell einen Schein ein – nur einen –, löschte die Kerzen und ging.

2.

Wenn Anton Schwarz ausnahmsweise mal der Rappel packte und er aufräumte, war das ein Zeichen, dass in seinem Innenleben irgendetwas in Unordnung geraten war. Wenn er sich dann auch noch von Dingen trennte, an denen ihm eigentlich lag, war sein Leben gerade richtig scheiße.

In den Umzugskartons mitten im Raum landeten Schuhe, T-Shirts, ein Sakko, aber auch die Geschenktasse vom Tag der offenen Tür der Polizeiinspektion München-Pasing, Bücher, Aktenordner und Briefe, die er zum Teil über dreißig Jahre lang aufbewahrt hatte.

Am liebsten hätte Schwarz die Schränke und Kommoden gleich mit entsorgt, mit denen seine Mutter nach ihrem überraschenden Einzug vor ein paar Wochen seine Wohnung in ein Möbellager verwandelt hatte. Sein schönes Loft, das mal ein Tanzsaal gewesen war.

Seine Mutter. Vor sechs Tagen war sie zusammengebrochen und vom Notarzt in die Klinik gebracht worden. Schwarz hatte das Schlimmste befürchtet, einen erneuten Schlaganfall oder Herzinfarkt, aber es war nur ein Kreislaufkollaps gewesen. Noch dazu ein selbst verschuldeter, denn Hildegard Schwarz hatte die originelle Idee gehabt, während einer der heftigsten Hitzeperioden in München weitgehend auf das Trinken zu verzichten. Durch den Flüssigkeitsentzug war sie schließlich so dehydriert gewesen, dass sie das Bewusstsein verlor.

Im Pasinger Krankenhaus hatte man Hildegard Schwarz mit einigen Infusionen rasch wieder auf die Beine gebracht. Trotzdem riet ein Oberarzt zu einer Kur.

Schwarz hatte seine Mutter persönlich in die Klinik nahe Bad Aibling gebracht. Dort wurde ihr ein düsteres Zimmer zugeteilt, vor dessen Fenster zum Innenhof das Abluftrohr der Großküche endete. Das ganze Gebäude war so renovierungsbedürftig, dass man nicht wusste, wer hinfälliger war, die Patienten oder das Haus. Aber Schwarz' Mutter tröstete sich damit, dass man von einer Ecke des Speisesaals aus nicht nur den benachbarten Schlachtbetrieb, sondern sogar einen Zipfel der Alpenkette sehen konnte, frei nach dem Motto: *Kann man nicht drüber weg, muss man drunter durch.* Ein altes jüdisches Sprichwort.

Schwarz war gerade noch glücklich nach Hause gekommen, bevor ihn der Noro-Virus, den er sich in der romantischen Kurklinik geholt hatte, lahmlegte. Drei Tage und Nächte verbrachte er fast durchgehend auf der Toilette. Seither verspürte er einen gewissen Widerwillen gegen Besuche bei seiner Mutter.

Das war jedoch nicht die einzige Baustelle in Schwarz' Leben. Er hatte Evas Rückkehr aus den USA kaum erwarten können und wäre am liebsten schon in der S-Bahn über sie hergefallen. Stattdessen entwarf er – der kaum je über die bayerischen Landesgrenzen hinausgekommen war – die kühnsten gemeinsamen Reisepläne. Junge Frauen erwarten so was, dachte er. Eva strich ihm ein wenig mitleidig übers Haar und flüsterte ihm ins Ohr: »Anton, wir haben alle Zeit der Welt!«

Sie küssten sich bis kurz vor Pasing. Dort war Eva von ihren Eltern empfangen und sofort mit Beschlag belegt worden. Es war wie verhext. Erst hatte sich ein alter Schulfreund bei ihr einquartiert. Dann hatte sie heftige Zahnschmerzen bekommen und sich zwei Weisheitszähne ziehen lassen müssen. Schließlich war sie zu einer jüdischen Hochzeit nach Düsseldorf aufgebrochen. Keine Chance, sie allein zu treffen.

Schwarz konnte sich nicht daran erinnern, wann er zuletzt solche Sehnsucht nach einer Frau gehabt hatte. Deswegen seine Idee, die Wartezeit mit dem Entrümpeln seiner Wohnung zu nutzen. Doch irgendwie begann sich bei ihm der Verdacht einzuschleichen, dass Eva sich ihrer Sache vielleicht nicht ganz sicher war.

Bereute sie, was zwischen ihnen geschehen war?

Oder hatte sie bei ihren medizinischen Untersuchungen in den USA etwas erfahren, das sie ihm nicht anvertrauen wollte? Vielleicht hatte sie ihm etwas vorgemacht und es gab doch keine Chance für eine Operation?

Aber das könnte sie mir doch sagen, dachte Schwarz und warf das Standardwerk über psychologische Techniken beim Polizeiverhör zum Abfall.

Als Nächstes nahm er sich den Schreibtisch vor, der von einem wilden Durcheinander aus Papieren, Zeitschriften und Büchern bedeckt war. Er trug die oberste Schicht erfolgreich ab und erschrak. Da lag der Laptop von Matthias Sass. Es war noch gar nicht lange her, dass der Theologiestudent sein junges Leben mit einem Sprung vor eine Lok ausgelöscht hatte – eine furchtbare Geschichte. Schwarz hatte das Gerät während seiner Ermittlungen von der Mutter des Selbstmörders geliehen und hätte es längst zurückgeben müssen. Er beschloss, nicht länger damit zu warten – für das Ausmisten seiner Wohnung war immer noch Zeit.

Als Schwarz vor dem zwölf Jahre alten, dunkelblauen VW Golf seiner Tochter Luisa stand, konnte er nicht glauben, dass das nun sein Auto sein sollte. Das lag nicht daran, dass der Wagen unübersehbare Blechschäden erlitten hatte, sondern am Verlust seines geliebten roten Alfa 146. Es war eine schwere Trennung gewesen. Nachdem er ihn auf einem Schrottplatz an der Lochhauser Straße zurückgelassen hatte, war es ihm in der ersten Trauerphase unmöglich gewesen, in ein anderes Auto zu steigen. Eine Weile nahm Schwarz für alle kürzeren Strecken das Fahrrad und nutzte sonst öffentliche Verkehrsmittel. Am besten gefiel ihm die Tram, sie war selten überfüllt und hatte mit ihrer moderaten Geschwindigkeit einen beruhigenden Einfluss auf ihn. Schwarz hätte noch länger ohne Auto leben können, hätte Luisa ihm nicht ihren Golf zum Kauf angeboten. Zuerst hatte er empört abgelehnt, dann aber begriffen, dass es sich hier schlicht um eine gesichtswahrende Finanzierungsmaßnahme handelte. Sie träumte von einem cappuccinofarbenen Mini Cabrio. Den hatte sie jetzt – und er den verbeulten Golf.

3.

»Ah, gut dass Sie kommen«, sagte Irmgard Sass. Sie hatte Schwarz sofort erkannt. »Ich hätte Sie ohnehin angerufen.«

Schwarz hielt ihr den Laptop ihres Sohns hin. »Tut mir leid. Ich habe ihn einfach vergessen.«

Sie winkte ab. »Den können Sie gern behalten. Ich kann damit nichts anfangen. Kommen Sie rein und lassen Sie Ihre Schuhe bitte an.«

Schwarz hätte sie auch nicht ausgezogen. Die Löcherquote lag bei seinen Socken inzwischen erschreckend hoch. Noch so eine Baustelle, seit seine liebe Gattin und er sich getrennt hatten.

Frau Sass führte ihn in ihren braunen Pantoffeln an Ölbildern mit Blumenmotiven und dem grünen Kachelofen vorbei zur Eckbank.

»Bitte, setzen Sie sich. Was trinken Sie? Früchtetee? Eine Limo?«

»Nein, danke.«

»Detektive lieben Whisky, ich weiß.« Sie lachte übertrieben. »Aber so was habe ich leider nicht.«

Warum ist sie so nervös, dachte Schwarz. Bei ihrer letzten Begegnung hatte Frau Sass einen introvertierten, fast depressiven Eindruck gemacht, jetzt wirkte sie seltsam aufgekratzt. Nahm sie Medikamente? Oder war das die Energie der Verzweiflung, die manchmal einem Zusammenbruch vorausging?

Zu seinem Befremden setzte sie sich nicht auf den Stuhl gegenüber, sondern neben ihn. Sie holte tief Luft. »Es ist so schwierig.«

Schwarz sah sie an. »Was denn?«

»Ich habe nie in meinem Leben über solche Dinge gesprochen.« Sie nestelte an ihrem dunkelblauen Rock. »Nie.«

»Über welche Dinge denn, Frau Sass?«

»Entschuldigung, ich bin gleich wieder da.« Sie lief aus dem Raum.

Schwarz nahm an, dass sie zur Toilette musste, und kontrollierte sein Handy, das auf stumm gestellt war.

Endlich. Die heiß ersehnte Nachricht von Eva: *Wollen wir übermorgen deine Mutter besuchen?*

Warum nicht gleich morgen, und warum meine Mutter besuchen, dachte er, tippte aber als Antwort: *Übermorgen passt perfekt. Ich freue mich!*

Frau Sass legte kommentarlos ein kitschiges Heiligenbildchen auf den Tisch. Es zeigte einen Mönch mit Tonsur, der in einer braunen Kutte mit hochgeschlagenem Kragen in einem Weinberg stand. Auf den Rebstöcken saßen kleine bunte Vögel neben friedlichen Falken und lauschten seiner Predigt.

Schwarz war alles andere als ein Experte, aber den heiligen Franziskus kannte er. Nur, was wollte Frau Sass ihm damit sagen? Wollte sie ihn bekehren?

»Warum zeigen Sie mir das?«

Sie errötete und bat ihn mit zittriger Stimme, das Bildchen umzudrehen. Auf die Rückseite hatte jemand mit schöner schwungvoller Handschrift drei Wörter geschrieben: *Erklär mir, Liebe.*

»Das … habe ich in einem von Matthias' Büchern gefunden.«

Schwarz hatte keine Ahnung, auf was sie hinauswollte.

»Sie denken jetzt wahrscheinlich: Na und, dann war der Matthias halt mal verliebt. Was soll das Problem sein, er war ja noch nicht zum Priester geweiht.«

Das hatte Schwarz nicht gedacht, trotzdem nickte er.

»Sie fragen sich vielleicht auch, warum ich es nicht

tröstlich finde, dass mein Junge in seinem kurzen Leben wenigstens ein Mal der Liebe begegnet ist.«

»Ja«, sagte Schwarz, »da haben Sie recht.«

»Aber das war keine Liebe!«, rief sie mit schriller Stimme.

Schwarz verstand überhaupt nichts mehr.

Erst jetzt reichte Frau Sass ihm die Ansichtskarte, die sie die ganze Zeit hinter ihrem Rücken verborgen hatte.

Schwarz betrachtete die Fotografie eines Klosters im Voralpenland. »St. Joseph, Steinsberg. Wo ist das?«

»Nicht weit vom Chiemsee.« Sie riss ihm die Karte aus der Hand und drehte sie um. »Da: *Herzliche Grüße. Wolfgang.*« Sie war jetzt totenbleich.

Schwarz brauchte eine Weile, bis er begriff. Die Schrift war dieselbe wie auf dem Heiligenbildchen. »Wer ist denn dieser Wolfgang?«

Frau Sass presste die Lippen zusammen.

»Ein Studienkollege von Matthias?«

»Es ist der Mann«, brach es aus ihr heraus, »der meinen Sohn seit seinem zehnten Lebensjahr seelsorgerisch begleitet hat, erst als Ministranten und dann als Theologiestudenten. Es ist ... Pfarrer Heimeran.« Sie schluchzte laut auf.

Ach, du heilige Scheiße, dachte Schwarz, aber er sagte: »Aber, Frau Sass, das muss doch nichts bedeuten.«

»Nichts bedeuten? Als Matthias diese Karte bekommen hat, war er höchstens sechzehn.«

»Und das Heiligenbildchen?«

»Das weiß ich nicht.«

Schwarz holte Luft. »Ich kenne mich da nicht so gut aus, aber ist es nicht so, dass Priester beim Wort *Liebe* eher weniger an Sex denken?« Er suchte nach Worten. »Kann damit nicht auch eine ganz unschuldige Form der Liebe gemeint sein?«

Frau Sass ließ sich auf den Stuhl sinken und verbarg ihr Gesicht in den Händen. »Nein«, schluchzte sie, »ganz sicher nicht.«

»Woher wissen Sie das? Haben Sie noch andere Hinweise gefunden?«

»Die brauche ich nicht«, stieß sie hervor. »Es reicht doch, dass Matthias sich aus Verzweiflung das Leben genommen hat.«

Das ist es, dachte Schwarz. Sie kann nicht mit dem Gedanken leben, dass sie als Mutter versagt hat. Sie hat die Lebenskrise ihres Sohns nicht ernst genug genommen. Wahrscheinlich hat sie nie mit ihm über seine Glaubenszweifel gesprochen und die Augen davor verschlossen, dass er mehr und mehr in den Sog seiner Todessehnsucht geraten ist. Sie hält es nicht aus, eine Mitschuld an Matthias' Tod zu tragen, deshalb muss dieser Pfarrer als Sündenbock herhalten.

Frau Sass nahm seine Hand und drückte sie. »Sie müssen mir helfen. Ich kann nicht mehr schlafen, wenn ich nicht weiß, was dieser … Unmensch mit meinem Sohn gemacht hat.«

Schwarz brauchte nicht lange zu überlegen. »Es tut mir sehr leid«, sagte er«, »aber das ist kein Fall für mich.«

»Aber wieso nicht?«

Sollte er ihr die Wahrheit sagen? Sollte er ihr erklären, dass er keine Lust hatte, einem Priester hinterherzuschnüffeln, damit sie besser schlief?

Er wählte einen bequemeren Weg. »Ich habe einfach zu wenig Ahnung von der Kirche, Frau Sass. Ich bin ein armer Heide, verstehen Sie?«

»Das … das macht nichts. Ist vielleicht sogar besser. Dann gehen Sie nicht zu respektvoll mit dem Pfarrer um. Bitte, Herr Schwarz.«

Sie drückte seinen Arm. Ihre Hand war eiskalt.

»Warum fragen Sie ihn nicht selbst?«

»Ich?«

»Ja, er soll Ihnen erklären, was er mit dem Satz *Erklär mir, Liebe* gemeint hat.«

»Das … das kann ich nicht.«

»Frau Sass, Sie haben erleben müssen, wie Ihr Kind sich umgebracht hat. Jetzt wollen Sie wissen, was der wahre Grund war. Da werden Sie es doch schaffen, eine unangenehme Frage zu stellen?«

Sie senkte den Blick und schwieg.

Doch als Anton Schwarz in seinen dunkelblauen Golf stieg, wählte Irmgard Sass bereits die Nummer des Priesters.

»Pfarrei Sankt Meinrad, grüß Gott.« Es war die Haushälterin. »Hallo, wer ist denn da?«

»Hier ist … Sass.«

»Hallo, Frau Sass. Sie wollen den Herrn Pfarrer sprechen, nehme ich an. Der ist leider auf Exerzitien.«

»Wann kommt er zurück?« Ihre Stimme klang seltsam tonlos.

»Morgen. Kann *ich* Ihnen irgendwie helfen?«

Frau Sass schwieg.

»Ist es was Ernstes? In Notfällen vertritt ihn der Herr Dekan. Soll ich Ihnen die Nummer geben?«

»Nein, danke, nicht nötig.«

Eine halbe Stunde später trat Irmgard Sass in das Büro des Dekans. Der Mann hieß Peter Wels und hatte vor Kurzem seinen sechzigsten Geburtstag gefeiert. Sein scharfes Profil stand in einem merkwürdigen Kontrast zu seiner eher barocken Figur.

»Sie wollen also beichten, Frau Sass«, sagte er und schob ihr einen Stuhl hin.

»Ja, aber es geht nicht um mich.«

»Bitte?«

»Ich möchte ein Beichtgespräch, weil ich ganz sicher sein will, dass niemand etwas von dem erfährt, was wir reden.«

Der Pfarrer lehnte sich etwas nach vorn und betrachtete sie mit zusammengekniffenen Augen. »Einverstanden.«

Irmgard Sass öffnete ihre braune Handtasche und zog das Bildchen des heiligen Franziskus hervor.

4.

»Ich wusste gar nicht, dass du auf Statussymbole stehst«, sagte Eva grinsend, als Schwarz ihr die verbeulte Wagentür aufhielt.

Er half ihr beim Einsteigen und verstaute ihren Rollstuhl im Kofferraum. »Gefällt dir mein Golf nicht?«

»Doch, er hat was. Ist das saure Milch?«

»Was?«

»Der Geruch.«

»Kann sein, dass Luisa mal eine Tüte geplatzt ist.«

»Aber das Radio hat ein Spitzen-Design.«

Sie fuhren die Landsberger Straße stadteinwärts und standen nach wenigen hundert Metern im Stau.

»Ich dachte, die sind fertig mit der Baustelle«, stöhnte Eva.

»Das ist schon die nächste. Ich schwöre dir, in ein paar Jahren ist Pasing Brasilia.«

»Brasilia?«

»Ja, eine richtige Reißbrett-Stadt.«

Sie schwieg.

Was rede ich denn da für einen Blödsinn, dachte Schwarz. Ich bin doch kein verklemmter Teenager. Mein Gott, ich liebe diese Frau, ich würde Sie am liebsten …

»Interessiert es dich eigentlich gar nicht, was bei meiner Untersuchung in den USA rausgekommen ist, Anton?«

»Was glaubst du denn? Natürlich.«

»Du hast mich ja nie so genau gefragt. Wahrscheinlich hast du wie die meisten gedacht, ich sei querschnittsgelähmt.«

Schwarz nickte.

»Also pass auf: Ich habe Glück gehabt. Wenn man das so nennen kann. Tim Burger hat mir bei seiner Amokfahrt nur das Becken und die Wirbelsäule gebrochen. Mein Rückenmark ist aber unverletzt geblieben.«

In die Wagenkolonne kam Bewegung. Schwarz legte den Gang ein und ließ die Kupplung kommen. Der Golf machte einen Satz.

»Entschuldigung«, sagte er, »ich muss mich noch an ihn gewöhnen.«

»Das Problem bei solchen Brüchen ist, dass bei der Heilung oft der Kanal mit dem Rückenmark enger wird. Deshalb spüre ich zwar meine Beine noch, kann sie aber nicht mehr richtig bewegen. Die Mediziner nennen das lumbale Spinalstenose. Langweile ich dich?«

»Nein, überhaupt nicht. Und kann man das operieren?«

»Im Prinzip ja. Die haben inzwischen Techniken, mit denen sie den alten Zustand der Wirbelsäule und des Kanals weitgehend wiederherstellen.«

»Aber?«

»Es ist ziemlich riskant.«

»Was kann passieren?«

»Dass ich hinterher querschnittsgelähmt bin.«

Schwarz sah sie entsetzt an und trat auf die Bremse.

»Wenn alles nach Plan laufen würde, wäre ich in einem Jahr wieder ein ganz normaler Mensch, wenn nicht … daran möchte ich gar nicht denken.«

»Mein Gott, Eva, wie sollst du dich denn da entscheiden?«

»Genau das ist das Problem.« Sie schwieg und sah aus dem Fenster.

Anton schluckte.

Nach der Baustelle löste der Stau sich auf, und sie kamen zügig voran. Eva sprach erst wieder, als sie die Stadt bereits verlassen hatten. »Ich denke ununterbrochen drüber nach, aber ich glaube, ich bin einfach zu feige dazu. Wenn ich es irgendwann gar nicht mehr aushalte mit dem Scheißrollstuhl und all den andern Schwierigkeiten, riskiere ich's vielleicht – oder wenn meine Freunde mich nicht mehr aushalten«, fügte sie leiser hinzu.

Ich liebe dich so, wie du bist, dachte Schwarz, fuhr rechts ran, stieg aus und hob sie aus dem Auto. Dann küsste er sie, und erst als er spürte, wie seine Arme zu zittern begannen, setzte er sie sanft wieder auf den Beifahrersitz.

»Wenn ihr es genau wissen wollt, es ist unerträglich hier«, sagte Hildegard Schwarz.

»Aber wieso denn?«, sagte Eva.

»Schaut euch doch um: Ich bin umgeben von wandelnden Leichen.«

Ein kurzer Blick über den zugegeben trostlosen Aufenthaltsraum bestätigte ihre Einschätzung nicht ganz: Die meisten Patienten waren im beginnenden Rentenalter.

»Die paar, die noch nicht scheintot sind, sind dement. Die zum Beispiel hier.«

Eine Frau im Bademantel lief mit einem Rollator an ihnen vorbei und grüßte.

»Schau mich nicht so vorwurfsvoll an, Anton. Die ist komplett schwerhörig.«

»Da verwechseln Sie mich«, sagte die Frau freundlich.

»Gibt es denn keinen Menschen, mit dem du dich unterhalten kannst?«, fragte Eva.

»Doch, schon. Aber leider interessiere ich mich nicht

für Inkontinenz und andere Unterleibsfragen. Apropos, du könntest uns dein Noro-Virus zurückbringen, Anton, dann wären wir wenigstens das Verstopfungs-Problem los.«

Schwarz öffnete eine Tür ins Freie. Sie gingen zwischen der Klinik und dem Schlachtbetrieb hindurch zu einem Aussichtspunkt mit einer Bank. »Die Lage ist doch grandios, Mama. Um das Panorama würden dich viele beneiden.«

»Das sehe ich ja nie, weil ich ständig diese komischen Anwendungen machen muss. Fango, so ein Quatsch. Ich habe den Damen in der Verwaltung schon hundertmal gesagt, dass ich noch nie Rückenschmerzen hatte, aber davon welche bekomme. Und erst recht diese lächerlichen Gummibänder, an denen ich immer ziehen soll. Wer zahlt denn das alles?«

»Die Kasse«, sagte Schwarz.

»Aber nur zwei Behandlungen am Tag«, warf Eva ein, die ihre Erfahrungen mit solchen Kliniken hatte.

»Bitte? Das hat mir kein Mensch gesagt. Ich soll dafür auch noch blechen? Ich rede sofort mit dem Geschäftsführer – Tacheles rede ich mit ihm.«

»Jetzt warte doch mal, Mama. Wollen wir nicht erst mal überlegen, wohin wir zum Essen gehen?«

»Ach, da können wir hier bleiben.«

»Das Essen ist also gut?«

»Es ist ganz passabel – das sagen jedenfalls die anderen Patienten. Ich kann hier ja leider nichts mehr essen, seit ich beobachtet habe, wie von nebenan mit einer Schubkarre Schlachtabfälle in unsere Küche gebracht wurden.«

»Bitte? Das ist doch nicht wahr?« Schwarz sah sie entgeistert an.

Seine Mutter grinste. »Es könnte aber wahr sein, weil die Alten hier nach Strich und Faden verarscht werden.«

Schwarz überlegte einen Moment. »Pass auf, Mama,

dann packst du jetzt deine Sachen und kommst mit nach Hause.«

Seine Mutter fuhr herum. »Was? Wieso denn?«

»Weil es hier ja offenbar die Hölle für dich ist.«

»Aber der Arzt hat mir die Kur verschrieben. Ich muss mich erholen.«

»Du hast noch nie das getan, was dir die Ärzte gesagt haben.«

»Aber man hat nur alle paar Jahre das Recht auf eine Kur. Ich denke nicht dran und schenke der Krankenkasse auch noch Geld. Nein, ich gehe hier auf keinen Fall weg.«

Eva und Schwarz warfen sich belustigte Blicke zu.

»Dann frage ich dich jetzt noch mal, Mama: Gibt es hier in der Nähe irgendein nettes Lokal?«

5.

Die beiden Mädchen und der Junge versteckten ihre Fahrräder im Gebüsch. Der Junge schaute sich nach allen Seiten um. Der überdachte Steg über die Würm verband den großen Friedhof mit der Kirche St. Meinrad. Hier war um die Mittagszeit kaum jemand unterwegs. Auch der komische Typ, der ihnen vorhin auf dem Parkplatz so hinterhergegafft hatte, war verschwunden.

Es begann zu regnen.

»Beeilt euch«, rief der Junge.

»Und wenn uns doch jemand sieht?«, sagte das jüngere Mädchen.

»Unter der Brücke doch nicht.«

»Aber man riecht's vielleicht.«

»Glaubst du, dass 'ne Oma, die zum Grab vom Opa geht, weiß, wie Gras riecht? Los, komm!«

Er zog den Ärmel seines Sweatshirts über die Hand und drückte die Zweige eines Weißdornbusches beiseite. Die Mädchen tasteten sich am Brückenpfeiler vorbei. Der Junge folgte ihnen und ließ die Zweige zurückschnellen. Jetzt sah kein Mensch mehr, dass hier ein Pfad zur Wiese am Fluss hinunterführte.

Der Regen trommelte auf die Brücke, aber sie standen im Trockenen. Der Junge lehnte sich an einen Pfeiler und zauberte eine Blechdose hervor. Er klebte drei Papierchen zusammen und rollte einen Filter aus Pappe. Die Mädchen sahen ihm beeindruckt zu.

»Ich habe aber noch nie geraucht«, sagte das jüngere. »Kann ich dann noch nach Hause gehen?«

»Klar«, sagte der Junge. »Das ist nur Gras, damit geh ich zur Schule, und keine Sau merkt's.«

»Echt?«

Sie hörten Stimmen und hielten den Atem an.

Zwei alte Frauen näherten sich von der Kirche her. Ihre Schritte versetzten die Bohlen des Stegs in leichte Schwingungen.

»Wie ein großes Xylophon«, flüsterte das ältere Mädchen.

Der Junge legte den Finger auf die Lippen. Er wartete, bis die beiden nicht mehr zu hören waren, dann baute er den Joint zu Ende, zündete ihn an und ließ ihn kreisen. »Du hast Glück«, sagte er zur Jüngeren, »das ist endsgutes Zeugs. Aber inhalier besser mal nicht zu tief.«

Das Mädchen nickte und nahm noch mal einen langen Zug. Sie war ja nicht feige.

»He, he, ist gut, ist ja gut«, sagte der Junge.

Der Joint machte noch zweimal die Runde. Dann begann das jüngere Mädchen leise zu stöhnen. »Ich glaube, ich muss kotzen.« Es lief durch den Regen zum Fluss.

»So ein Baby«, sagte das ältere Mädchen.

Dann hörten sie das Würgen – und plötzlich einen schrillen Schrei.

»Was geht denn mit der ab?«, sagte der Junge und rannte los.

6.

Die rechte Schuhspitze hing ins Wasser und wurde von Wellen umspielt, die linke baumelte in der Luft: Das war das Erste, was Anton Schwarz sah. Sein Blick ging langsam nach oben, über die graue Stoffhose, den schmalen schwarzen Gürtel, vorbei an den schlaff herabhängenden mit Sommersprossen übersäten Armen, über ein hellgraues Polo-Shirt, und blieb an einer Schlinge hängen, die sich oberhalb des Kehlkopfs tief in den Hals einschnitt.

Das Gesicht des Erhängten wirkte leicht aufgedunsen, was nicht unbedingt eine Folge des unnatürlichen Todes sein musste. Die Augen waren halb geschlossen und glänzten feucht, das blonde Haar klebte am Kopf.

»Wir können ihn jetzt abhängen«, entschied Hauptkommissar Buchrieser, Schwarz' Stammtischfreund und ehemaliger Kollege.

»Bist du dir sicher? Habt Ihr wirklich alles fotografiert?«

»Toni, bitte!«

»Auch von oben, von der Brücke aus?«

»Selbstverständlich. Aus jeder Lage.«

»Zieht ihn aber besser nicht übers Geländer. Dabei könnten Spuren verloren gehen.«

»Danke für den Tipp. Und wie sollen wir ihn sonst bergen? Soll ich ein Boot anfordern?«

»Das wäre das Beste.«

»Toni, du nervst. Die Kollegen stehen seit einer Stunde im Regen. Das ist nicht der erste Pfarrer, der sich umgebracht hat.« Er nickte zwei uniformierten Kollegen zu. »Auf geht's.«

Schwarz warf einen letzten Blick auf die Szenerie und versuchte, sie sich einzuprägen. »Dann lasse ich euch jetzt mal in Ruhe.«

»Genau, bevor du von mir einen Platzverweis bekommst.« Buchrieser grinste.

Schwarz schlurfte durch hohes Gras zu Frau Sass, die verloren ein Stück abseits stand. Obwohl sie einen Schirm aufgespannt hatte, war sie klitschnass. Der Regen kam wegen der Windböen von der Seite, inzwischen stand die halbe Wiese am Fluss unter Wasser. Die Schaulustigen hatten sich längst zur auf der Böschung gelegenen Teerstraße zurückgezogen. Dort oben parkte auch der Bus des Kriseninterventionsteams, in dem die Kinder, die den Toten gefunden hatten, betreut wurden.

Schwarz war von Frau Sass ausgerechnet in dem Moment angerufen worden, als seiner Mutter, Eva und ihm in einem kleinen Landgasthof wunderbar saftige Forellen aufgetischt wurden.

»Er hat sich umgebracht.«

»Wer denn, Frau Sass?«

»Pfarrer Heimeran.«

Schwarz hatte kurz über eine Ausrede nachgedacht, dann aber doch versprochen, auf schnellstem Weg nach München zu kommen. Natürlich war seine Mutter sauer gewesen und Eva hätte gern wenigstens zu Ende gegessen. Aber er hatte sie zur Eile angetrieben. »Wenn ich nicht gleich fahre, kann ich es auch ganz sein lassen.«

Er hatte Eva beim Abschied in der August-Exter-Straße nur einen schnellen Kuss auf den Mund gedrückt und war gerade noch rechtzeitig zur Dachbrücke an der Würm gekommen, bevor die Leiche des Priesters in einem Blechsarg verschwand.

»Jetzt hat er sich also selbst gerichtet«, sagte Frau Sass. Der vom Wind aufgeblähte Schirm verdeckte ihr Gesicht.

Schwarz trat ein Stück zur Seite, um ihr in die Augen sehen zu können. »Haben Sie noch mit Pfarrer Heimeran sprechen können?«

»Gestern war er nicht da, aber heute Morgen habe ich ihn erreicht. Ich habe ihm gesagt, dass ich mit ihm über Matthias reden muss. Er war dazu bereit …«

»Wann wollten Sie sich denn treffen?«

»Heute, zum Kaffeetrinken. Ich habe gedeckte Apfeltorte gebacken, seinen Lieblingskuchen. Ich dachte immer, er kommt deswegen und auch ein bisschen wegen mir – aber er wollte nur Matthias sehen.«

»Das ist aber nur eine Vermutung«, sagte Schwarz. »Auch sein Selbstmord muss nichts mit dem Tod Ihres Sohns zu tun haben.«

»Womit denn sonst?«

»Ich weiß es nicht, Frau Sass.«

»Dann helfen Sie mir, die Wahrheit rauszufinden.«

Schwarz ertrug ihren flehenden Blick nicht. »Ich denke drüber nach.«

»Ich kann Sie auch bezahlen. Jetzt, da Matthias nicht mehr lebt, muss ich nicht mehr sparen.«

»Lassen Sie mir ein bisschen Zeit, Frau Sass.«

»Wissen Sie, dass Selbstmord eine Todsünde ist?«

»Ich bin nicht gläubig, das habe ich Ihnen schon gesagt.«

»Es ist noch nicht lang her, da durften Selbstmörder nicht in geweihter Erde bestattet werden.«

»Und wieso nicht?«

»Du sollst nicht töten, fünftes Gebot.«

»Gilt das auch für eine Selbsttötung?«

»Natürlich. Wir dürfen das Leben, das Gott uns geschenkt hat, nicht zerstören – weil es nicht uns gehört, sondern ihm.«

»Und da wurde so ein armes Schwein, das keinen anderen Ausweg mehr sah, außerhalb der Friedhofsmauern begraben?«

Sie nickte. »Es gibt einige Pfarrer, die da heute noch streng sind. Dann muss der Tote zu einer anderen Gemeinde gebracht werden.«

Das ist ja besonders sensibel den Angehörigen gegenüber, dachte Schwarz. Bin ich froh, dass ich nicht zu diesem Verein gehöre.

Da sah er den Jungen. Er stieg aus dem Bus des Kriseninterventionsteams. Offenbar ging es ihm besser als den beiden anderen Zeugen, und man hatte ihn nach Hause geschickt.

Schwarz verabschiedete sich eilig von Frau Sass und lief dem Jungen hinterher. Dabei rutschte er auf dem schlammigen Pfad aus und landete im Dreck. Er rappelte sich wieder hoch, die Hose konnte er vergessen. Der Junge zog sein Fahrrad hinter einem Busch hervor. »Warte!«, rief Schwarz.

Der Junge blickte misstrauisch zu ihm hinunter. Schwarz kletterte die Böschung hoch und kam außer Atem bei ihm an.

»Hallo, kann ich dich was fragen?«

»Sind Sie von der Polizei?«

»Ich war bei der Polizei. Man hat mich rausgeworfen.«

Der Junge grinste. Das schien ihm zu gefallen. »Weil Sie sich immer im Schlamm gewälzt haben?«

»Genau.«

»Was wollen Sie von mir?«

»Hast du den Priester gekannt?«

Er schluckte. »Ich war bei ihm im Firmunterricht. War ziemlich cool, der Heimeran.«

»Cool?«

»Ja, mit dem konnte man echt gut quatschen. Wenn's einem richtig dreckig ging, hat er einen sogar zu sich nach Hause eingeladen.«

»Dich auch mal?«

»Nee, aber 'nen Kumpel von mir.« Er sah Schwarz an. »Haben Sie eine Ahnung, wieso er sich ...?« Er fasste sich an den Hals und streckte die Zunge heraus.

Schwarz wunderte sich, wie seltsam unbeeindruckt der Selbstmord des Priesters den Jungen ließ.

»Wahrscheinlich 'ne Beziehungskiste«, sagte der Junge altklug.

»Du glaubst, er hatte eine Freundin?«, fragte Schwarz.

Der Junge lachte. »Ich glaube, das war nicht sein Problem.«

»Sondern?«

»Na, das andere.«

»Dass er keine hatte?«

»Sie haben schon verstanden, was ich meine.«

»Und woher weißt du das? Hat er sich dir mal ... genähert?«

Der Junge schüttelte den Kopf.

»Deinem Kumpel?«

»Nee, nie. Ich habe doch gesagt, der war cool. Kann ich jetzt gehen?«

Er sah ihn fragend an, und da erhaschte Schwarz einen Blick in seine Pupillen. Jetzt verstand er.

»Du bist ja dicht.«

»Wieso?«

»Weil ich es sehe.«

»Waren Sie bei der Drogenfahndung?«

»Mordkommission. Trotzdem rate ich dir, schnell nach

Hause zu radeln. Wenn du dich beeilst, schaffst du's noch, bevor das Zittern beginnt.«

»Zittern, wieso denn?«

»Weil du dann begreifst, was du gerade unter der Brücke gesehen hast.«

Der Junge lachte nur und stieg auf sein Fahrrad.

»Warte! Sag mir noch deinen Namen.«

Aber da trat er schon in die Pedale, und es war aussichtslos für Schwarz, ihm hinterherzurennen.

7.

Schwarz legte sich ins Bett – ein ganz schlechtes Zeichen um diese Uhrzeit. Verdammt, ich habe keine Lust auf diesen Fall, dachte er. Ein Priester hat sich umgebracht. Na und? Ein schwuler Priester vielleicht. Muss mich das interessieren? Nein. Ist es für mich wichtig, ob der Mann was mit Matthias Sass hatte oder nicht? Na ja, das würde die Geschichte im Nachhinein schon in einem anderen Licht erscheinen lassen. Bloß: Davon wird der Junge auch nicht wieder lebendig. Außerdem geht mir seine Mutter mit ihrer Bigotterie und demonstrativen Demut auf den Nerv. Ich würde sie nur unfreundlich behandeln, wenn ich für sie arbeitete. Soll die Frau doch einen anderen beauftragen. Es gibt sicher jede Menge Privatermittler, die an den lieben Gott glauben. Einem Zweifler wie mir würde sie doch sowieso nicht vertrauen. Aber wie werde ich sie los?

Er dachte kurz nach und hatte eine Idee. Es war ganz einfach: Er musste ihr vielleicht nur von seiner jüdischen Mama erzählen. Da würde sie garantiert drei Kreuzzeichen machen und nie mehr von sich hören lassen.

Das Telefon klingelte. Er griff nach dem Hörer und holte tief Luft. »Hören Sie, Frau Sass, ich kann den Fall nicht übernehmen. Meine Mutter ist Jüdin.«

»Aber sonst geht's dir noch gut?«

Schwarz setzte sich im Bett auf. »Eva.«

»Ich bin scheißwütend auf dich, Anton, damit du's gleich weißt.«

»Was? Wieso?«

»Erst machst du einen Riesenaufstand. Ich lasse mein Essen stehen, du fährst wie ein Henker nach München – für deine Verhältnisse jedenfalls. Dann hast du vor lauter wichtig wichtig nicht mal Zeit, dich richtig zu verabschieden, und jetzt erzählst du mir nicht mal, was passiert ist.«

»Muss ich das?«

»Was? Nein, aber es wäre nett von dir.«

»Ich bin aber nicht nett heute.«

»Das höre ich. Sagst du's mir trotzdem?«

»Das steht morgen in der Zeitung.«

»Anton, habe ich dir irgendwas getan?«

Schwarz brummte undeutlich. »Ein Pfarrer hat sich aufgehängt.«

»Der von Frau Sass?«

»Genau.«

»Weiß man, warum?«

»Nein.«

»Hat Frau Sass irgendeine Vermutung?«

»Ich ... ich habe sie nicht gefragt.«

Warum schwindle ich jetzt, dachte Schwarz, und wieso lasse ich meine schlechte Laune an Eva aus? Ich kann doch froh sein, wenn sie sich für mich und meinen Quatsch interessiert.

»Sag mal, hast du nicht erwähnt, dass dieser Priester eine wichtige Rolle im Leben von Matthias gespielt hat?«

»Kann sein, ja.«

»Und es kommt dir nicht merkwürdig vor, dass er sich so kurz nach dessen Selbstmord auch umbringt?«

»Du meinst, es könnte einen Zusammenhang geben?« Warum stelle ich mich jetzt doof, dachte er.

»Ja, klar«, sagte Eva, »und du weißt auch, was das bedeutet.«

»Was denn?«

»Dass der Fall nicht abgeschlossen ist.«

Er seufzte tief. »Für mich schon.«

»Dich interessiert nicht, was der wahre Grund für Matthias' Selbstmord war?«

Schwarz schwieg.

»Er wollte doch Priester werden?«

»Ja, und?«

»Vielleicht hat er Glaubenszweifel bekommen und sich damit an seinen Pfarrer gewandt.«

»Kann sein.«

»Aber der hat ihm nicht helfen können oder seine Krise sogar noch verstärkt. Und dann hat Matthias sich umgebracht. Und der Pfarrer konnte mit dieser Schuld nicht leben.«

»So könnte es gewesen sein, hm.«

»Anton, hör endlich auf, den Desinteressierten zu spielen. Das nehme ich dir nicht ab.«

»Ich habe wirklich keine Aktien mehr in dieser Geschichte.«

»Und warum mussten wir dann im Restaurant alles stehen und liegen lassen?«

Schwarz fiel keine plausible Antwort ein.

»Ich glaube, du hast Angst, Anton.«

»Quatsch.«

»Ich komme jetzt bei dir vorbei.«

»Nein!«

»Nein?«

»Heute nicht, Eva.«

Er hörte, wie sie tief ein- und wieder ausatmete. »Wie du meinst.«

Es klang wie eine Drohung.

Schwarz wollte noch etwas sagen, aber Eva hatte bereits aufgelegt.

Er lag noch eine ganze Weile auf dem Bett, aber dadurch wurde seine Laune nicht besser. Also stand er auf, schlurfte zur Küche und setzte Teewasser auf. Er war noch immer wütend – allerdings nur noch auf sich selbst. Er suchte nach der israelischen Minze, die Eva ihm geschenkt hatte. Vielleicht wirkte sie ja beruhigend. Er fand das Tütchen, aber es war leer. Da hatte seine Mutter sich wohl bedient. Seufzend öffnete Schwarz den Kühlschrank.

Am Ende lande ich doch immer beim Bier, dachte er, und in meinem Deckchair. Er versuchte, an gar nichts mehr zu denken. Nicht an den erhängten Priester, nicht an Frau Sass und nicht mal an Eva. Er schaute zu, wie der Himmel langsam dunkler wurde, und nahm ab und zu einen Schluck. Es roch nach Autoabgasen und verbranntem Fleisch. Vor einer Woche war eine der absurden Bronzeskulpturen, die auf der anderen Seite der Kreuzung zum Verkauf angeboten wurden, mit Graffitis verziert worden. Nun gab es dort einen libanesischen Nachtwächter, der zwischen Hirsch und Nashorn eine Zeltplane gespannt hatte, um mit seinen Freunden bei jedem Wetter grillen zu können.

Schwarz reckte sich. Die dämliche King-Kong-Skulptur verschwand fast völlig hinter Rauchschwaden. Das war aber auch das einzig Gute. Er hasste Grillen – den Gestank verbrennenden Fetts, die verschwitzten Männer in Unterhemden, die Bier in die Glut spritzten, und danach das vertrocknete, nach Kohle schmeckende Fleisch. Ekelhaft.

Er stand auf, um sich die nächste Halbe Dunkles zu holen. Vor dem Haus hupte es, aber er bezog es nicht auf sich. Er öffnete die Bierflasche und kehrte zu seinem Deckchair zurück. Als er sich gerade setzen wollte, stellte er fest, dass es immer noch hupte. Aber es war nicht der typische Alarm einer Diebstahlsicherung, sondern eine unregelmäßige Folge von Signalen. In seinen Ohren klang es fast so, als würde jemand nach ihm rufen: ›Hal-lo, Anton, schau doch mal ra-haus!‹ Ah, jetzt werde ich endlich verrückt, dachte er. Das ist gut, dann verlangt wenigstens keiner mehr, dass ich mir Gedanken über rätselhafte Botschaften auf Heiligenbildchen mache.

Als es unverdrossen weiterhupte, trat er doch ans Fenster, um nachzusehen.

Er hatte es schon einmal geschafft, aber irgendwie war die Treppe steiler und höher geworden. Und Eva, die auf seinem Rücken saß und sich an seinen Schultern festklammerte, war eindeutig schwerer heute.

»Mach keine Pausen«, sagte sie, »sonst schaffst du's nicht.«

Schwarz begann mit dem linken Fuß, setzte ihn auf die erste Stufe und zog sich am Handlauf hoch. Dann kam der rechte. Und wieder der linke. Er hatte das Gefühl, dass Eva rutschte, und machte einen Buckel.

»He, willst du mich abwerfen?«

»Erst weiter oben, sonst lohnt es sich nicht.«

Sie kicherte.

Die nächste Stufe, die übernächste. Beim letzten Mal hatte Eva an dieser Stelle ihre Wange auf seine Schulter gelegt. »Du bist ja richtig stark«, hatte sie gesagt. Diesmal sagte sie nur: »Geht's noch?«

Schwarz hielt lieber den Mund. Als er Eva schließlich glücklich auf seinem Bett absetzte und japsend zu Boden ging, waren kaum fünf Minuten vergangen, aber sie kamen ihm wie eine halbe Stunde vor. »Das war das letzte Mal, das schwöre ich dir.«

Eva lächelte ungerührt. »Du hast jetzt zwei Möglichkeiten, um dich zu erholen. Entweder du holst mir meinen Rollstuhl aus dem Wagen oder ein Bier aus dem Kühlschrank.«

»Ein Bier? Du musst doch noch fahren.«

»Heute nicht mehr.«

Er warf ihr einen überraschten Blick zu und stand erstaunlich beweglich auf. Als er Eva die Flasche reichte, trafen sich ihre Blicke. »Setz dich zu mir«, sagte sie. »Wir müssen reden.«

»Stimmt.«

Aber dann wusste keiner, was er sagen sollte. Sie lehnte sich an seine Schulter, er zog sie an sich und hielt sie fest. Er erinnerte sich sofort wieder an ihren Duft und an die Nacht mit ihr. Warum bloß war hinterher so eine Distanz zwischen ihnen entstanden?

»Wir müssen reden«, sagte Eva noch mal, doch statt einer Antwort gab er ihr einen Kuss. Sie zog sich die Bluse aus. Ihre Brüste waren klein und fest. Er konnte gar nicht anders, als sie zu streicheln. »Zieh mich ganz aus«, flüsterte sie atemlos. Schwarz kniete sich vor das Bett und begann.

»Lass dir nicht zu viel Zeit, sonst überlege ich's mir noch anders.«

»Du bist die wunderbarste …«

Sie presste ihm die Hand auf den Mund. »Du musst nicht so andächtig sein. Mit mir kann man schlafen wie mit jeder anderen Frau.«

Schwarz küsste ihren Hals, ihre Brüste, ihren Bauch. Sie war so schön, sie war …

In diesem Moment hörte er ein Wimmern.

Eva hatte es auch bemerkt. »Was war das?«

Anton stieß einen leisen Fluch aus. »Weiß nicht, klang wie ein Kind.«

»Das war draußen auf der Treppe. Da wieder. Schau doch mal nach.«

Schwarz zögerte. Scheiße, dachte er, das kann doch nicht wahr sein.

»Bitte, Anton.«

Er zog seine Hose mit einem Seufzer wieder an und ging zur Tür. Hinter ihm schlüpfte Eva in ihre Bluse.

Im Treppenhaus war es dunkel, und auf der obersten Stufe saß eine zusammengekauerte Gestalt. »Sie … Sie müssen mir helfen!«, schluchzte sie, dann brach sie zusammen.

»Frau Sass?«, sagte Anton Schwarz.

8.

Der alte Schlafsaal im *Haus der Gnade*, in dem in früheren Zeiten bis zu dreißig Mönche und Fratres genächtigt hatten, war kürzlich durch Trennwände in Viererzimmer unterteilt worden. Die dabei verwendeten Rigips-Platten waren allerdings so dünn, dass man jedes lautere Geräusch deutlich hören konnte.

»Das ist ganz klar Absicht«, meinte Patricks Zimmergenosse Slavo, »die wollen uns immer und überall unter Kontrolle haben.«

»Vor allem wollen sie hören, wie oft wir uns einen runterholen«, flüsterte Max, der sich das Stockbett mit Slavo teilte.

Jannis, der im Bett über Patrick lag, schwieg. Wie immer.

»Wie war's heute bei dir, Patrick?«, fragte Slavo.

»Ganz okay.«

»Hat Pater Anselm dich wieder beten lassen?«

»Hm.«

»Und?«

»Ich kann jetzt schon das *Vater unser.*«

»Dann darfst du ihm bald einen blasen«, sagte Max.

»Klar«, lachte Patrick unsicher.

»Du brauchst keine Angst zu haben, der Anselm wird nicht grob«, sagte Slavo.

»Und wenn du ihm was über Weiber erzählst, lässt er dich sogar ganz in Frieden«, fügte Max hinzu und kicherte.

Im Nebenzimmer begann ein Junge im Schlaf zu schluchzen.

»Ruhe!«, rief der Frater, der die Aufsicht hatte. Die Tür zu seinem Einzelzimmer blieb die ganze Nacht offen.

»Wieso versuchen wir nicht, abzuhauen?«, sagte Patrick.

»Bist du irre?«, sagte Max. »Die kriegen jeden. Und dann machen sie dich fertig.«

»Pater Anselm hat mir erzählt, dass bald ein großer Feiertag kommt. Da ist die Kirche für alle geöffnet.«

»Und?«

»Wir könnten es beim Gottesdienst versuchen.«

»Du kommst nicht mal bis zum Ausgang, das schwöre ich dir.«

»Die schnappen einen vor den ganzen Leuten?«

»Ja, klar.«

»Und keiner hilft einem?«

»Wieso sollten die? Die halten uns doch alle für U-Bahn-Schläger und Amokläufer.«

Patrick zog sich das Betttuch übers Gesicht, er hatte sich noch nicht an den durchdringenden Geruch von Schweiß, Käsefüßen und Urin gewöhnt. Jannis war Bettnässer und wechselte meistens mitten in der Nacht fluchend die Unterhose.

»Angeblich kriegen die hier für jeden von uns fünftausend Mille im Monat«, sagte Slavo. »Wir sind ein echt gutes Geschäft für die.«

»Wahnsinn«, sagte Max, »davon lebt meine Mutter fast ein Jahr.«

»Und wisst ihr, was das bedeutet: Die wären saublöd, uns irgendwann wieder rauszulassen.«

Patrick schaffte es nicht mehr zuzuhören. Er war todmüde.

Der Tag im *Haus der Gnade* begann um sechs mit dem Weckruf. Dann mussten sie bei jedem Wetter auf den Hartplatz und eine halbe Stunde lang immer die Mauer entlang rennen. Heute hatte er fünfzehn Runden geschafft, aber damit war der Trainer nicht zufrieden gewesen. Er hatte ihn für den Nachmittag statt zum Fußball zum Turnen eingeteilt. Patrick hasste Turnen.

Nach dem Duschen mussten sie beten: *Rosenkranz*, den konnte er noch nicht richtig – nur das *Vater unser*. Jeden zweiten Tag war Kirche. Da sah er alle: die Mönche, die Fratres, den Prior und die Jungen aus dem anderen Trakt.

Nach dem Beten ging es in die Werkstatt. Da feilten sie an Metallteilen rum. Ab und zu kam ein Frater oder Mönch vorbei, maß nach, schüttelte den Kopf oder nickte und gab einem das nächste Teil. Jungen, die wie er neu waren, erkannte man daran, dass sie offene Blasen an den Fingern hatten.

»Irgendwann kriegt jeder 'ne Hornhaut«, hatte Max ihn getröstet.

Nach der Werkstatt gab es Brote und süßen Tee. Dann ging es zu den Einzelstunden. Das bedeutete für die meisten Striemen und blaue Flecken. Er hatte mit Pater Anselm Glück gehabt. Der bemühte sich echt, dass ein *Mensch mit einem neuen Herzen* aus ihm wurde. Wenn das gelang, bekam man eine dunkelblaue Uniform mit einem eingestickten »M« an der Brusttasche und wurde in den anderen Trakt verlegt. Die Jungs dort waren immer sauber und ordentlich und mussten nicht mehr in die Werkstatt. Sie wohnten mit den Mönchen zusammen und bekamen richtigen Schulunterricht. Am Ende waren sie ganz bekehrt und durften nach Italien oder sogar Südamerika. Das war aber vielleicht ein Märchen, damit man ein Ziel hatte und hart an sich arbeitete.

Heute hatte Pater Anselm ihm das Gleichnis vom *Barmherzigen Samariter* erzählt. Der Typ hatte bei einem wildfremden Mann, der von Räubern überfallen und halb tot geprügelt worden war, Sanitäter gespielt. Danach hatte er ihm auch noch ein Hotelzimmer bezahlt. »Geh hin und tu dergleichen«, hatte der Pater gesagt und ihn angestarrt, als wollte er ihn hypnotisieren. Patrick hatte nicht recht verstanden, was das für ihn bedeutete. Aber vielleicht sollte er sich um die Jungen kümmern, denen es hier richtig dreckig ging.

Nach den Einzelstunden mit den Mönchen kam normalerweise der Fußball dran, der fast immer in einer Massenschlägerei endete. Komischerweise schritten ihre Aufpasser nie ein, wahrscheinlich wollten die, dass sie sich abreagierten.

Er selbst hatte heute ja leider turnen müssen wegen der mickrigen fünfzehn Runden beim Laufen. Bauchaufschwung am Stufenbarren, es war die Hölle gewesen mit seinen Blasen an den Fingern. Danach gab es wieder Tee, Hagebutte, dann *Rosenkranz* und eine Stunde Studierzeit. Da sollte er mal in der Bibel, mal in dem Buch über Metallverarbeitung lesen. Heute war die Bibel dran gewesen. Patrick hatte sich das dritte Kapitel ausgesucht, aber der Frater, der ihn beaufsichtigte, hatte ihm auf die Finger gehauen und gesagt: »Erst kommt die Schöpfung, Dummkopf, dann der Sündenfall.«

Also hatte er brav mit dem ersten Kapitel angefangen, denn wer hier nicht gehorchte, wurde sofort in die Mangel genommen. ›Es ist deine letzte Chance‹, ging es dann los, ›bei dir haben sämtliche Lehrer und Erzieher dieser Welt versagt, darum bist du bei uns. Und hier gelten andere Regeln, Bürschchen, klar?‹

Der schönste Tag war der Sonntag. Er hieß ›Tag des Herrn‹. Nach dem Gottesdienst konnten sie tun, was sie wollten. Meistens lagen sie auf ihren Betten und quatschten. Sie hatten ja keine Handys oder Laptops. Zu Mittag bekamen sie echtes Fleisch und Knödel. Die gab es auch noch mal montags, aber gebraten mit Ei drüber.

»Ich will ein neues Herz«, murmelte Patrick und schlief ein.

9.

Es dauerte fast eine Stunde, bis es Schwarz mit Evas Hilfe endlich gelungen war, Frau Sass einigermaßen zu beruhigen.

»Es tut mir so leid«, sagte sie. »Ich weiß auch nicht, was in mich gefahren ist.«

»Ich bitte Sie«, sagte Eva, »in Ihrer Situation wäre jeder verzweifelt.«

»Danke.« Sie schniefte und lächelte zum ersten Mal wieder.

Schwarz verstand zwar immer noch nicht, wieso Matthias' Mutter ausgerechnet von ihm Aufklärung und Erlösung erwartete, aber er hatte seinen Widerstand aufgegeben. Hätte er weiter auf stur geschaltet, würde Eva ihn für herzlos halten, und das wollte er auf keinen Fall.

»Könnten Sie den Auftrag noch mal genau definieren, Frau Sass?«

Sie schaute hilfesuchend zu Eva. »Ich glaube, Ihre Mitarbeiterin hat mich verstanden.«

Seine Mitarbeiterin. Als Schwarz einen Moment lang überlegt hatte, ob er Eva besser als Freundin oder Tochter vorstellen sollte, war sie ihm zuvorgekommen und hatte sich als seine Assistentin ausgegeben.

»Aber sicher, Frau Sass«, sagte sie jetzt mit sichtlichem Spaß an ihrer Rolle. »Wir sollen klären, ob Pfarrer Heimerans Beziehung zu Matthias tatsächlich rein platonisch war – oder ob er sich auch Übergriffe hat zuschulden kommen lassen.«

»Ja«, sagte Frau Sass, »ich will wissen, ob er unser Vertrauen missbraucht hat und sich vielleicht deswegen umgebracht hat.«

»Das wird nicht leicht zu klären sein«, sagte Schwarz.

Sie kramte in ihrer Handtasche und zog zwei Hunderteuroscheine heraus. »Als Anzahlung.«

Schwarz wehrte ab. »Jetzt warten Sie erst mal, ob wir überhaupt was rausfinden.«

»Natürlich finden wir was raus«, sagte Eva.

Frau Sass warf ihr einen dankbaren Blick zu und steckte das Geld wieder ein.

»Darf ich Sie jetzt nach Hause fahren?«, sagte Schwarz und bemühte sich, nicht ungeduldig zu wirken.

»Danke, heute leiste ich mir ein Taxi.«

»Dann bringe ich sie noch nach unten.«

Als Schwarz in die Wohnung zurückkehrte, brachte er Evas Rollstuhl mit.

»Danke. Bist du mir böse wegen der Amtsanmaßung?«

»Im Gegenteil. Ich habe immer schon von einer Assistentin wie dir geträumt.«

Er warf ihr einen tiefen Blick zu, aber Eva bemerkte ihn nicht mal. Schwarz hatte es befürchtet: Der Auftritt von Frau Sass hatte in ihr jedes erotische Interesse neutralisiert. Aber es kam noch schlimmer.

»Ich weiß jetzt, was dein Problem ist, Anton.«

»Mein Problem? Habe ich ein Problem?«

»Du hast den Fall doch nur übernommen, um mich nicht zu enttäuschen.«

»Was? Wie kommst du denn darauf?

»Jetzt sei doch mal ehrlich, Anton.«

»Bin ich ja. Ich war mir halt nicht sicher, ob ich der Richtige für Ermittlungen im kirchlichen Milieu bin.«

»Das ist es nicht.«

Er sah sie fragend an. »Und was ist es dann?«

Sie lachte. »Ich fürchte, mein süßer knuddeliger Anton ist bis unter die Haarspitzen homophob.«

Schwarz starrte sie an. »Ho-mo-phob?«

»Du hast schon richtig gehört.«

»Ich weiß ja nicht mal, was das genau bedeutet.« Schon wieder eine Lüge.

»Allein wie du das Wort *homosexuell* aussprichst – als würdest du dir am liebsten ein Zungenkondom überziehen, um dich nicht dran zu infizieren.«

»Blödsinn. Für mich sind Schwule Menschen wie alle anderen auch.«

»Dass du das so betonen musst, spricht auch Bände.«

»Eva, bitte, ich habe da echt kein Problem.« Er hätte sich gewünscht, dass seine Stimme in diesem Moment ein klein wenig natürlicher und selbstsicherer geklungen hätte.

Eva schüttelte den Kopf. »Es ist einfach verräterisch, wenn ein leidenschaftlicher Ermittler wie du sich so gegen einen Fall sperrt.«

»Leidenschaftlich? Ich? Ich bin ein frustrierter Expolizist, der sich mit Detektiv-Jobs über Wasser zu halten versucht.«

»Das ist doch nicht wahr. Dann könntest du auch nur als Wachmann arbeiten.«

Schwarz holte sich das nächste Bier aus dem Kühlschrank.

»Findest du nicht, dass du ein bisschen viel trinkst, Anton?«

Er erstarrte. »Jetzt pass mal auf, Schätzchen. Es gibt ein paar wenige Dinge, bei denen der knuddelige Schwarz keinen Spaß versteht. Erstens mag er nicht analysiert und interpretiert werden, egal wie gut es gemeint ist. Er möchte nämlich selbst drüber entscheiden, wie viel von seinem Inneren er preisgibt.«

»Wieso redest du in der dritten Person über dich?«

Schwarz ignorierte Evas Einwurf. »Zweitens hasst er jede Form der Kontrolle. Er findet, dass es allein seine Sache ist, ob er drei, vier oder sogar fünf Bier trinkt.«

»Ich mag es halt nicht, wenn du so undeutlich wirst.«

»Undeutlich? Und ich mag es nicht, wenn du dich so in mein Leben einmischst.« Warum sage ich das?, dachte Schwarz.

»Es tut mir leid, wenn ich dir zu nahe gekommen bin, Anton.«

Genau das habe ich mir doch gewünscht, dachte Schwarz. Ich bin ein Idiot.

Aber statt das zu sagen, schwieg er.

Die Stimmung war auf dem Tiefpunkt angelangt.

»Willst du mich wieder runtertragen oder kann ich hier schlafen?«, sagte Eva.

»Du kannst gern bleiben. Ich habe ja noch das Bett meiner Mutter.«

»Wer geht zuerst ins Bad?«

»Du«, sagte Schwarz, »ich trinke noch mein Bier.«

Nachdem sie sich betont förmlich eine gute Nacht gewünscht und das Licht gelöscht hatten, warteten beide auf ein versöhnliches Wort des anderen. Beide warteten vergeblich und schliefen wütend und traurig ein.

10.

Am nächsten Morgen brachte Schwarz Eva den Cappuccino ans Bett. Er hatte eine frische Dose Espressopulver geöffnet, die Milch mit Hingabe geschäumt und mit einer Prise Kakao verziert. Eva probierte mit geschlossenen Augen. »Hm, herrlich.« Sie blinzelte. »Bist du noch sauer, Anton?«

»Nein.«

»Konntest du schlafen?«

Er nickte. »Fluchtschlaf.«

Sie lachte und wuschelte ihm durchs Haar.

»Ich begreife nicht, was da gerade mit uns passiert«, sagte er.

»Wir müssen uns einfach besser kennenlernen«, sagte sie.

»Ja, und uns ausprobieren.«

Eva schaute ihn fragend an.

»Willst du mir bei dieser Geschichte helfen?«

»Wie? Wie soll das gehen?«

»Du könntest mich kontrollieren.«

Sie sah ihn verwirrt an.

Er verzog keine Miene. »Falls Homophobie oder Bierkonsum meinen Blick trüben.«

Eva lachte auf und boxte ihn in die Seite. Dann fielen sie beide in die Kissen.

Ja, dachte Schwarz hinterher, man kann mit ihr schlafen

wie mit jeder anderen Frau. Aber ich möchte mit keiner anderen schlafen.

Anton Schwarz war mit dem Fahrrad auf dem Weg nach Untermenzing. Eva hatte es vorgezogen, in seiner Wohnung zu bleiben, um den Laptop noch einmal unter die Lupe zu nehmen. Sie wusste zwar, dass Matthias Sass vor seinem Suizid sämtliche Mails gelöscht hatte, hoffte aber, doch noch Datenreste zu finden.

Es begann wieder zu regnen.

Das darf nicht wahr sein, dachte Schwarz, muss man jetzt schon mitten im August immer eine Regenjacke dabeihaben? Die Luft war warm und dampfig, Nebelfetzen hingen über den Büschen an der Würm, die Wiesen standen unter Wasser wie in einer tropischen Sumpflandschaft. Es hätte ihn nicht gewundert, wenn plötzlich Kraniche oder Papageien aufgeflogen wären.

Vielleicht liegt Untermenzing längst am Amazonas, dachte Schwarz, und wir Eingeborenen haben es nur noch nicht bemerkt.

Doch der immer stärker werdende Regen ließ die Temperatur rasch fallen und vertrieb alle Dschungelträume. Untermenzing lag weiter im Einflussbereich des feuchtkalten Atlantikklimas und gehörte zu den gewitterintensivsten Zonen Deutschlands. Schwarz wischte sich mit dem Ärmel die Tropfen aus dem Gesicht.

Im Biergarten an der *Inselmühle* waren große Schirme aufgespannt, in der Grillstation drehten sich noch sehr blasse Hähnchen am Spieß, aber vereinzelt saßen schon Gäste beim Morgenbier. Der Alkohol mache ihn *undeutlich,* hatte Eva ihm gestern vorgeworfen. Da sollte sie mal die einsamen Trinker hier mit ihren aufgedunsenen Gesichtern sehen. Im Vergleich zu ihnen war er geradezu unheimlich präzise. Selbst nach dem dritten Bier.

Als Schwarz endlich den Pfarrhof von St. Meinrad erreichte, war er nass bis auf die Haut und schlotterte vor Kälte. Er lehnte sein Rad an den Schuppen neben der alten Walmdachvilla und klingelte. Es dauerte eine Weile, bis eine etwa sechzigjährige korpulente Frau die Tür öffnete.

»Grüß Gott?«

»Grüß Gott. Ich heiße Anton Schwarz. Sind Sie Frau Kammer? Frau Sass hat mir Ihren Namen genannt.«

Sie nickte. »Kommen Sie rein, Sie sind ja klatschnass.«

»Nein, ich mache Ihnen ja alles schmutzig. Können wir vielleicht einen Termin ausmachen?«

Sie schüttelte resolut den Kopf. »Sie holen sich doch den Tod. Wir haben ein Gästebad, und was Trockenes zum Anziehen finde ich auch für Sie.«

Schwarz zögerte.

»Jetzt lassen sie sich nicht so bitten. Wir sind ein katholischer Pfarrhof – bei uns haben schon ganz andere Obdach gefunden.«

Unter der heißen Dusche erreichte Schwarz rasch wieder Normaltemperatur. Die schwer gängigen Armaturen waren dieselben wie im Haus seiner Mutter in Waldram und stammten wohl aus den Fünfzigerjahren.

Über einem wuchtigen Heizkörper hing frische Kleidung. Sie passte ihm ziemlich gut, allerdings nur von den Maßen her. Sonst wirkte Schwarz in dem dunkelblauen Rollkragenpullover und der schwarzen Cordhose, die ein polnischer Aushilfspriester hier vergessen hatte, doch sehr pastoral. Aber vielleicht war es in diesem Aufzug ja einfacher, Frau Kammers Vertrauen zu gewinnen.

Die Haushälterin hatte inzwischen Kaffee gemacht und einen Teller mit Gebäck bereitgestellt.

»Ich begreife es noch gar nicht«, sagte sie, »ich denke immer, im nächsten Moment kommt er zur Tür herein.«

Schwarz nickte mitfühlend.
»Sie sind Privatermittler, haben Sie gesagt?«
»Ja, Frau Sass hat mich engagiert.«
»Und was sollen Sie rausfinden?«
Schwarz überlegte kurz und entschied sich dann, seine wahren Absichten hinter einem leichten bürokratischen Nebel zu verbergen. »Es ist so, dass die Polizei bei Suizidfällen lediglich daran interessiert ist, die Beteiligung Dritter auszuschließen. Für Angehörige und Freunde hingegen ist meistens die Frage nach dem Motiv wichtiger.«
»Dieser Kommissar …«
»Buchrieser?«
»Genau, der hat sich für gar nichts interessiert, wenn Sie mich fragen.«
Schwarz verkniff sich einen Kommentar zu dem ehemaligen Kollegen, der mit jedem Fall lethargischer zu werden schien.
Der Kaffee war dünn, hatte einen leicht malzigen Nachgeschmack und erinnerte ihn an seine Kindheit.
»Sehen Sie sich denn schon in der Lage, mir einige Fragen zu beantworten, Frau Kammer?«
Sie nickte. »Wenn Sie mich, bitte, kurz durchschnaufen lassen. Seit der schrecklichen Nachricht gestern habe ich keine Minute Ruhe gehabt. Erst waren die Polizei und die Presse im Haus, dann der Dekan Wels, und zuletzt ist auch noch die Schwester vom Herrn Pfarrer aufgetaucht, die sich in all den Jahren nicht ein einziges Mal hat blicken lassen.« Sie deutete auf das Gebäck. »Nehmen Sie ein Nusshörnchen. Die sind von mir.«
Schwarz biss anstandshalber ein Stück ab und nickte anerkennend. »Selbst gebacken, Respekt. Was für ein Mensch war Pfarrer Heimeran denn?«
Frau Kammer sah ihn an, als hätte sie ihn gerade erst bemerkt.

»Ich muss mir ein Bild von ihm machen, verstehen Sie?«

»Mei, wenn ich das Fotoalbum noch hätte, aber das hat auch die Schwester mitgenommen.«

Schwarz nickte ihr aufmunternd zu.

»Also, er war groß, blond … sportlich, humorvoll … gebildet.«

Schwarz unterdrückte ein Schmunzeln. Offenbar wagte die Frau es nicht, sich über den Charakter des Priesters auszulassen.

»War er gesellig?«

»Nein, dazu war er zu beschäftigt. Aber für Menschen, die etwas auf dem Herzen hatten, hat er sich immer Zeit genommen.«

Das war Schwarz zu schwammig. Er versuchte, sich vorsichtig dem anzunähern, was ihn eigentlich interessierte.

»War er bei den Jugendlichen beliebt?«

»Sehr sogar.« Das kam spontan.

Er überlegte, ob er es riskieren durfte, das Verhältnis zwischen dem Pfarrer und Matthias anzusprechen. Die Haushälterin schien arglos zu sein.

»Frau Sass hat erzählt, dass Pfarrer Heimeran im Leben ihres Sohnes eine wichtige Rolle gespielt hat.«

»Das kann man wohl sagen. Der Matthias war ja sein Lieblingsministrant und der jüngste Gruppenleiter, den wir in St. Meinrad je hatten. Er ist hier ein- und ausgegangen, als wäre er bei uns zu Hause.«

Schwarz stellte zufrieden fest, dass er beim Thema angelangt war. Jetzt musste er nur darauf achten, die Frau nicht mit delikaten Fragen in Verlegenheit zu bringen. Am liebsten hätte er sich natürlich gleich erkundigt, ob der Junge auch im Pfarrhof übernachtet hatte, aber darauf verzichtete er lieber.

»Matthias ist ja vaterlos aufgewachsen. Kann man sagen, dass der Pfarrer für ihn eine Art Ersatzvater war?«

»Auf jeden Fall. Aber auch umgekehrt. ›Matthias wird mal mein Nachfolger‹, hat er immer erklärt. Und das hat geklungen, wie wenn bei uns daheim ein Bauer sagt: ›Der Bub übernimmt mal den Hof‹.«

»Sie sind vom Land?«

Sie lächelte verlegen. »Aus der Oberpfalz.«

Schwarz brach noch ein Stück von dem Nusshörnchen ab. Jetzt nahm sich auch Frau Kammer eines. »Die haben dem Matthias auch immer so gut geschmeckt.«

»Zum Frühstück?«, sagte Schwarz ganz nebenbei und beobachtete aus dem Augenwinkel die Reaktion der Haushälterin.

»Wenn er bei der Frühmesse ministriert hat, habe ich ihn manchmal hinterher eingeladen.« Sie lächelte unschuldig.

»Wissen Sie noch, wann er zum letzten Mal hier war?«

Die Farbe wich aus ihrem Gesicht. »Hat Frau Sass drüber gesprochen?«

»Über was?«

»Ja ... wie soll ich es sagen ...?«

Schwarz half ihr bewusst nicht.

Sie holte Luft. »Irgendwas muss passiert sein, ich weiß nicht, was. Jedenfalls ist der Matthias von einem Tag auf den anderen nicht mehr zu uns gekommen. Das war schon vor ungefähr drei Jahren.«

»Und Sie haben keine Vermutung, was der Grund gewesen sein könnte?«

Sie schüttelte den Kopf und schob nervös die Krümel auf dem Tisch zu einem Häufchen zusammen.

»Frau Sass hat Glaubenszweifel bei ihrem Sohn erwähnt.«

»Über die hätte er doch mit dem Herrn Pfarrer reden können. Sie haben über alles gesprochen. Ich weiß noch, einmal sind sie mit dem Bus aus dem Ministrantenlager zurückgekommen, da hat der Herr Pfarrer gesagt, er muss jetzt seine Bücher aus dem Studium wieder rausholen, weil der Matthias ihm so viele kritische Fragen stellt.«

»Was war das für ein Lager?«

»Das Pfingstlager. Unsere Ministranten sind jedes Jahr nach Steinsberg gefahren.«

Schwarz horchte auf. Steinsberg war doch der Ort, aus dem Heimeran Matthias die Postkarte geschickt hatte.

»Kennen Sie das Kloster St. Joseph nicht, Herr Schwarz?«

Er schüttelte den Kopf.

»Jetzt gehört es irgendeinem anderen Orden, aber bis vor drei Jahren waren da die Benediktiner. Vor zwei Jahren sind unsere Ministranten noch mal hingefahren, aber da haben sie im Garten vom Pfarrhof zelten müssen.«

Das Telefon klingelte. Frau Kammer entschuldigte sich und eilte zum nebenan gelegenen Büro. Sie ließ die Tür offen und Schwarz konnte mithören.

»Herr Dekan Wels, grüß Gott.«

Dann sprach nur noch der Anrufer und ließ ihr kaum Zeit für ihre auffallend unterwürfigen Antworten.

»Der Herr Dekan«, sagte Frau Kammer verlegen, als sie wieder am Tisch Platz nahm.

Schwarz hätte sie gern gefragt, um was es bei dem Telefonat gegangen war, aber er wollte das erworbene Vertrauen nicht aufs Spiel setzen.

»Ich kann mir vorstellen, dass es für den Pfarrer ein großer Schock war, als er von Matthias' Tod erfahren hat.«

»Ja, das war ganz schlimm für ihn.«

»Hat er mit Ihnen darüber gesprochen?«

Sie schüttelte den Kopf. »Aber ich habe es ihm angesehen.«

»Er hat kein Wort dazu gesagt?«

»Kein privates. Ich war hier immer nur die Mitarbeiterin, die den Haushalt und das Büro macht. Ich glaube schon, dass der Herr Pfarrer mich geschätzt hat, aber anvertraut hat er sich mir nie.«

»Wem hat er sich denn anvertraut?«

Sie machte eine ratlose Geste.

»Irgendeinem Kollegen vielleicht?«

Sie hob hilflos die Arme. Schwarz sah einen feuchten Schimmer in ihren Augen und begriff, dass sie den Priester zumindest sehr verehrt, wenn nicht sogar heimlich geliebt hatte.

Er wollte Frau Kammer nicht weiter bedrängen, aber würde sie, wenn er jetzt ging, noch einmal so offen sein?

Schwarz legte seine Hand auf ihren Unterarm und sah ihr in die Augen. »Was haben Sie gedacht, Frau Kammer, als Sie von seinem Selbstmord erfahren haben?«

Er spürte, wie es sie durchzuckte.

Ihr Blick ging in die Ferne. »Ich habe es nicht geglaubt.«

»Was? Dass er tot ist?«

»Dass ein Mensch wie der Herr Pfarrer sich umbringt.«

11.

Eva lachte, als sie ihn sah. »Wie siehst du denn aus? Findest du das sexy?«

Schwarz machte eine strenge Miene. »Bitte keinen Spott über den Modegeschmack polnischer Aushilfspriester.«

»Hast du mit einem Kleider getauscht?«

»Genau, er war scharf auf meine löchrige Levis, und ich falle so weniger auf im kirchlichen Milieu.« Er schnupperte. »Hast du gekocht?«

Eva deutete lächelnd zum gedeckten Tisch. An seinem Platz stand ein Bierkrug.

»Ich trinke grundsätzlich kein Bier vor 18 Uhr«, sagte er. »Ich habe viel zu viel Angst, meine Konturen zu verlieren.«

»Nicht, dass du nachtragend wärst, was, Anton? Ich hoffe, du isst vor 18 Uhr Latkes mit Lachs?«

»Reiberdatschi, ja klar.« Schwarz lief das Wasser im Mund zusammen.

»Mach es dir bequem«, sagte Eva.

»Ich bin aber kein Mann, der sich bedienen lässt.«

»Ist auch eine Ausnahme heute«, sagte Eva und fuhr zur Küche, um das Tablett zu holen.

Die Latkes waren zum Niederknien gut. Schwarz erzählte Eva beim Essen von seinem Gespräch mit Frau Kammer. Sie wollte jede Einzelheit hören, und er hatte das Gefühl, dass sie innerlich Protokoll führte. Sie hakte immer wieder nach oder ließ ihn bestimmte Sätze wörtlich wiederholen.

»Hat sie eine Andeutung gemacht, dass der Priester und Matthias vielleicht was miteinander hatten?«

»Nicht die geringste. Und wenn es so war, wäre sie vermutlich die Letzte, die etwas davon mitbekommen hätte.«

»Seltsam«, sagte Eva, »wirklich seltsam.«

»Wieso? Hast du was auf dem Laptop gefunden?«

Sie hob die Schultern. »Erst mal habe ich diesen merkwürdigen Satz gegoogelt: *Erklär mir, Liebe.*«

Schwarz sah sie fragend an.

»Er stammt aus einem Gedicht.«

»Aha, von wem?«

»Ingeborg Bachmann.« Sie griff nach einen Blatt Papier und las vor: »*Dein Hut lüftet sich leis, grüßt, schwebt im Wind, dein unbedeckter Kopf hat's Wolken angetan, dein Herz hat anderswo zu tun …*«

Schwarz blickte versonnen auf ihre vollen Lippen, auf das Dickicht ihrer kastanienbraunen Locken, er versank in ihren blauen Augen.

»… dein Mund verleibt sich neue Sprachen ein, das Zittergras im Land nimmt überhand, Sternblumen bläst der Sommer an und aus, von Flocken blind erhebst du dein Gesicht, du lachst und weinst und gehst an dir zugrund, was soll dir noch geschehen – Erklär mir, Liebe.«

Eva sah vom Text auf und ertappte Anton.

»He, du sollst mich jetzt nicht anschmachten.«

»Ich kann dich doch schön finden und trotzdem aufmerksam zuhören.«

»Dann ist dir sicher nicht entgangen, dass es sich hier um ein Liebesgedicht handelt. Die Botschaft ist also eindeutig.«

»*Du weinst und gehst an dir zugrund*«, wiederholte Schwarz nachdenklich. »*Erklär mir, Liebe.*« Er liebte die Bachmann, trotzdem fühlte es sich für ihn seltsam an, dass ein Mann so etwas einem anderen Mann schickte. Aber das behielt er natürlich für sich, um sich nicht erneut den Vorwurf der Homophobie einzuhandeln.

»Mit dem Laptop war es schwieriger«, sagte Eva. »Ich habe ewig rumgedoktert, aber ohne spezielle Software kann ich auch im Backup gelöschte Mails nicht wiederherstellen. Und deine Leitung hier ist ja wahnsinnig langsam. Wenn es dir recht ist, nehme ich das Ding mal mit nach Hause.«

»Ja, mach das.«

»Bringst du ihn mir mal?«

Schwarz holte den Laptop vom Schreibtisch. Eva klappte ihn auf und fuhr ihn hoch. »Ich wollte schon aufgeben, da habe ich einen Ordner mit Briefen gefunden.«

»Die er nicht gelöscht hat?«

»Ja, offenbar hat Matthias nur Texte verschwinden lassen, die was mit diesem Suizid-Forum zu tun hatten, in dem er sich getummelt hat.«

»Und, sind Briefe an Pfarrer Heimeran dabei?«

»Ziemlich viele sogar. Es geht aber fast nur um theologische Fragen. Matthias hatte einen ziemlich geschraubten Stil. Wahrscheinlich hat er sich schon als zukünftiger Priester und Prediger gesehen.«

»Nur Theologie also?«

»Mit einer Ausnahme.«

Sie lächelte vielsagend und drehte den Laptop in seine Richtung. Schwarz zog ihn ein Stück näher und begann zu lesen.

Lieber Wolfgang, du warst für mich immer die Fackel in der Dunkelheit. Du bist vorausgegangen, und ich bin dir gefolgt. Von dir habe ich die Kraft und die Inspiration bekommen, die mir geholfen haben, den schweren Weg zum Priesteramt zu beschreiten. Wenn ich mutlos war, hast du mir Hoffnung gegeben, wenn mein Glauben schwach wurde, hast du mir Kraft gegeben. Du hast mich gelehrt, dass der Priester nicht im Gegensatz zur Welt steht, sondern dass er sie bejahen muss, um in ihr wirken zu können. Ich habe dank dir begriffen, dass die Liebe zum Nächsten keine abstrakte Liebe sein darf. Du warst mir in allem das große Vorbild. Ich habe dich mehr verehrt, als man einen Menschen verehren soll. Davor hast du mich nicht nur einmal gewarnt. – Als hättest du gewusst, Wolfgang, dass mein Bild von dir irgendwann zerbrechen würde, dass meine Bewunderung und mein Respekt für dich …«

Schwarz beugte sich vor. »Das gibt's doch nicht. Der Brief bricht ab, er bricht mittendrin ab. Geht das irgendwo weiter, Eva?«

Sie schüttelte den Kopf. »Ich habe keine andere Datei gefunden. Es sieht so aus, als hätte Matthias es nicht geschafft, den Brief zu Ende zu schreiben.«

»Dann hat er ihn auch nicht abgeschickt und Heimeran hat womöglich nie erfahren, warum er plötzlich nichts mehr mit ihm zu tun haben wollte.«

Schwarz stand auf und lief mit zusammengepressten Lippen in dem ehemaligen Tanzsaal auf und ab. Eva sah schweigend zu. Schließlich ließ er sich in seinen Deckchair fallen.

»Das kann alles bedeuten und nichts. Vielleicht hat Heimeran ihn angebaggert und damit das idealistische Bild zerstört, das Matthias von ihm hatte. Oder die beiden hatten was miteinander, und der Pfarrer ist fremdgegangen. Was weiß ich.«

»Vielleicht hat er auch mit seiner Haushälterin geschlafen.«

»Das bestimmt nicht«, sagte Schwarz.

»Und jetzt?«, sagte Eva.

Schwarz zuckte die Schultern.

12.

Anfangs hatte Patrick gedacht, der Hartplatz hieße so, weil das Fußballspielen dort echt die Härte war. Der Platz reichte an einer Seite bis dicht an eine Mauer, gegen die er gleich beim ersten Mal so mit dem Schädel gerannt war, dass er Sternchen gesehen hatte. Noch schlimmer war der Belag des Spielfelds: wie grobes Sandpapier. Wenn man einmal grätschte oder gefoult wurde und hinflog, sah man aus, als wäre man mit einer Stahlbürste bearbeitet worden.

Patrick war an sich kein schlechter Spieler, er hatte einen schnellen Antritt und einige Tricks drauf. Aber das half ihm im *Haus der Gnade* gar nichts. Die kräftigeren Spieler hauten Dribbler wie ihn einfach um oder schubsten ihn zur Seite. Und Dominik, der kahlköpfige junge Frater, der den Schiedsrichter machte, grinste dann nur, anstatt Freistoß zu pfeifen.

Da Patricks Knie immer noch nicht richtig verheilt war und er keine Lust auf die nächste Verletzung hatte, ging er heute allen Zweikämpfen aus dem Weg. Die anderen merkten das natürlich und verarschten ihn. Sie nannten ihn *Weichschwanz* und *Eierlutscher*. Aber das war ihm egal, Worte konnten ihn nicht mehr verletzen.

Dann passte er doch einen Moment lang nicht auf und flog über Jannis' Bein. Er landete auf den Händen und schrie. Es brannte höllisch. Er ging in die Hocke und versuchte verzweifelt, die kleinen Steinchen aus der Haut zu pulen. Den Ball, der langsam auf ihn zurollte, bemerkte er nicht. Sonst wäre er ihm ausgewichen.

Jetzt lag der Ball zwischen seinen Beinen. Er wollte ihn weiterschubsen, aber da kam der Frater Dominik angerannt und drosch voll drauf. Der Schmerz in seinem Bauch nahm Patrick die Luft. Er merkte, dass er langsam nach hinten kippte, aber er konnte nichts dagegen tun.

Plötzlich lag Frater Dominik über ihm. Er spürte dessen Atem heiß an seinem Ohr. »Gib her!«, keuchte er.

Patrick hatte keine Ahnung, wo der Ball war, aber der Frater griff ihm zwischen die Beine und fummelte an seinem Hintern herum. Er hörte überhaupt nicht mehr auf.

»Los, her mit dem Ball«, rief er, und die anderen lachten wie blöd. Und dann versuchte er tatsächlich, ihm den Finger ins Arschloch zu bohren. Patrick warf sich verzweifelt hin und her.

Plötzlich ließ der Frater ihn los und sprang auf. Jemand hatte »Delegation« gebrüllt. Alle rannten wild durcheinander und drängten zur Tür. Dominik trieb sie zur Eile an. Einer nach dem anderen verschwand im Haus.

Nur Patrick blieb benommen sitzen. Das große Holztor zum Park öffnete sich. Bisher kannte er nur die Wipfel der höchsten Bäume, jetzt sah er einen Brunnen, breite Sandwege und Buchsbaumhecken.

Die *Delegation* betrat den Hartplatz.

Mehrere größere Jungen in Schuluniform eskortierten Pater Anselm, den Prior und vier Männer, die er noch nie im *Haus der Gnade* gesehen hatte. Sie trugen dunkle Sakkos und machten würdige Gesichter.

»Hier können sich unsere schwierigen Jungen mal so richtig austoben«, sagte Pater Anselm.

Einer der Männer übersetzte für die anderen. Patrick kannte die Sprache nicht, aber sie klang ein bisschen wie Italienisch. Vielleicht war es ja wahr, dass manche Jungen irgendwann nach Italien oder sogar nach Südamerika durften.

»Deswegen ist der Bolzplatz auch so beliebt«, log der Pater.

Der Übersetzer sagte irgendwas mit *Campo de fútbol.*

Klingt ja witzig, dachte Patrick. Da kam Frater Dominik auf ihn zugestürzt und riss ihn weg.

13.

Schwarz setzte Eva an der Kirche ab. Sie wollte sich, während er noch einmal mit der Haushälterin sprach, den Friedhof und den Steg ansehen, unter dem Pfarrer Heimerans Leiche gefunden worden war.

Frau Kammer bearbeitete den Rasen vor dem Pfarrhaus mit einem Trimmer. »Wer weiß, ob es für mich hier weitergeht«, sagte sie, »aber ich möchte den Garten auf jeden Fall ordentlich hinterlassen.«

»Ich habe noch was vergessen«, sagte Schwarz.

Sie führte ihn zu einer Bank hinter dem Haus. »Hier ist er oft gesessen«, sagte sie, »hat eine Weißweinschorle mit viel Eis getrunken und gelesen. Am liebsten mochte er Gedichte.«

Ingeborg Bachmann, dachte Schwarz.

»Was wollen Sie denn noch wissen, Herr Schwarz?« Sie sah ihn an. Ihre Lider waren gerötet, wahrscheinlich hatte sie die halbe Nacht geweint.

»Könnten Sie mir schildern, was Pfarrer Heimeran in seinen letzten Stunden gemacht hat?«

»Ja, freilich. Er hat drüben in Moosach eine Sterbemesse gehalten, weil der dortige Pfarrer in Urlaub ist. Dann war er in einem Elektromarkt.«

»Aha?«

»Wir brauchten schon länger eine neue Lautsprecheranlage für die Kirche, aber er hat nichts Günstiges gefunden. Um zwölf habe ich ihn zum Mittagessen erwartet. Er hat sich um zehn Minuten verspätet, aber rechtzeitig angerufen, damit die Kartoffeln nicht verkochen. Es hat Tafelspitz gegeben, im Sommer will er immer was Leichtes – wollte er ...«, verbesserte sie sich mit belegter Stimme.

Schwarz hörte ihren umständlichen Ausführungen geduldig zu. Manchmal waren es ja gerade die Nebensächlichkeiten, die einen auf die richtige Spur brachten.

»Nach dem Essen ist der Herr Pfarrer wie immer kurz an seinen Computer gegangen.«

Schwarz horchte auf. »Dürfte ich da mal einen Blick drauf werfen?«

Sie schüttelte den Kopf. »Den hat auch die Schwester mitgenommen.«

»Aber das geht doch nicht ohne Erbschein.«

»Was hätte ich denn tun sollen, Herr Schwarz? Die Polizei rufen? Steht mir das zu?« Sie machte eine resignierte Geste und fuhr fort. »Es war kurz vor zwei, da hat er bei mir in der Küche vorbeigeschaut. Er hatte ein frisches Hemd angezogen für den Besuch bei der Frau Sass – das habe ich jedenfalls gedacht.«

»Sie wussten von der Einladung?«

»Er hat sie erwähnt, und auch gesagt, dass er vorher noch was erledigen muss.«

»Was denn?«

»Das weiß ich nicht, aber er hat es sowieso verschoben, weil dieser Anruf kam.«

»Ein Anruf?«

»Ja. Am alten Friedhof sind die Stromleitungen ziemlich mürbe, da fliegt ständig die Sicherung raus. Dann funktioniert die Pumpe für das Blumenwasser nicht mehr und die Besucher beschweren sich. Der Sicherungskasten ist im Leichenschauhaus. Wenn kein Bestatter da ist, muss einer von uns helfen.«

»Und das wollte Pfarrer Heimeran übernehmen?«

»Ja. Der Friedhof liegt ja auf dem Weg zur Frau Sass.«

Schwarz musterte die Haushälterin schweigend. Irgendetwas an dieser Geschichte knirscht gewaltig, dachte er.

14.

Als Schwarz den alten Friedhof überquerte und auf die Dachbrücke zuging, hörte er Rufe. »Hallo, ist da jemand? Hallo, Hilfe!«

Es war Eva. Er lief los. Aber auf der Brücke war sie nicht. »Eva, wo bist du denn?«

»Dreimal darfst du raten.«

Er blickte durch die Ritzen zwischen den Bohlen nach unten.

»Das ist nicht gerade behindertengerecht hier«, sagte Eva, die mit ihrem Rollstuhl im Matsch feststeckte.

»Wie bist du denn dahin gekommen?«

»Immer dicht am Ufer entlang. Die Steine sind einigermaßen eben, war trotzdem ein Höllenritt.«

»Bist du verrückt, du hättest ins Wasser stürzen können.«

»Hilf mir lieber, schimpfen kannst du später.«

Eva war nur wenige Meter Luftlinie von ihm entfernt. Aber der Weg zu ihr führte über die ganze Brücke bis zur Straße, dort die Böschung hinunter und unter der Brücke wieder zurück.

Schwarz warf einen prüfenden Blick auf die Holzkonstruktion unter ihm. Sollte er die Diretissima wagen?

»Worauf wartest du noch, Anton?«

Es war eine jener Situationen, in denen ihm bewusst wurde, dass er sein Abo beim Fitnessclub an der Donnersberger Brücke nicht hätte verfallen lassen dürfen. Sonst könnte er Eva jetzt damit beeindrucken, dass er sich wie ein Freeclimber nach unten hangelte.

Aber Schwarz war Realist. Er durfte froh sein, wenn er überhaupt heil unten ankam.

Er legte vorsichtig ein Bein übers Geländer, stützte sich mit den Händen ab und zog das andere nach. Er fand, dass ihm das fast elegant gelungen war. Jetzt saß er auf dem Geländer.

»Spring einfach«, sagte Eva, »ist nicht tief.«

»Soll ich mir den Hals brechen?«

Er suchte mit den Absätzen die leicht überstehenden Bohlen und drehte sich langsam um sich selbst. Er wusste, dass echte Kletterer grundsätzlich mit dem Gesicht zur Wand abstiegen.

Eva bedankte sich lachend, dass er für sie eine Pirouette machte, aber er ließ sich nicht beirren.

Ein Spreizschritt nach unten: Stand. Mit einer Hand tiefer gefasst: Griff. Schwarz war ganz beeindruckt von sich.

Eva kicherte.

Schwarz zog ungerührt ihren Rollstuhl aus dem Morast.

»Wie kann man nur so ungeschickt sein«, sagte er spöttisch.

Die Sonne war hinter den Wolken hervorgekommen und Eva hatte Lust, ihre Füße ins Wasser hängen zu lassen. Schwarz setzte sich neben sie und erzählte von seinem Gespräch mit der Haushälterin.

»Kannst du mir mal die Psyche dieses Mannes erklären, Anton? Er zieht sich für das Kaffeetrinken bei Frau Sass eigens um. Dann kommt dieser Anruf dazwischen, und am Sicherungskasten beschließt er von einem Moment auf den anderen, sich doch lieber umzubringen, anstatt sich unangenehmen Fragen zu stellen.«

»Er könnte von Anfang an zum Suizid entschlossen gewesen sein und nur behauptet haben, dass er zu Frau Sass will.«

»Und das frische Hemd nur zur Tarnung angezogen haben?«

»Es gibt Selbstmörder, die in sauberen Kleidern gefunden werden wollen.«

In dem Moment fiel Schwarz etwas ein. »Das Seil«, sagte er.

Eva schaute ihn an.

»Hatte er das schon dabei?«

»Verwenden nicht Bestatter Seile, um den Sarg ins Grab zu lassen?«

Sie hatten Glück, am Leichenschauhaus war eben der schwarze Kombi eines Bestattungsunternehmens vorgefahren. Zwei Männer in grauen Uniformen rollten auf einem Wagen mit Gummirädern einen Eichensarg die Rampe hoch.

»Dürfen wir kurz stören?«, sagte Schwarz.

»Bitte erst nach der Beerdigung«, sagte der ältere der beiden, »wir sind im Stress.«

»Es dauert nicht lange. Kann ich kurz die Seile sehen, die Sie verwenden?«

»Sind Sie Segler oder was?«, sagte der Mann und holte, ohne auf die Antwort zu warten, aus einer Nische im Leichenschauhaus ein Seil hervor. Schwarz nahm es prüfend in die Hand.

»Ist Ihnen zufällig aufgefallen, ob eins fehlt?«, sagte Eva.

Der Mann schüttelte den Kopf. »Wir zählen die nicht.«

Da schrie Schwarz auf. »Moment, stopp!« Er hatte entdeckt, dass ein dritter Bestatter eine Wand in der Leichenhalle tünchte. »Was machen Sie da?«

Der Mann erstarrte. Weiße Farbe tropfte von seinem Pinsel auf den Marmorboden. »Das sehen Sie doch. Die Leute haben es gern ordentlich bei einer Beerdigung.«

»Was haben Sie da überstrichen?«

»Da sind wir mit den Gummirädern vom Sargwagen drangekommen.«

»Sicher?«

»Ja … ich glaube schon.«

Schwarz sah sich die letzten Spuren, die noch nicht mit Farbe abgedeckt waren, aus der Nähe an.

»Was geht Sie das eigentlich alles an?«, knurrte der älteste der drei Bestatter.

»Wir ermitteln wegen des Selbstmords von Pfarrer Heimeran«, sagte Eva.

Die Männer schauten sie ungläubig an.

»Der Pfarrer hat sich … umgebracht? Das kann nicht sein.«

15.

Schwarz und Eva kehrten noch einmal zur Brücke zurück.

»Er könnte natürlich auch nur behauptet haben, dass ihn jemand zum Friedhof gerufen hat«, sagte Eva.

Schwarz reagierte nicht.

»Anton?«

Sie sah, dass er sich hinkniete, um die Bohle zu untersuchen, über die das Seil gezogen worden war. Er fuhr mit dem Zeigefinger über das Holz, tastete mit geschlossenen Augen.

Eva wartete, bis er wieder aufstand.

»Es gibt noch eine Möglichkeit: Es war gar kein Selbstmord.«

Sie sah ihn mit großen Augen an.

»Der Anruf könnte eine Falle gewesen sein. Und hier, das Seil hat sich mehrere Millimeter tief ins Holz eingeschnitten. Aber auf beiden Seiten der Bohle gleich tief.«

»Was heißt das?«

»Dass er vielleicht schon tot war und seine Leiche von oben runtergelassen wurde.«

Eva war fasziniert von der Hypothese. Während Schwarz auf der Fahrt nach Obermenzing stumm blieb, sprudelte es nur so aus ihr heraus. Es mussten zwei Männer gewesen sein, die im Leichenschauhaus auf Pfarrer Heimeran gewartet hatten. Er war ein sportlicher Typ gewesen, außerdem hätte ein Mann allein die Leiche nie unter die Brücke hängen können. Die Flecken an der Wand der Leichenhalle deuteten auf einen Kampf hin. Heimeran hatte sich gewehrt und um sich getreten. »Man muss seine Schuhe untersuchen und mit dem Abrieb vergleichen. Und an dem Seil, an dem er hing, müssten DNA-Spuren sein. Kannst du der Polizei sagen, dass sie bei der Obduktion auch nach

Resten eines Narkosemittels suchen sollen? Vielleicht ist er ja betäubt worden.«

Schwarz parkte vor Evas Haus in der August-Exter-Straße.

Sie sah ihn irritiert an. »Was ist denn jetzt los?«

»Feierabend.«

»Wie bitte?«

»So ein Fall wird nicht in vierundzwanzig Stunden gelöst, Eva.«

»Aber ...«

Er reichte ihr den Laptop. »Ich hatte so eine Ahnung, dass du unbedingt noch arbeiten willst.«

»Und du?«

»Ich muss in die *Karibik.*«

»Die Karibik?«

»Erinnerst du dich nicht mehr, wie ich meine Brötchen verdiene? Ich beschütze das Konsulat dieses karibischen Zwergstaats.«

Eva schob die Unterlippe nach vorne. Sie sah aus wie ein kleines Mädchen, dem man sein Spielzeug weggenommen hat. »Sagst du mir wenigstens noch, was du von meinen Überlegungen hältst?«

»Du könntest recht haben.«

»Aber?«

»Genauso gut aber auch nicht. Es wäre ein Fehler, sich jetzt schon festzulegen.«

»Kannst du denn rauskriegen, in welche Richtung die Polizei ermittelt?«

»Das werde ich versuchen.«

Eva nickte schon wieder etwas zufriedener. »Hilfst du mir noch aus dem Wagen?«

Schwarz stieg aus und stellte den Rollstuhl neben die Beifahrertür. Eva schob sich von ihrem Sitz hinüber. Er war jedes Mal wieder fasziniert, welche Kraft sie in den

Armen hatte. Sie nahm den Laptop auf den Schoß und lächelte ein wenig traurig.

»Ciao, Anton.«

Er streichelte ihr über die Wange. »Ciao.«

Sie schlang den Arm um ihn und küsste ihn auf den Mund.

16.

Zur *Karibik* fuhr Schwarz grundsätzlich nicht mit dem Auto, sondern mit dem Fahrrad. Es war ein Ritual mit einer kathartischen oder, wie er es nannte, abführenden Wirkung. Schwarz ärgerte sich jedes Mal von Neuem über die Bauwut, die an der Landsberger Straße ausgebrochen war. Er widersprach niemandem, der die Landsberger zu den Top Five der hässlichsten Straßen Münchens zählte, trotzdem war ihm die Umgestaltung der Straße zutiefst zuwider.

Da werden Millionen und Abermillionen verbaut, dachte er, und am Ende will hier kein Mensch mehr leben oder arbeiten. Die Landsberger wird eine Geisterstraße werden.

In seinem inzwischen schon ziemlich langen Leben als Ermittler hatte Schwarz es gelernt, sich Ruhezeiten zu schaffen, in denen der aktuelle Fall keine Rolle spielte. Während der 2,9 Kilometer von seiner Wohnung zum Konsulat verschwendete er keinen Gedanken an den Priester aus Untermenzing und dessen rätselhaften Tod. Er wusste, dass die Ermittlungsarbeit in einer tieferen Schicht seines Bewusstseins sowieso unaufhörlich weiterging. Da wurden rastlos Indizien von allen Seiten beleuchtet und in ständig neuen Kombinationen verknüpft.

Schwarz fand die Vorstellung äußerst angenehm, dass *es*

in ihm arbeitete, ohne dass er sich dafür anstrengen musste. Er konnte beruhigt vor sich hin granteln und sich dabei erholen. Irgendwann würde sein Unterbewusstsein sich schon zu Wort melden.

Er grüßte Cindy, die, wenn sie nicht auf Freier wartete, Heike hieß. »Na, wie läuft's?«

»Beschissen. Sind alle in Urlaub, schieben mit irgendwelchen Strandflittchen Gratisnummern oder müssen bei ihrer Alten ran.«

»Wieso gehst du nicht auch in Ferien?«

»Ich habe keinen, der mich begleitet.«

»Das tut mir leid.«

Plötzlich hellte ihre Miene sich auf. »Mensch, Schwarz, das wär doch mal was für uns. Wir fliegen auch nicht nach Ibiza, wo wir die ganzen anderen Mädels treffen.«

Schwarz ließ ein schwer definierbares Brummen hören.

»Das klingt ja begeistert. Ich dachte, du bist Single?«

»Klar … im Prinzip schon.«

»Oder hat deine Ex dich wieder verführt?«

Er schüttelte den Kopf.

Cindy grinste. »Du hast eine Neue, stimmt's?«

Er holte tief Luft, sagte dann aber nichts.

Sie knuffte ihn. »He, mit mir kann man über alles reden. Und für dich kostet's noch nicht mal was.«

»Sie ist mehr als fünfundzwanzig Jahre jünger als ich.«

Cindy klappte der Kiefer nach unten. »Hübsch?«

»Sehr.«

»Warum steht sie auf einen alten Sack wie dich? Vaterkomplex?«

»Könnte sein.«

»Aber du hast nicht mal Geld.«

»Stimmt auffällig.«

»Dann hat sie aber einen schweren Knacks.« Cindy blies

die Backen auf und ließ die Luft geräuschvoll entweichen. »So was geht selten gut.«

»Ich weiß.«

»Du kannst es natürlich mit der Kleinen krachen lassen und dann rechtzeitig die Kurve kratzen. Aber dazu bist du nicht der Typ.«

»Ich glaube nicht.«

Sie betrachtete ihn stirnrunzelnd.

»Lass es sein, Schwarz. Bei dir ist zu viel Seele im Spiel. Da sind die Verletzungen vorprogrammiert. – Sorry, ich muss ran.« Sie ging zu einem Wagen, der am Straßenrand angehalten hatte.

Schwarz bog in die Einfahrt zum Konsulat ein. Während er routiniert die Kameras und die Alarmanlage überprüfte, fragte er sich, wieso er ausgerechnet mit Cindy über Eva gesprochen hatte. Sie hatte doch keine Ahnung von der Liebe. Höchstens vom Scheitern, von den Enttäuschungen und Fluchten. Er hätte sie besser fragen sollen, ob sie ihn auch für homophob hielt. Obwohl, sie hätte wahrscheinlich geantwortet, das müssten die Betroffenen entscheiden, sie halte ihn nur für ein bisschen verklemmt.

Ob Cindy auch Priester als Freier hatte? Gingen manche von ihnen, wenn sie zu sehr unter dem Zölibat litten, zu Huren? War das vielleicht sogar erlaubt, weil sie sich ja nur zur Ehelosigkeit verpflichtet hatten? Nein, wahrscheinlich sollten sie keusch leben. Aber wie schafften sie das? Ich weiß einfach zu wenig über Priester, dachte Schwarz.

Da war er wieder, der Fall. Er hatte sich unauffällig angeschlichen und in sein Bewusstsein gedrängt. Aber das war in Ordnung, denn Anton Schwarz hatte nach seiner Kontrollrunde in der *Karibik* sowieso einen Abstecher zum Polizei-Stammtisch seiner meist recht auskunftsfreudigen Exkollegen geplant.

17.

In der *Bierhalle* roch es noch säuerlicher als sonst. Vor ein paar Tagen war ein Fass geplatzt und sein Inhalt in den Ritzen des historischen Fußbodens versickert.

»Wenn dich das stört, musst du zum Stammtisch der Rosenzüchter gehen«, meinte Jankl, als er Schwarz die Nase rümpfen sah.

Kolbinger hielt die Kellnerin fest. »Schnell, ein Dunkles für den Kollegen. Der sieht schon ganz ausgetrocknet aus.«

Buchrieser musterte Schwarz. »Kommst du heute ausnahmsweise mal wegen uns?«

»Wegen wem denn sonst?«

Schwarz nahm den Bierkrug entgegen und hielt ihn den anderen zum Anstoßen hin. »Prost.«

»Prost Polizeigemeinde«, sagte Stamm.

»Ich werde mich zur Therapie bei unserer Betriebspsychologin anmelden«, sagte Buchrieser. »Ich leide schon unter Verfolgungswahn, weil überall der Toni auftaucht. Gestern zum Beispiel schau ich mir ganz entspannt einen Selbstmörder an, da tippt er mir auf die Schulter. Ich mag dich ja wirklich, Toni, aber musst du eigentlich überall mitmischen?«

»Die Aufträge kommen, wie sie kommen. Und der hier hängt ja ganz offensichtlich mit unserem letzten Fall zusammen.« Er nahm noch einen Schluck und wischte sich den Schaum vom Mund.

»Das musst du uns jetzt erklären«, sagte Kolbinger.

Darauf hatte Schwarz wenig Lust, aber wenn er seinen ehemaligen Kollegen nicht das eine oder andere Häppchen hinwarf, konnte er auch nicht erwarten, dass sie ihm Informationen weitergaben.

»Also: Matthias Sass, Theologiestudent, bringt sich um.

Rein zufällig tut das der Pfarrer, der Sass ein väterlicher Freund war, kurz darauf auch.«

»Und jetzt glaubst du, dieser Pfarrer hätte sich nach dem Suizid des Jungen solche Vorwürfe gemacht, dass er nicht mehr leben wollte?«, sagte Kolbinger und lächelte herablassend.

»Ich glaube gar nichts. Ich bin mir nicht mal sicher, ob es überhaupt ein Suizid war.«

»Mein Gott, was denn sonst?«, rief Buchrieser und hob pathetisch die gefalteten Hände zum Himmel.

»Findest du die Stelle, die er sich ausgesucht hat, nicht seltsam?«

»Überhaupt nicht«, sagte Buchrieser. »Als Pfarrer von St. Meinrad würde ich mich auch in der Nähe meiner Kirche aufhängen.«

»Und warum so kompliziert unter dem Steg? Der ist überdacht, da hätte er sich bequem im Gebälk aufhängen können.«

»Aus Rücksicht wahrscheinlich.«

»Auf wen?«

»Auf seine Kirchengemeinde.«

»Und die Kinder, die unter der Brücke kiffen, die waren ihm egal?«

»Von denen hat er vielleicht nichts gewusst.«

»Lasst's mich mal raus«, sagte Stamm, den die Sache offenbar nicht interessierte, »ich habe wieder zum Rauchen angefangen.«

Jankl stand auf, um ihn durchzulassen.

»Wenn du so überzeugt bist, dass es ein Suizid war«, sagte Schwarz zu Buchrieser, »kannst du mir sicher sagen, ob er geplant oder eine Affekthandlung war?«

Der Exkollege stöhnte auf. »Toni, du weißt doch, wie das bei uns läuft. Wir klären nur, ob jemand anderer seine Finger im Spiel gehabt hat.«

»Und?«

Buchrieser schüttelte entschieden den Kopf.

»Woher stammt das Seil?«

»Aus dem Leichenschauhaus wahrscheinlich.«

Schwarz schüttelte energisch den Kopf. »Blödsinn. Es war ein Kletterseil. Bei der Bestattung verwenden sie Hanfseile.«

»Mein Gott, dann hat er es von daheim mitgebracht.«

»Hast du dich erkundigt, ob Pfarrer Heimeran Bergsteiger war?«

»Ja, Herrschaftszeiten«, schrie Buchrieser und drosch mit der Faust auf den Tisch. »Ich lass mich doch nicht von einem Detektiv verhören.«

»Privatermittler«, sagte Schwarz.

Kolbinger war hellhörig geworden. Er wusste, dass der Kollege Buchrieser schon länger zu viel trank, nur noch Dienst nach Vorschrift machte und seine Pensionierung herbeisehnte. »Was hat denn der Notarzt gesagt?«

»Dass es wahrscheinlich Selbstmord war.«

»Wahrscheinlich«, sagte Schwarz. »Mehr kann er nach dem ersten Augenschein auch nicht sagen.«

»Darum lassen wir die Leiche auch obduzieren, damit Nervensägen wie der Herr Privatermittler endlich ihr Maul halten«, brüllte Buchrieser. Für ihn war der Abend gelaufen, und schuld daran war Anton Schwarz. Er trank sein Weißbier in einem Zug aus und richtete die blutunterlaufenen Augen starr auf die Tischplatte.

Die Stimmung war im Keller.

»Unter Kollegen wird man so was ja wohl noch ansprechen dürfen«, sagte Jankl.

»Ein Privatermittler ist er, aber kein Kollege.«

»Jetzt komm mal wieder runter«, sagte Kolbinger, doch Buchrieser stand auf und taumelte zur Kellnerin, um seine Zeche zu begleichen. Auf dem Rückweg stieß er mit

Stamm zusammen, der ahnungslos vom Rauchen zurückkehrte.

»Nicht so stürmisch, Buchrieser.«

Der beachtete ihn nicht, sondern fuchtelte mit dem Zeigefinger vor Schwarz' Gesicht herum. »Der da oder ich. Da müsst ihr euch jetzt entscheiden. Mich seht ihr jedenfalls nicht mehr, bis das hier wieder ein anständiger Polizisten-Stammtisch ist.«

»Was redet denn der für einen Schmarren?«, sagte Stamm.

Aber Buchrieser suchte bereits das Weite.

Die Männer sahen sich betroffen an.

»Er hat ja recht«, sagte Schwarz, »ich bin kein Kollege mehr.«

»Blödsinn«, sagte Stamm.

»Könntest du den Auftrag nicht zurückgeben, Anton, damit ihr euch nicht in die Quere kommt?« Das war ein typischer Vorschlag Kolbingers, der Konflikten am liebsten aus dem Weg ging und wohl deswegen trotz vorübergehender Degradierung Karriere gemacht hatte.

»Nein, kann ich nicht«, sagte Schwarz.

»Warum provozierst du den Buchrieser auch so?«

»Sag mal, spinnst du jetzt? Soll ich vielleicht den Mund halten, wenn der aus lauter Bequemlichkeit einen Mord als Suizid deklariert?«

»Das ist doch noch gar nicht raus, Anton.« Es war offensichtlich, dass Kolbinger inständig hoffte, das Problem würde sich von selbst lösen.

»Ich mache euch einen Vorschlag«, sagte Schwarz. »Ich lass mich, bis der Fall geklärt ist, hier nicht mehr blicken und belästige euch auch sonst nicht mit meinen Fragen.«

Die Polizisten nickten unentschieden, aber als Schwarz sich verabschiedete, versprach Kolbinger, Buchrieser ein bisschen auf die Finger zu schauen.

Als Anton Schwarz in seine leere Wohnung kam, sprang ihn die Einsamkeit an. Und das lag nicht am Verlust seines Stammtisches – auf seine Kollegen konnte er gerne mal für eine Weile verzichten.

Er fuhr den Computer hoch und rief seine Mails auf. Als er keine Nachricht von Eva fand, wollte er selbst eine schreiben. Doch seine Finger blieben bewegungslos auf der Tastatur liegen. Was ist denn los?, dachte er. Es gab eine Zeit, da habe ich so viele Briefe geschrieben. Und Geschichten. Und sogar Liebesgedichte. Aber das war lange her. Sehr lange. Jetzt schaffte er nicht mal mehr ein paar innige Zeilen.

18.

»Patrick.«

Er erschrak furchtbar.

Jemand rüttelte an seiner Schulter. »Hörst du mich?«

Er versuchte sich zu orientieren. Es war stockfinster. Im Bett über ihm grunzte Jannis. Von Slavo und Max war nichts zu hören.

»Gib mir deine Hand.«

Es war Pater Anselm, der ihm ins Ohr flüsterte.

»Ist es schon Morgen?«

»Nein, ich hole dich zur Vigil.«

»Zur was?«

»Jetzt komm schon.«

Er begriff überhaupt nichts, hatte aber nicht die Kraft, sich zu sträuben. Der Pater zog ihn mit sanftem Nachdruck aus dem Bett.

»Leise, damit wir die anderen nicht wecken.«

Patrick war barfuß und trug nur das weiße lange Nachthemd, das sie ihm zum Einstand im *Haus der Gnade* geschenkt hatten. Er hatte nie so ein Hemd besessen und immer nur in Boxershorts geschlafen. Hier müsse man sich bedecken, hatten sie ihm erklärt.

Ein kalter Luftzug wehte durch den langen Gang mit der Treppe am Ende. Das leichte Patschen seiner Füße auf dem Boden und das Klacken von Pater Anselms Ledersandalen hallten im Dunkel wider.

Sonst war es totenstill.

Er kannte das Zimmer inzwischen ziemlich gut. Der Pater hatte ihn nach den Einzelstunden noch zwei Mal allein gelassen, um ihn auf die Probe zu stellen. Aber Patrick hatte nichts mehr geklaut, weil man mit Geld und Wertsachen hier sowieso nichts anfangen konnte. Dafür hatte er einige Geheimnisse entdeckt, ein Versteck mit Cognac und Kondomen zum Beispiel oder eine Kiste mit seltsamen schwarzen Gurten und mehreren Glasröhrchen mit einer durchsichtigen Flüssigkeit. Er wunderte sich, dass der Pater die Sachen so schlecht versteckt hatte.

Patrick redete sich jetzt jeden Tag ein, dass das *Haus der Gnade* seine allerletzte Chance war. Und er hatte zu beten begonnen. Heute vor dem Einschlafen zum Beispiel.

Es war ein selbst erfundenes Gebet gewesen: ›Lieber Gott, du musst mich echt retten. Ich weiß, dass ich in der Hölle ende, wenn du mich nicht rettest. Ich will alles tun, was die Patres mir sagen, nur damit du mich erlöst. Bitte. Amen.‹

Überall im Raum brannten Kerzen. Er kniete sich hin, ohne dass der Pater ihn auffordern musste. Er blickte zum Kreuz. Seine Augen brannten. Er hörte, wie die Tür hinter ihm abgeschlossen wurde.

Das machte der Pater sonst nie.

Dann sah er Pater Anselms flackernden Schatten an der Wand. Sein Herz begann wie wild zu schlagen. Was sollte das hier werden? Warum kam seine Mutter nicht und holte ihn hier raus?

Aber die freute sich ja, dass sie die Wohnung jetzt für sich und ihren beschissenen Lover allein hatte.

»Lasset uns beten«, sagte Anselm.

Patrick faltete die Hände und versuchte, das Zittern in den Griff zu kriegen.

»Heiliger Erzengel Michael, verteidige uns im Kampf. Sei unsere Schutzwehr gegen die Nachstellungen des Teufels.«

Patrick schluckte. Er hatte das Gefühl, dass der Kloß in seinem Hals immer größer wurde.

»Du Fürst der himmlischen Heerscharen, stoße den Satan und die anderen bösen Geister, die unsere Seelen verderben wollen, mit der Kraft des Herrschers in den höllischen Abgrund hinab.«

Der Pater stand jetzt dicht hinter ihm. Er legte ihm wie schon so oft die Hand auf den Kopf. Aber Patrick hatte das Gefühl, dass sie diesmal schwerer war. Sie würde ihn zusammenquetschen, bis er ganz winzig war. Dann konnte der Pater ihn mit seinen schwarzen Gurten fesseln, ihm die durchsichtige Flüssigkeit in die Nase träufeln und alles mit ihm machen, was er wollte.

»Und jetzt bete mir nach, Patrick: Heiliger Schutzengel, reinige mich von allen …«

Patrick brachte nur ein heiseres Krächzen zustande.

»Was ist denn? Komm: heiliger Schutzengel …«

»Ich kann nicht beten«, sagte Patrick mit zittriger Stimme, »ich muss erst beichten.«

»Beichten?«

Der Druck von Pater Anselms Hand wurde leichter.

Patrick drehte den Kopf nach hinten. »Bitte.«

Er blickte in das rot gefleckte Gesicht des Paters. Er sah, dass dessen Lippen glänzten, und er sah den Speichelfaden im Mundwinkel.

»Willst du dich aus voller Überzeugung vom Bösen abwenden?«

»Ja, das will ich.«

Der Pater sah ihn forschend an. Patrick senkte demütig den Blick.

»Dann bitte zuerst um meinen Segen.«

»Ich bitte um Ihren Segen.«

»... ehrwürdiger Vater.«

»Ehr... würdiger Vater.«

Pater Anselm ließ die rechte Hand über Patricks Kopf schweben. »Der Herr sei in deinem Herzen, damit du alle deine Sünden recht beichtest: Im Namen des Vaters, des Sohnes und des Heiligen Geistes. Amen.«

»Amen.«

Beide bekreuzigten sich.

»Und nun bekenne in tiefer Demut und Reue.«

Patrick hatte die ganze Zeit an die Bemerkung von Max gedacht: ›Wenn du ihm was über Weiber erzählst, lässt er dich sogar ganz in Frieden.‹

Nur deswegen war er auf die Idee mit der Beichte gekommen.

»Ich weiß nicht, ob ich das schaffe, Herr Pater.«

»Du musst dein Herz erleichtern. Jetzt sprich!«

»Okay, es war so. Ich hatte Wodka geklaut. Drei Flaschen. Die haben wir an der Halfpipe gesoffen. Wir waren total dicht, ich schwöre es.«

»Wer ist wir?«

»Ich und meine Kumpels.«

»Nenn mir die Namen.«

»Das kann ich nicht.«

Er hatte noch nie einen verpfiffen. So was macht man

nicht, hatte sein Bruder gesagt, nicht mal, wenn sie einem das Messer an den Hals setzen.

Der Pater holte Luft. »Patrick, Gott hat uns durch seine unendliche Barmherzigkeit das Sakrament der Buße geschenkt. Wenn du beichtest, sprichst du direkt zu ihm. Ich bin nur der Mittler. Niemand wird erfahren, was du ihm anvertraust.«

Ich verrate trotzdem keinen, dachte Patrick, ich sage ihm nur die Namen, die auch die Polizei kennt.

»Ich erinnere mich nicht mehr an alle, ich war so besoffen, aber Drago war dabei … und Kevin.«

»Wie alt wart ihr?«

»Ich noch dreizehn, die anderen vierzehn.«

»Deutsche, Ausländer?«

Wieso interessiert ihn das, dachte Patrick.

»Deutsche und Jugos, glaube ich.«

»Kleine Jugoslawen also. Schön, weiter.«

»Also, wir saßen auf der Mauer und haben rumgeblödelt. Da ist sie an uns vorbeigegangen: total kurzer Rock, Nabelpiercing und geschminkt wie eine Nutte – obwohl sie erst zwölf war.«

»Zwölf? So jung? Mein Gott.«

Komisch, dachte Patrick, es klingt fast, als würde er sich drüber freuen.

»Ja, aber das haben wir nicht gewusst. Und gesehen hat man es echt nicht. Die hat jeden einzelnen von uns angegafft, richtig lange. Dann ist sie weitergestöckelt. ›Ich glaube, die will dringend geknallt werden‹, hat Drago gesagt.

Ich habe erst gar nicht gecheckt, was die andern vorhaben, ich bin einfach nur mit. Wir hinterher, zwischen den Blocks durch zum Parkplatz. Sie hat sich nach uns umgeschaut und ist losgerannt. Und wir ihr natürlich weiter nach. Hinterm Stromhäuschen hat Kevin sie gepackt und zu Boden geworfen. Sie hat geschrien wie blöd. Aber da ist er schon auf ihr drauf gelegen. Und Drago hat ihr den Mund zugehalten.«

»Und du, Patrick?«, sagte der Pater mit einer Stimme, dass es ihm eiskalt den Rücken runterlief.

»Ich? Ich habe zugeschaut.«

»Nur zugeschaut? Wirklich?«

»Ja, ich war der Jüngste. Die hätten mich nie rangelassen.«

»Aber du wärst gern an Kevins Stelle gewesen?«

Patrick schwieg.

Der Pater kam dichter an ihn heran. »Es hat dich erregt, ihm dabei zuzusehen. Stimmt's? Beschreib deine Gedanken.«

O nein, es funktioniert nicht, dachte Patrick. Max hat Scheiße erzählt. Der Pater geilt sich an der Geschichte auf. Der lässt sich alles haarklein erzählen, und dann bin ich dran.

Er schaute verzweifelt zu der Jesusfigur. Verdammt, was soll ich tun? Sag's mir, bitte!

»Patrick, zu einer Beichte gehört die Gewissenserforschung. Hat es dich erregt?«

Er konnte hören, wie der Atem des Paters sich beschleunigte.

»Nein, Pater Anselm.«

»Patrick, sag die Wahrheit!«

Jesus, dachte er, wieso hilfst du mir nicht?

Er sah das gequälte Gesicht, die verdrehten Augen, die Dornenkrone, die Blutstropfen an der Stirn.

Die Blutstropfen!

»Was ist jetzt, Patrick?«

»Ich fand es eklig. Total eklig!« Er schrie, Tränen schossen ihm in die Augen.

Der Pater stutzte. »Eklig?«

»Ja, das Blut.«

»Blut?«

»Die hatte ihre Tage, Mann, scheiße.«

Plötzlich war es still. Als hätte jemand einen Film angehalten. Jetzt packt er mich, dachte Patrick, jetzt ist es so weit.

Aber Pater Anselm trat einen Schritt zurück. Er hustete trocken. Zweimal. Dann sagte er: »Weißt du denn, was deine Sünde war, Patrick?«

»Ich hätte nicht mitgehen dürfen, oder?«

»Das ist richtig, aber etwas anderes war viel schlimmer.«

»Und was?«

»Du hast einen Menschen in seiner Not allein gelassen. Du warst das Gegenteil von einem barmherzigen Samariter.«

Patrick hörte es an der müden Stimme: Er hatte es geschafft. Ihm konnte nichts mehr passieren. Pater Anselm würde ihn nicht anfassen. Nicht in dieser Nacht.

Er setzte sein unschuldigstes Gesicht auf und blickte sich um. »Ich finde das auch total scheiße von mir.«

Der Pater wirkte kraftlos, sein Gesicht war eingefallen. »Du bereust deine Sünden und bittest den Herrn um Vergebung?«

»Ja. Aber ich möchte noch fertig beichten.«

Er erzählte unaufgefordert, wie sie von zwei Männern entdeckt worden waren, wie die meisten abhauen konnten, nur er, Kevin und Drago nicht. Wie die Polizei sie stundenlang verhört hatte, er aber trotzdem keinen von den anderen verraten hatte. Er wollte wissen, ob das auch eine Sünde war. Ob Gott echt verlangte, dass man seine Kumpel verpfiff.

Er blickte über die Schulter und hatte den Eindruck, dass der Pater gar nicht zugehört hatte. Und drei *Vater unser* als Buße erschienen Patrick eindeutig zu wenig. »Mach ich, kein Problem«, sagte er.

Pater Anselm breitete die Arme aus.

»Nachlass, Vergebung und Verzeihung deiner Sünden schenke dir der allmächtige und barmherzige Herr. Mit der Vollmacht unseres Herrn Jesus Christus spreche ich dich los im Namen des Vaters, des Sohnes, des Heiligen Geistes. Amen.«

»Amen«, sagte Patrick.

»Das Leiden unseres Herrn Jesus Christus, die Verdienste der allerseligsten Jungfrau Maria und aller Heiligen, und alles, was du Gutes getan und Schlimmes ertragen hast, gereiche dir zum Nachlass der Sünden, zur Mehrung der Gnade und zum Lohne des ewigen Lebens. Amen.«

»Amen.«

Als Patrick endlich im Bett lag, schlotterte er. »Danke, Jesus«, flüsterte er, »das war voll geil von dir. Danke.«

19.

Am nächsten Morgen wachte Anton Schwarz wieder mal in seinem Deckchair auf mit dem Effekt, dass er sich nur mit gebeugtem Rücken und den Händen an den Knien einigermaßen schmerzfrei bewegen konnte. Er überlegte, ob er den Osteopathen seiner Tochter anrufen sollte, setzte dann aber doch lieber auf die Heilkraft eines dreifachen Espresso. Er suchte stöhnend nach seinem fleckigen italienischen Kocher, fand ihn auf dem Schreibtisch und trug ihn zur Küche.

Während er darauf wartete, dass der Kaffee zu sprudeln begann, fragte er sich, wie das mit Eva und ihm eigentlich weitergehen sollte. Mach dir nichts vor, Anton, du bist ein alter Sack, ein Eigenbrötler und nur aus Versehen charmant, eine Traumfrau wie Eva …

Wie auf Bestellung vibrierte sein Handy in der Hosentasche. Sein Herz machte einen Hüpfer.

»Wie geht es dir an diesem wunderschönen Morgen, Anton?«

»Ausgezeichnet.«

»Dann komme ich gleich vorbei.«

»Äh, Eva, das ist aus ... technischen Gründen nicht möglich.«

»Aus technischen Gründen?«

»Ich kann dich heute unmöglich die Treppe hochtragen.« Er räusperte sich. »Ich habe einen Hexenschuss.«

»O, du Armer.« Sie lachte.

Hörte er da leichten Spott?

»Dann richten wir unser Büro eben bei mir ein. Ist das okay?«

Unser Büro? Er hatte noch nie ein Büro gehabt.

»Gute Idee«, sagte er.

»Oder soll ich dich vorher zum Osteopathen bringen?«

»Nein, danke, ich bin bereits in Behandlung.« Er hörte, dass der Kaffee so weit war. »Dann bis gleich, Eva.«

»Ich freue mich.«

Eine halbe Stunde später stand Schwarz in einigermaßen aufrechter Haltung vor Evas Haus – genauer gesagt, dem Haus ihrer Eltern. Evas Vater war wie immer auf Geschäftsreise, aber ihre Mutter ließ es sich nicht nehmen, ihn persönlich zu begrüßen.

»Herzlich willkommen, Herr Schwarz. Meine Tochter hat schon so viel von Ihnen erzählt.«

Ich wüsste gern, was, dachte Schwarz und hielt unauffällig nach Eva Ausschau.

»Sie ist noch im Bad, kommen Sie doch mit in die Küche.«

Frau Hahn war eine sehr attraktive Frau. Das dichte

dunkelbraune Haar und die blauen Augen musste Eva von ihr haben. Und sie war – wenn er sich nicht verschätzte – mindestens zwei, drei Jahre jünger als er.

Sie würde ihn hassen.

»Ich finde es großartig, dass Sie meine Tochter als Assistentin beschäftigen wollen. Sie geht ja wirklich bewundernswert tapfer mit ihrem Schicksal um, aber in letzter Zeit hat sie sich doch oft nutzlos gefühlt.«

Sie darf auf keinen Fall erfahren, dachte Schwarz, dass das zwischen mir und Eva mehr als eine Arbeitsbeziehung ist. Für eine Mutter ist es nur natürlich, dass sie ihrer Tochter einen jungen, attraktiven Freund wünscht, einen Mann mit Aussicht auf eine anständige Karriere und keine verkrachte Existenz wie mich.

Ja, sie würde ihn hassen.

Da rollte Eva in den Raum. Sie strahlte. »Guten Morgen, Anton.«

Schwarz sah mit Schrecken, dass sie direkt auf ihn zukam. Sie streckte die Arme aus und spitzte die Lippen. »Komm, lass dich küssen.«

Er lächelte, wich aber zurück. Frau Hahn wirkte kurz irritiert und Eva trieb ihn gnadenlos vor sich her. Schließlich landete er in der Nische zwischen Kühlschrank und Spüle.

»Jetzt komm schon, du Feigling.«

Schwarz warf Frau Hahn einen verständnisheischenden Blick zu und hielt Eva die Wange zum Kuss hin. Doch sie nahm einfach sein Gesicht in ihre Hände und küsste ihn auf den Mund.

»Es gibt frische Bagels und Kaffee«, sagte Frau Hahn unbeeindruckt, »und jetzt lasse ich euch zwei allein.«

Schwarz folgte Eva in einen Raum, den er von ihrer ersten Begegnung her kannte – damals hatte er sie zu Tim Burgers Amokfahrt befragt. Es war ein stilvoll und funktional eingerichtetes Esszimmer, das jederzeit zum Konferenzraum umfunktioniert werden konnte.

Er schenkte Eva und sich Kaffee ein und nahm auf einem der Freischwinger-Stühle mit Blick in den Garten Platz. Keine einzige Wolke stand am Himmel, es würde ein strahlender Tag werden. Und er trug ausgerechnet seine altmodische Regenjacke. Als er herausschlüpfte, erhaschte Eva einen Ärmel und zog ihn damit zu sich. Sie küssten sich ungestüm.

»Unser Fall …«, sagte Schwarz schließlich und schnappte nach Luft. »Wir müssen weitermachen.«

Eva richtete notdürftig ihre Haare.

Sie waren sich einig, dass sie schnellstens an das Obduktionsergebnis gelangen sollten. Nach dem gestrigen Vorfall in der *Bierhalle* konnte Schwarz allerdings nicht erwarten, dass Buchrieser ihm dabei half.

»Wie sind deine Beziehungen zur Gerichtsmedizin?«, sagte Eva.

»Ganz gut eigentlich.«

»Eigentlich? Was ist das Problem?«

Das Problem war Dr. Elena Galanis. Er mochte sie und sie ihn auch, trotzdem war ihr Verhältnis alles andere als entspannt. Schwarz hatte Monika während der gesamten Ehe nur mit einer Frau betrogen – mit Elena. Bis heute verstand er nicht, wie es dazu hatte kommen können, noch dazu nach einer Weihnachtsfeier im Gerichtsmedizinischen Institut. Es war schrecklich kalt und eng gewesen in Elenas Wagen, doch im Jahr darauf hatte das Ganze sich wiederholt. Und auch im nächsten und übernächsten Jahr, bis Elena einen Freund gefunden hatte.

Die Ärztin und er hatten nie ein Wort über die Sache verloren. Schwarz, weil ihm seine Machtlosigkeit angesichts des alljährlichen Naturereignisses peinlich war, Elena womöglich aus Angst, die Magie ihrer Begegnungen zu zerstören. Dieses Schweigen führte leider dazu, dass auch bei jedem beruflichen Kontakt der beiden die Atmosphäre erotisch ungeheuer aufgeladen war. Schwarz jedenfalls musste an Sex denken, sobald er Elena sah.

Aber das konnte er Eva natürlich nicht sagen.

»Das Problem …«, wiederholte er in Gedanken und blickte auf. »Habe ich gesagt, dass es ein Problem ist? Ich muss halt schauen, wie ich Dr. Galanis erreiche.«

»Dr. Galanis, ist das ein Grieche?«

Er räusperte sich. »Eine Griechin.«

Eva machte sich eine Notiz.

»Außerdem müssen wir die Haushälterin wegen des Seils fragen«, sagte Schwarz. »Würdest du das übernehmen? Ich kann dich im Pfarrhof ankündigen.«

Eva sah ihn verwundert an. »Willst du da nicht mitkommen?«

»Ich fahre doch zur Gerichtsmedizin.«

»Da wäre ich gern dabei.«

Schwarz schüttelte den Kopf. »Dr. Galanis würde in Gegenwart Dritter niemals vertrauliche Informationen preisgeben.«

Er merkte selbst, wie bescheuert das klang. Wahrscheinlich hätte er Monika öfter betrogen, wenn er in diesem Bereich nicht so ein schlechter Schauspieler wäre.

»Was machst du denn so ein komisches Gesicht.«

»Ich? Ich schau ganz normal.«

»Stimmt was nicht mit dieser Griechin?«

»Was? Wieso?«

Eva schmunzelte. »Anton, du musst mir nichts vorspielen. Mir ist klar, dass ein Mann in deinem Alter ein Vorleben hat.«

Ein Mann in deinem Alter, dachte Schwarz, das klingt schrecklich. Hoffentlich empfindet sie es nicht auch so.

Aber er lächelte lieber vielsagend. Vielleicht gefiel Eva die Vorstellung ja, dass er mal ein richtiger Casanova gewesen war.

20.

Sie brachen getrennt zu ihren Ermittlungen auf, Eva fuhr nach Untermenzing, Schwarz traf sich mit Elena in einem italienischen Lokal in der Goethestraße. Es lag nicht weit von ihrem Arbeitsplatz entfernt und wurde vormittags hauptsächlich von italienischen Rentnern besucht.

»Du bist ganz schön dreist, mein Lieber«, sagte Elena zur Begrüßung und blitzte ihn aus ihren dunklen Augen an. »Du meinst wohl, bei mir musst du nur mit dem Finger schnippen?«

Schwarz küsste sie auf die Wangen. Sie setzten sich an einen Tisch im hintersten Eck.

»Denkst du wirklich, ich leiere aus einem Kollegen Informationen raus und riskiere für dich meinen Job?« Sie warf energisch ihr langes, schwarzes Haar nach hinten.

Ein älterer Kellner näherte sich ihnen. »Buon giorno.«

»Für mich Kaffee, aber keinen italienischen«, sagte Elena.

»Wir haben leider keinen türkischen.«

»Ich bin Griechin«, sagte sie scharf, »und hätte gern einen schönen, aufgebrühten Bohnenkaffee.«

»Für mich stilles Wasser«, sagte Schwarz. Ihm war nach dem morgendlichen Höllenespresso und der Begegnung mit Evas Mutter noch etwas flau im Magen. Oder lag das an Elena, von deren Brüsten das halbe Polizeipräsidium gesprochen hatte? Nein, im Gegensatz zu den meisten seiner Kollegen stand er ja nicht auf große Oberweiten. Eigentlich erstaunlich, dass er bei ihr schwach geworden war.

»Woran denkst du, Anton?«

Er zuckte zusammen und versuchte ein unschuldiges Lächeln.

»Du fragst dich, ob ich noch mit meinem Freund zusammen bin? Bin ich nicht.«

»Ah«, sagte Schwarz.

»Ich finde, das solltest du wissen.«

Zum Glück kam der Kellner und servierte mit dem Ausdruck größter Verachtung eine Tasse dünnen Bohnenkaffee.

»Deutsche Kaffee. E l'aqua per il Signore. Prego.«

»Grazie.«

»Wie geht's denn deiner Frau, Anton?« Sie ließ nicht locker.

»Wir werden uns scheiden lassen.«

»Nein, wirklich? Das tut mir leid.« Ihr Tonfall verriet das Gegenteil. Sie musterte ihn interessiert.

Schwarz spürte, dass er das Gespräch jetzt dringend in eine andere Richtung lenken musste.

»Ist schon okay. Sag mal, Elena: Ich weiß, dass es bei Erhängten manchmal schwer zu klären ist, ob sie sich wirklich selbst getötet haben.«

Elena starrte ihn an. »Puh. Du wolltest mich wirklich nur deswegen treffen?«

Schwarz legte ihr eine Hand auf den Arm. »Nein, natürlich nicht. Aber diese Geschichte lässt mich einfach nicht los, ich muss da weiterkommen.«

Sie sah ihn kühl an. »Was passiert beim Erhängen? Die Blutversorgung des Kopfs wird schlagartig gestoppt. Da die Nebennieren entspeichert werden, die Halsgefäße aber unterbunden sind, stellen wir bei der Obduktion im Körperblut einen deutlich höheren Phosphatidspiegel als im Kopfblut fest.«

»War das bei Heimeran so?«

Sie nickte.

»Das heißt, ihr könnt ausschließen, dass ihn jemand aufgehängt hat, als er bereits tot war?«

»Richtig.«

»Hat dein Kollege Hinweise auf ein Betäubungsmittel gefunden?«

Sie schüttelte den Kopf. »Allerdings ist die Leiche erst sehr spät zu uns gekommen.«

»Wieso denn das?«

»Vermutlich hat die Polizei den Fall erst als eindeutigen Suizid eingestuft und sich dann doch lieber absichern wollen.«

»Aber dann könnt ihr nicht hundertprozentig ausschließen, dass jemand anderer die Hände im Spiel hatte?«

»Hundert Prozent gibt es bei uns nicht, Anton. Deswegen ist die Schlussfolgerung des Kollegen, dass es sich um einen Suizid gehandelt haben muss, korrekt.«

Schwarz sah sie ungläubig an. »Aber das führt dazu, dass die Ermittlungen eingestellt werden.«

»Ist mir klar. Aber mal ehrlich, hast du in deiner gesamten Laufbahn von einem ermordeten katholischen Priester gehört, bei dem ein Suizid vorgetäuscht wurde?«

»Wird's sicher schon gegeben haben. Hat dein Kollege denn die Fotos von Buchrieser bekommen?«

»Selbstverständlich. Und ich habe sie mir auch angesehen, weil ich mir schon dachte, dass du mich mit deinen penetranten Fragen nerven wirst.«

»Und?«

»Warst du nicht selbst vor Ort?«

»Doch.«

»Dann weißt du besser als ich, ob ein Suizid rein technisch möglich war.«

»War er. Der Priester könnte die Schlinge auf der Brücke vorbereitet und sich dann unten am Ufer um den Hals gelegt haben.«

»Hätte er dazu auf einen Stuhl oder Schemel steigen müssen?«

»Nein, an der Stelle reicht es, dass du von der Uferbefestigung einen Schritt nach vorne trittst – schon baumelst du in der Luft.«

»Also die sanfte Variante. Deshalb auch kein Nackenbruch.«

Die Kerben im Holz sprechen eine andere Sprache, dachte Schwarz. Wäre der Körper vom Ufer über das Wasser geschwungen, müssten sie auf einer Seite der Bohle tiefer sein.

Das waren sie aber nicht, und deswegen hielt er es für wahrscheinlicher, dass der Priester betäubt und von zwei Personen langsam und gleichmäßig von oben herabgelassen worden war.

Das sagte er Elena aber nicht. »Ihr habt auch keine Fremd-DNA an dem Seil gefunden?«

»Nein, haben wir nicht.«

»Und was sagst du zu dem Knoten, Elena?«

»Was soll ich dazu sagen – ein ganz gewöhnlicher Spierenstich.«

»Ein was?«

»Ein Bergsteigerknoten.«

»Woher weißt du das? Kletterst du neuerdings?«

Die Ärztin machte ein betrübtes Gesicht. »Mein Freund ist geklettert.«

Damit war sie wieder bei ihrem Thema, aber Schwarz dachte nicht daran, darauf einzugehen.

21.

Evas Anruf erreichte ihn, als er gerade wieder in seinen Wagen stieg. Sie erzählte ihm kurz von dem offenbar sehr freundlichen Gespräch mit Frau Kammer, die sie mit einem köstlichen Apfelstrudel aus der Pfarrhausküche verwöhnt hatte.

»Hat Pfarrer Heimeran ein Kletterseil besessen?«, fragte Schwarz.

»Nein, hat er nicht.«

»Vielleicht hat er sich eins geliehen.«

»Das wäre aufgefallen. Die ganze Gemeinde wusste, dass er nicht schwindelfrei war.«

»Die ganze Gemeinde?«

»Ja, es gab da einen Vorfall im Ministrantenlager vor drei Jahren. Bei einer Bergwanderung sind einige Jungen ausgebüchst, und Heimeran hat es nicht geschafft, ihnen über die Felsen hinterherzuklettern. Im Jahr darauf hat er für alle Fälle einen Betreuer ohne Höhenangst mitgenommen.«

»Name?«

Am anderen Ende der Leitung blieb es still.

»Du hast dich nicht nach dem Namen erkundigt?«

»Nein.«

»Aber wir müssen unbedingt mit Leuten reden, die ihn näher gekannt haben.«

»Ja, du hast ja recht.«

Es war unüberhörbar, wie peinlich Eva ihr Fehler war, und Schwarz schämte sich im selben Moment für seine schulmeisterliche Art. »Ruf die Haushälterin doch einfach noch mal an und frag.«

»Mache ich. Aber jetzt hat sie einen Termin im Ordinariat, bei dem es um ihre Weiterbeschäftigung geht.«

»Weißt du was?«, sagte Schwarz, »ich erkundige mich

einfach bei Frau Sass. Wollen wir uns hinterher zum Mittagessen im *Alten Wirt* treffen?«

»Gern, wenn es dort nicht nur Schweinebraten gibt.«

Frau Sass reagierte auffällig nervös, als er vor ihrer Tür stand. »Herr Schwarz, ich habe jetzt leider gar keine Zeit.«

»Und ich nur eine kurze Frage.«

Sie sah unsicher über die Schulter.

»Sie können mir doch sicher sagen, welche anderen Betreuer außer Pfarrer Heimeran bei den Ministrantenlagern in Steinsberg dabei waren?«

Frau Sass wollte gerade antworten, da trat hinter ihr ein etwa vierzigjähriger Mann in den Flur. »Grüß Gott.«

Schwarz mochte kein nach hinten gegeltes Haar, aber sonst wirkte der Mann seriös. Sein Sakko war sicher nicht billig, aber dezent, die Jeans klassisch. Er lächelte jovial. »Ist das der Herr, von dem Sie gesprochen haben, Frau Sass?«

Sie nickte.

»Da muss ich mich doch vorstellen.« Er hielt Schwarz die Hand hin. »Perfall. Ex-LKA, derzeit im Dienste des Erzbistums.«

»Schwarz. Ex-Kripo, meistens im eigenen Dienst.«

Perfall lächelte jovial. »Aktuell aber als Ermittler für Frau Sass tätig, wie sie mir gerade erzählt hat. Entschuldigung, ich wollte Sie nicht unterbrechen.«

Ein Tiroler, dachte Schwarz, aber einer, der schon länger in Deutschland lebt.

Frau Sass warf Perfall einen unsicheren Blick zu und wandte sich wieder an Schwarz. »Sie möchten wissen, welche Betreuer bei den Ministranten mitgefahren sind. Das war eigentlich nur der Herr Weber. Er ist Pastoralreferent bei Pfarrer Wels, unserem Dekan.«

»Die Pfarrei heißt St. Stephan«, ergänzte Perfall und reichte Schwarz seine Visitenkarte. »Hätten Sie Lust, mich mal zu besuchen?«

Schwarz sah ihn fragend an.

»Ich würde Ihnen gern einen Vorschlag unterbreiten.«

»Worum geht es?«

»Um etwas, das uns, glaube ich, beide interessiert.« Er signalisierte Schwarz mit einem Blick, dass er auf Frau Sass Rücksicht nehmen wollte. »Wie wär's gleich heute Abend um sechs?«

Schwarz fühlte sich ein wenig überrumpelt, war aber neugierig genug, sofort zuzusagen. Er warf einen Blick auf die Visitenkarte.

Hans Perfall, Erzbischöfliches Ordinariat, Frauenplatz.

»Soll ich zu Ihnen kommen?«

»Wenn Ihnen das recht ist, Herr Schwarz. Wir könnten uns an der Nordseite der Frauenkirche treffen.«

»Einverstanden.«

»Ich freue mich«, sagte Perfall und zog sich zurück.

Schwarz wandte sich wieder an Frau Sass und fragte sie nach dem Pastoralreferent Weber.

»Ich weiß nicht viel über ihn, weil er erst nach Matthias' Ministrantenzeit nach Steinsberg mitgefahren ist. Sie haben sich da sozusagen abgelöst. Aber er soll beliebt sein – vor allem bei der Jugend.«

Schwarz bedankte sich und versprach Frau Sass, sie demnächst über den Stand der Ermittlungen zu informieren. Dabei fiel ihm auf, dass er sich bisher fast ausschließlich mit der Frage beschäftigt hatte, ob Pfarrer Heimerans Suizid echt oder von dessen Mördern vorgetäuscht worden war. Das war eigentlich nicht sein Auftrag, er sollte die Wahrheit über die Beziehung zwischen Matthias und dem Priester herausfinden. Aber vielleicht gab es da ja einen Zusammenhang. Vielleicht machte er sich auch etwas vor.

Irgendeine Begründung musste er ja dafür finden, dass Heimerans Tod ihn weit mehr beschäftigte als dessen Sexualleben.

22.

Im *Alten Wirt* in Obermenzing war gerade eine Kaffeefahrt unüberhörbar schwäbischer Senioren eingetroffen. Küche und Servicepersonal waren dermaßen überfordert, dass Schwarz darauf verzichtete, dort mit Eva nach einem Platz zu suchen. Zum Glück kannte er aus seiner Zeit bei der Polizei den tätowierten Mann am Ausschank. Schnell waren Brezen, ein Stück Emmentaler, Essiggurken und zwei Flaschen Wasser organisiert.

Für das improvisierte Picknick wählte Schwarz das Kriegerdenkmal mit dem imposanten bayerischen Löwen schräg gegenüber des Biergartens. Das war zwar sicher nicht gern gesehen, aber nur hier spendeten hohe Bäume Schatten. Er breitete auf der untersten Stufe seine Regenjacke als Tischdecke aus, packte die Beute aus der Wirtschaft aus und musste schmunzeln, mit welchem Appetit Eva sofort zu essen begann.

»Der Betreuer ohne Höhenangst, der in Steinsberg dabei war, heißt Weber und ist von Beruf …« Die genaue Bezeichnung war Schwarz leider entfallen.

»Pastoralreferent«, sagte Eva mit vollem Mund. »Er arbeitet in der Nachbarpfarrei von St. Meinrad, ist Mitte dreißig und sieht nicht schlecht aus.«

»Woher weißt du das?«

Sie schluckte hinunter und zog ein Fotoalbum aus der Seitentasche ihres Rollstuhls. Nach kurzem Blättern hatte sie die Aufnahme gefunden. »Voilà.«

Das Bild war vor dem Portal einer Barockkirche aufgenommen und zeigte etwa ein Dutzend Jungen, die von Pfarrer Heimeran und einem jugendlich wirkenden Mann flankiert wurden. Die Stimmung war ausgelassen. Einige schnitten Grimassen, andere lachten herzlich.

Steinsberg 2006. Unsere Ministranten und Rainer Weber war die Bildunterschrift.

»Woher hast du das Album? Ich dachte, das hat Heimerans Schwester mitgenommen?«

»Hat sie auch. Aber ich habe noch Zeit gehabt und sie in Milbertshofen besucht. Eine echt unangenehme Person. Als sie gemerkt hat, wie sehr ich an dem Album interessiert bin, hat sie fünfzig Euro für die Ausleihe verlangt.«

»Sie hat sich auch seinen Computer unter den Nagel gerissen.«

Eva nickte. »Den hat sie leider bereits verkauft.«

»Hat Sie irgendwas Interessantes erzählt?«

»Leider nicht. Die beiden hatten kaum Kontakt. Ihr Verhältnis muss sehr schlecht gewesen sein, was mich bei dieser Frau aber auch nicht wundert.«

Es war heiß, und in einem anderen Land hätten die beiden jetzt Siesta gemacht. Stattdessen erkundigte Eva sich bei Schwarz nach dem, was er bei seiner griechischen Freundin aus der Gerichtsmedizin herausgefunden habe.

»Sie ist nicht meine Freundin.«

»Das war nicht meine Frage.«

»Der zuständige Mediziner hat sich für die Selbstmordversion entschieden.«

»Mit welcher Begründung?«

»Dass sie am wahrscheinlichsten ist. – Und für alle Beteiligten am bequemsten«, fügte er hinzu.

»Was passiert, wenn du ihm mitteilst, dass der Priester an einem Seil hing, das ihm nicht gehörte?«

»Dann würde er mich zu Recht zur Polizei schicken.«

»Wirst du es dem zuständigen Kommissar sagen?«

Schwarz schüttelte den Kopf. »Das kratzt Buchrieser so wenig wie die Tatsache, dass Pfarrer Heimeran nicht schwindelfrei war. Für ihn ist der Obduktionsbericht wie eine dienstliche Anweisung, fünf gerade sein zu lassen.«

»Dann ermitteln wir jetzt also allein?«

Schwarz nickte. »Sieht ganz so aus.«

Eine Weile hingen sie ihren Gedanken nach. Weder Schwarz noch Eva zweifelten inzwischen mehr daran, dass der Pfarrer ermordet worden war. Er war im Leichenschauhaus überwältigt, betäubt und als »Selbstmörder« unter die Dachbrücke gehängt worden.

Aber was war das Tatmotiv? Wieso hatte der Priester sterben müssen? Weil er sich an Matthias vergriffen hatte?

Weil er ein Doppelleben geführt hatte? Und wenn ja: Wer war es, der glaubte, auf diese Weise ›Recht und Ordnung‹ wiederherzustellen?

Schwarz erhob sich. »Ich muss mit Weber reden.«

Eva sah ihn fragend an. »Du?«

»Ich würde das gern alleine machen.«

»Ich dachte, ich bin deine Assistentin?«

»Bist du auch.«

»Ist es, weil ich bei der Haushälterin gepatzt habe? Das habe ich doch wieder ausgebügelt.«

»Freilich, hast du.«

Wie sollte er es ihr erklären? Gespräche mit Zeugen oder potenziellen Verdächtigen waren eine delikate Angelegenheit. Ermittler brauchten oft Jahre, bis ihnen die unterschiedlichen Strategien bei einer Vernehmung in Fleisch und Blut übergegangen waren. Jede Situation und jeder Mensch erforderten ein völlig anderes Vorgehen. Eva verfügte zweifellos über eine gute Intuition und war sensibel. Aber sie hatte keinerlei Erfahrung.

»Weber ist für uns möglicherweise ein wichtiger Zeuge.«

»Ist mir klar.«

»Es wäre fatal, ihn zu verlieren.«

»Verlieren? Weil ich die falschen Fragen stelle?«

Er legte ihr die Hand auf die Schulter. »Eva, ich möchte einfach kein Risiko eingehen.«

Er merkte, dass ihr das einen Stich gab. Was hatte er da gesagt? War das wirklich nötig? Womöglich dachte sie jetzt, dass er ihr nur Aufgaben überließ, die jeder Anfänger bewältigen würde – oder schlimmer noch, dass er sie nur aus Mitleid an den Ermittlungen beteiligte.

»Eva, ich liebe dich doch«, sagte Schwarz, nahm ihren Kopf in seine Hände und küsste sie.

Aber damit machte er alles nur noch schlimmer.

In der Rückwärtsbewegung bemerkte Schwarz, dass an der Einfahrt zur Hauptstraße blinkend ein cappuccinofarbenes Mini Cabrio stand.

War das Luisa, seine Tochter?

Sie war es. Hatte sie ihn im Vorbeifahren bemerkt?

Schwarz atmete auf, das Cabrio entfernte sich Richtung Pasing.

»Dann fahre ich jetzt nach Hause«, sagte Eva tonlos.

»Ich informiere dich sofort nach meinem Gespräch.«

»Nicht nötig, danke.«

»Aber, Eva …«

Doch als Schwarz ihre abweisende Miene sah, war ihm klar, dass sie in diesem Moment für ihn unerreichbar war.

23.

Aus dem Pavillon, einem typischen Flachbau aus den Sechzigern, drang Stimmengewirr. Kurz war es still, dann hob ein vielstimmiger Chor an. »In the jungle, the mighty jungle. The lion sleeps tonight. In the jungle, the mighty jungle. The lion sleeps tonight.«

Schwarz trat unauffällig an ein Fenster. Er sah kleine und größere Mädchen, junge und ältere Frauen und einige wenige Männer. Offenbar wurde gerade an der Artikulation gefeilt, denn alle spitzten übertrieben die Lippen, ließen die Kiefer fallen oder machten kreisrunde Münder.

Oder der Dirigent hat ihnen gesagt, sie sollen sich in die Tierwelt des Dschungels einfühlen, dachte Schwarz.

Rainer Weber trug helle Jeans, die Ärmel seines weißen Hemds waren hochgekrempelt, der Kragen geöffnet. Er sang, während er dirigierte, leidenschaftlich mit, lobte einzelne Sängerinnen oder wiederholte ein Wort, indem er die Konsonanten deutlich hervorhob. Ab und zu wischte er sich mit einer lässigen Bewegung das Haar aus der Stirn. Eva hat recht gehabt: guter Typ, dachte Schwarz nicht frei von Neid.

Die Probe dauerte noch etwa fünfzehn Minuten, und Schwarz ertappte sich bald dabei, dass er mitsummte.

»Entschuldigung?«

Der Pastoralreferent, der seinen Chor verabschiedet hatte und auf dem Weg zum Pfarrhaus war, sah ihn fragend an.

»Ich heiße Schwarz. Frau Sass, die Mutter von Matthias, hat mir Ihren Namen genannt, Herr Weber.«

Er wirkte reserviert. »Ja, und?«

»Können wir irgendwo ungestört reden?«

Weber blickte zum Pfarrhaus, das sich kaum von den in diesem Viertel üblichen bürgerlichen Einfamilienhäusern unterschied. »Im Pavillon.«

In dem Raum staute sich die Hitze.

»Entschuldigung, ich habe vergessen zu lüften.« Er kippte schnell die Fenster. »Womit kann ich Ihnen helfen?«

Schwarz stand wie so oft vor der Frage, ob er besser mit verdeckten oder offenen Karten spielte? Weber war sichtlich um Abgrenzung bemüht. Anders als gerade noch vor dem Chor signalisierte seine Körpersprache, dass er keinen Blick in sein Inneres zulassen wollte. Trotzdem hatte Schwarz das Gefühl, es mit einem sympathischen und sonst vermutlich eher offenen Menschen zu tun zu haben. Wahrscheinlich hatte Weber Gründe für sein Misstrauen. Das änderte sich vielleicht, wenn er begriff, dass Schwarz ihm nichts Böses wollte.

»Ich möchte ganz offen sein«, sagte er und reichte Weber seine Karte. »Ich bin Privatermittler. Frau Sass hat mich engagiert, um herauszufinden, was die wahren Beweggründe für Matthias' Selbstmord waren.

»Ich dachte, das ist geklärt?«

»Bis vor Kurzem dachte ich das auch. Aber es gibt neue Hinweise.«

Er registrierte, dass er Webers Neugier geweckt hatte. Vielleicht konnte er ihn ja doch aus der Reserve locken.

»Darf ich fragen, was Ihre Funktion in der Gemeinde ist, Herr Weber?«

»Ich bin Pastoralreferent.«

»Das war das Wort, richtig. Ich habe leider wenig Ahnung von der kirchlichen Hierarchie.«

Weber lächelte. »Wir Pastoralreferenten sind da ganz unten.«

»Deswegen halten Sie sich auch nicht an den üblichen Dresscode?«

Er lachte. »Das ist aber nicht der entscheidende Unterschied.«

»Sondern?«

»Ich könnte zum Beispiel heiraten.«

Er schaute unruhig Richtung Pfarrhaus.

»Verstehe, Sie sind in Eile«, sagte Schwarz. »Wie gut kannten Sie denn Pfarrer Heimeran?«

Falsche Frage. Er sah es sofort. Weber machte wieder zu und wurde förmlich.

»Pastoralreferenten sind wegen des Personalmangels in der Kirche inzwischen häufig in mehreren Gemeinden tätig. Pfarrer Heimeran hat mich öfter um Unterstützung gebeten, bei der Firmung oder Krankenbetreuung etwa.«

»Sie waren auch Betreuer im Ministrantenlager in Steinsberg?«

Er sah, wie Weber zusammenzuckte.

»Ja, wieso?«

Schwarz räusperte sich. »Aber Matthias Sass sind Sie nicht mehr begegnet?«

Er schüttelte den Kopf. »Nein, als ich vor zwei Jahren zum ersten Mal dabei war, hat er bereits nicht mehr ministriert.«

Schwarz nickte. »Sind Sie letztes Jahr auch mitgefahren?«

»Ja, da ging es aber nicht mehr nach Steinsberg, sondern nach St. Ottilien. Da haben die Jungen mehr Möglichkeiten.«

»Pfarrer Heimeran und Sie waren, soviel ich weiß, die einzigen Erwachsenen in diesen Lagern?«

»Ja, warum?«

»Hat er mal über seine Beziehung zu Matthias gesprochen?«

»Nein, nie. Jedenfalls kann ich mich nicht dran erinnern. Hören Sie, Herr Schwarz, ich muss zur Arbeit. Auf mich warten mehrere Altenbesuche.«

»Nur eine Frage noch.« Er suchte den Augenkontakt mit Rainer Weber. »Können Sie sich vorstellen, dass es zwischen Pfarrer Heimeran und Matthias zu sexuellen Handlungen gekommen ist?«

Weber starrte ihn an. »Bitte?«

»Entschuldigung, ich muss Sie das fragen«, sagte Schwarz.

»Das ist lächerlich, absolut lächerlich.«

Draußen rief jemand nach dem Pastoralreferenten. »Herr Weber, wo bleiben Sie denn?«

»Sie sind auf der völlig falschen Spur, Herr Schwarz«, sagte Weber deutlich leiser und wandte sich zur Tür. »Ich bin hier, ich komme!«

Er hatte die Türklinke schon in der Hand, als er sich noch mal zu Schwarz umwandte und ihn eindringlich ansah. »Tun Sie mir einen Gefallen. Reden Sie über diese Geschichte nicht mit dem Dekan. Am besten wäre es, er würde Sie hier gar nicht sehen.«

Dann verließ er eilig den Pavillon. Schwarz konnte durch ein Fenster beobachten, wie Weber einem korpulenten Mann Richtung Pfarrhaus folgte. Das musste Dekan Wels sein.

Ich war auch schon mal besser in Form, dachte er, als er das Pfarrzentrum verließ. Er blickte sich noch einmal um und hatte nicht den Eindruck, dass sich irgendjemand für ihn interessierte. Warum sollte er denn nicht gesehen werden? Kein Mensch in der Gemeinde St. Stephan kannte ihn, und schließlich trug er kein Schild *Privatermittler* auf der Stirn.

Ich war nicht nur schon mal besser in Form, dachte Schwarz, dieser Auftritt war unterirdisch. Ich habe ja überhaupt nichts rausgefunden – außer dass der Mann Angst hat. Ich habe mich von seiner Nervosität anstecken lassen und ihn viel zu schnell in die Enge getrieben. Obwohl, woher sollte ich wissen, was für ihn unangenehm ist? Ausrede, dachte Schwarz, ein guter Ermittler hat für so was Antennen. Dafür hätte ich Eva wirklich nicht so kränken müssen. Sie hätte das Gespräch vielleicht sogar besser hingekriegt.

Er wollte sie anrufen und ihr das sagen, doch Eva war nicht zu erreichen. Hatte sie ihr Handy ausgeschaltet?

24.

Dann stand Schwarz im Stau, obwohl er sich bewusst gegen die Landsberger Straße mit ihren Baustellen entschieden hatte.

Wieso wurde jetzt auch noch die Verdistraße aufgerissen?

Das muss eine besonders heimtückische Wanderbaustelle sein, dachte er. Sie wandert immer dorthin, wo ich zügig Richtung Innenstadt fahren will. Hätte ich die Von-Kahr-Straße gewählt, wäre dort gebaut worden. Obwohl er Verschwörungstheoretiker hasste, fiel es ihm selbst nicht schwer, sich in paranoide Vorstellungen hineinzusteigern. Aber so verging wenigstens die Zeit, und der Stau löste sich schneller auf.

Am Ende kam Schwarz wie fast immer pünktlich. Kurz vor 18 Uhr bog er zu Fuß von der Kaufinger- in die Liebfrauenstraße ein. Er ging um den Dom herum und fragte sich wieder einmal, wieso die Häuser so dicht an der Kirche standen. In den meisten anderen Städten, die er kannte, in Ulm, Landshut oder Köln, war der Dom von einem weiten Areal umgeben und zeigte sich in seiner ganzen Pracht. In München hatte man den Eindruck, dass jemand im Nachhinein mit einem großen Messer ein Stück aus dem Stadtkuchen herausgeschnitten und dort viel zu knapp den Dom eingepasst hatte. Aber vielleicht war es ja auch andersherum: Die Kirche war zuerst da gewesen und die Häuser erst später so nah an sie herangebaut worden?

Während er noch darüber nachdachte, nahm ihn jemand beim Arm.

»Kommen Sie.« Es war Perfall. »Lassen Sie uns eine Kerze für unsere Sache anzünden.«

Schwarz sah ihn verwundert an. Unsere Sache? Er konnte sich nicht daran erinnern, irgendwelche Interessen mit dem Mann zu teilen.

»Oder sind Sie nicht katholisch?«

»Ich habe im Dom schon öfter Kerzen angezündet.«

Das war zwar keine Antwort auf Perfalls Frage, entsprach aber der Wahrheit. Beim letzten Mal hatte Schwarz sogar mit dem Fingernagel seine Initialen in das Kerzenwachs geritzt, weil er verhindern wollte, dass der Messner, kaum dass er gegangen war, seine Kerze ausblies und zu den frischen zurücklegte. – So spirituell war er immerhin.

Perfall wählte den nördlichen Seiteneingang. Schwarz schaltete sein Handy aus und betrat hinter ihm den Dom. Er war jedes Mal wieder von den Dimensionen überwältigt, von der Höhe des Kirchenschiffs vor allem, von der man draußen kaum eine Idee gewinnen konnte.

Er sah, dass Perfall einen gefalteten Zehneuroschein in einen Opferstock steckte und warf schnell eine Münze hinterher. Niemand, der noch einen Rest religiöser Gefühle besaß, und sei es als Aberglaube, würde sich eine Opferkerze spendieren lassen.

Perfall lächelte freundlich. »Dann lassen Sie uns mal um den Segen des Allermächtigsten bitten.«

Schwarz griff nach einer Kerze. Was war denn das? Ein Teelicht in einem dunkelgelben Plastikbehälter mit dem Aufdruck *Ave Maria*? Wo waren die magischen weißen Kerzen geblieben, die man in gusseiserne, wachsüberlaufene Halterungen steckte?

Perfall hatte bereits die Hände gefaltet und bewegte die Lippen.

Schwarz betete nicht, sondern nutzte die Gelegenheit, Eva einen Gedanken zu schicken: *Hör zu, du kleiner Sturkopf, wenn du glaubst, du könntest mich auf diese Weise loswerden, täuschst du dich gewaltig. Ich liebe dich nämlich.*

Er musste schmunzeln. Die Vorstellung, dass ein Mann, dessen Mutter Jüdin war, und der nicht wusste, was er selbst war, einer bekennenden Jüdin in einer katholischen Marienkirche vor einem heidnischen Feuerzauber mit unerschrockener Liebe drohte, gefiel ihm sehr.

Perfall war mit dem Beten fertig. Er blickte fragend in Schwarz' Richtung. Als der nickte, ging er in den Mittelgang, beugte kurz das Knie und machte ein Kreuzzeichen Richtung Altar. Dabei ließ er aber Schwarz nicht aus den Augen.

Sollte er ihm den Gefallen tun? Für ihn war das Kreuzzeichen eine Geste ohne große Bedeutung. Sie kostete ihn nichts. Doch da fiel ihm seine Mutter ein, die sich fast ihr gesamtes Leben lang versteckt hatte. Bis vor Kurzem hätte sie in so einem Moment die brave Katholikin gespielt und sich wahrscheinlich dafür heimlich gehasst.

Doch wie seine Mutter wollte er nicht leben. Er wandte sich, ohne sich zu bekreuzigen, zum Ausgang. Perfalls nicht gerade sympathisches Lächeln entging ihm.

25.

»Jetzt wüsste ich aber schon gerne, was *unsere Sache* ist«, sagte Schwarz, als er Perfall in dessen Büro im dritten Stock gegenübersaß.

»Natürlich. Ein Gläschen Wein?«

Schwarz winkte ab.

»Trauen Sie sich, es ist ein ganz feiner Sauvignon.«

»Ich bin kein Weintrinker.«

»Schade. Bier kann ich Ihnen leider nicht anbieten. Beim nächsten Mal, versprochen.«

Er schenkte sich selbst ein und nahm mit gespitzten Lippen einen Schluck. Schwarz sah sich um. Die hohen Wände waren weiß gestrichen, das alte Parkett offenbar kürzlich durch einen Laminatboden ersetzt worden. Die Büromöbel waren der übliche Standard, die Drucke an den Wänden Kaufhausware.

»Ich hätte mir den Arbeitsplatz in einem erzbischöflichen Ordinariat auch ehrwürdiger vorgestellt«, sagte Perfall lachend.

Der Mann weiß, wie man ein entspanntes Gesprächsklima herstellt, dachte Schwarz.

»Als Erstes möchte ich mich ganz herzlich bedanken, dass Sie so spontan Zeit gefunden haben. Noch dazu, ohne zu wissen, worum es eigentlich geht.«

»Ich habe so eine Ahnung.«

»Natürlich haben Sie die. Ich habe ja nur die besten Dinge über Sie gehört.«

Lüge, dachte Schwarz. Wenn er sich wirklich über mich informiert hat, haben sie ihm im Polizeipräsidium gesagt, dass ich damals Akten frisiert habe. Zwar weiß jeder, der näher mit der Sache zu tun hatte, dass ich das nur für Kolbinger, den Saukerl, und seine Familie getan habe, aber mein Ruf ist trotzdem ruiniert – ganz abgesehen von meiner polizeilichen Laufbahn.

»Sie sollen vor allem ein sehr hartnäckiger Ermittler gewesen sein.«

Damit hatte er allerdings recht. Im Vergleich zu Kollegen wie Buchrieser war Schwarz ein echter Terrier gewesen.

»Wissen Sie übrigens«, fuhr Perfall schmunzelnd fort, »dass Sie ganz ähnliche Antworten bekämen, wenn Sie Erkundigungen über mich einziehen würden? Bis hin zum hässlichen Fleck auf der sonst weißen Weste.«

Er machte eine Kunstpause, um Schwarz' Neugier zu befeuern.

»Ich habe einen Menschen erschossen und hatte keinen Zeugen, dass es Notwehr war.«

Er ist fast genial, dachte Schwarz. Er zieht mich ins Vertrauen und gibt mir das Gefühl, dass er nichts vor mir verbirgt. Leider kann das auch bedeuten, dass er jede Menge zu verbergen hat.

»Die Untersuchungen wurden eingestellt, *in dubio pro reo*, Sie verstehen. Aber die Geschichte ist an mir hängen geblieben und das Arbeitsklima beim LKA hat sich mehr und mehr verschlechtert. Schließlich habe ich die Konsequenzen gezogen und gekündigt. Seither bin ich Freelancer und übernehme Sonderaufgaben wie diese hier.«

Etwas lange Einleitung, dachte Schwarz, sagte aber höflich: »Jetzt bin ich aber gespannt.«

Perfall lächelte komplizenhaft. »Sie wissen es doch schon.«

Schwarz machte eine Unschuldsgeste.

Perfall wurde ernst. »Es geht um den Verdacht des sexuellen Missbrauchs zumindest eines Minderjährigen.«

Im Flur hallten Schritte, vor dem Fenster gurrten Tauben. Sonst war es still.

»Gegen Pfarrer Heimeran?«

»Richtig.«

»Welche Indizien haben Sie?«

»Dieselben wie Sie, nehme ich an. Ich habe bis jetzt auch nur mit der Mutter gesprochen.«

»Frau Sass hat sich auch an Sie gewandt?«

»Nein, das hat sie nicht.«

Er bemerkte, dass Perfall unruhig mit dem Siegelring an seiner linken Hand zu spielen begann.

»Die Sache ist von anderer Seite an das Ordinariat herangetragen worden.«

»Von wem?«

»Das kann ich Ihnen leider nicht sagen.«

Jemand hat geplaudert, dachte Schwarz, aber wer? Frau Sass war es unendlich schwergefallen, überhaupt über ihren Verdacht zu sprechen. Wen konnte sie ins Vertrauen gezogen haben, nachdem ihr Versuch, Pfarrer Heimeran zur Rede zu stellen, so tragisch gescheitert war? Hatte sie dessen Haushälterin ihr Herz ausgeschüttet? Nein, so eng war die Beziehung zwischen den beiden seines Wissens nicht.

Schwarz fiel noch eine andere Erklärung ein. Frau Sass hatte die Sache vielleicht gebeichtet. Zwar gab es das Beichtgeheimnis. Er erinnerte sich noch gut an einen Fall zu Beginn seiner Polizeilaufbahn. Da hatte ein Priester sich stur auf das Zeugnisverweigerungsrecht berufen, obwohl zu befürchten war, dass ein Serientäter weitere Prostituierte ermorden würde. Später hatte Schwarz aber auch erlebt, wie ein Geistlicher in seiner Gewissensnot ihm einen versteckten Hinweis auf einen flüchtigen Raubmörder gab.

»Eine ganz schlimme Geschichte, wenn sie stimmt«, riss Perfall ihn aus seinen Gedanken.

»Und? Stimmt sie? Was denken Sie?«

Perfall presste Luft durch die Lippen. »Das, wenn ich wüsste. Ich bin, ehrlich gesagt, ratlos.«

Er setzte ein gewinnendes Lächeln auf. »Aber vielleicht können wir ja gemeinsam Licht in das Dunkel bringen.«

Das ging Schwarz entschieden zu schnell. »Sagen Sie mir doch erst mal etwas zu Ihrer genauen Funktion, Herr Perfall.«

»Gern. Ich soll im Rahmen einer kircheninternen Ermittlung herausfinden, ob etwas an dem Verdacht gegen Pfarrer Heimeran dran ist.«

»Und Ihr Auftraggeber ist der Erzbischof?«

»In letzter Konsequenz ja.«

»Kommt es häufiger vor, dass die Kirche Ermittler von außen holt?«

Er schüttelte den Kopf. »Normalerweise haben die dafür ihre eigenen Leute. Aber ich habe meinem Auftraggeber klargemacht, dass diese Geschichte noch für erheblichen Wirbel sorgen könnte. Wir wissen doch nur zu gut, was los ist, wenn die Presse einen Zusammenhang zwischen den beiden Selbstmorden herstellt.«

»Sie sind aber nicht von sich aus an das Ordinariat herangetreten?«

Perfall seufzte. »Ich weiß, es verstößt gegen unsere Berufsehre. Aber die Zeiten für Privatermittler waren auch schon mal besser.«

Da stimmt doch was nicht, dachte Schwarz. Dann müsste er ja, bereits bevor er sich dem Ordinariat angedient hat, von Heimerans möglichen Verfehlungen erfahren haben.

Perfall trank sein Glas aus und nickte Schwarz aufmunternd zu. »Also, was meinen Sie zu meinem Vorschlag?«

»Wie würde unsere Zusammenarbeit denn aussehen?«

»Auf jeden Fall unkompliziert. Außerdem haben wir freie Bahn, da das Interesse der Polizei an diesem Fall eher gering zu sein scheint.«

Das weiß er also auch schon, dachte Schwarz.

»Jeder macht seinen Job, jeder auf seine Art und jeder für seinen jeweiligen Auftraggeber. Wir tauschen uns aus, sobald es neue Erkenntnisse gibt.«

Schwarz überlegte. Was mochte Perfall zu diesem Angebot veranlassen? Er war Profi, er brauchte keinen Helfer. Oder wollte er es sich bequem machen, ihm die Dreckarbeit überlassen und dafür bei der Kirche die Lorbeeren kassieren? Nein, der Typ war er nicht. Perfall war ehrgeizig, das verriet schon sein stechender Blick. Er würde das Heft auf keinen Fall aus der Hand geben.

Es gab noch eine andere Möglichkeit, die ihm immer wahrscheinlicher erschien: Der kirchliche Ermittler wollte ihn und seine Arbeit kontrollieren. Aber wozu? Aus Konkurrenzgründen oder gar um zu verhindern, dass für die Kirche unangenehme Wahrheiten ans Licht kamen?

»Ihr Vertrauen ehrt mich«, sagte Schwarz.

Perfall lehnte sich zufrieden zurück.

»Trotzdem werden wir nicht zusammenkommen.« Er sah, wie die Farbe aus dem Gesicht seines Gegenübers wich.

»Was? Aber wieso denn nicht, Herr Schwarz?«

»Es geht einfach nicht.«

»Nennen Sie mir doch bitte den Grund. Wir wären so ein schlagkräftiges Team.«

Falsche Wortwahl, dachte Schwarz. Ich habe mich noch nie mit dem Knüppel durch Ermittlungen gekämpft.

»Was muss ich tun, um Sie umzustimmen? Wir haben noch nicht über den finanziellen Aspekt gesprochen. Mein Auftraggeber ist sehr großzügig. Oder haben Sie Angst, ich könnte nicht verantwortungsvoll mit Ihren Informationen umgehen?«

Schwarz mochte es nicht, so bedrängt zu werden. Er war kurz davor, Perfalls Avancen mit einem deutlichen Bekenntnis zu seiner Kirchenferne zu beenden. In so einer heiklen Angelegenheit würde das erzbischöfliche Ordinariat bestimmt keinen Wert auf die Zusammenarbeit mit einem Heiden wie ihm legen.

Aber er hatte bisher nichts von sich verraten, wieso sollte er es jetzt tun? Er hatte wie ein Insektenforscher dabei zugesehen, wie Perfall ihn umschwirrte und zu umgarnen versuchte. Er hatte ihn agieren lassen und sein Wissen und seine persönliche Meinung für sich behalten – vor allem seine erheblichen Zweifel am Selbstmord Pfarrer Heimerans.

Vielleicht bin ich doch nicht so außer Form, dachte Schwarz und schmunzelte.

»Sie lächeln? Habe ich noch eine Chance? Wenn Sie wollen, können wir gleich einen Vertrag machen.«

Wieso gab Perfall nicht auf? Waren mögliche Enthüllungen über das geheime Sexualleben Pfarrer Heimerans denn so brisant? Oder hatte er, Schwarz, die wahren Absichten des kirchlichen Ermittlers immer noch nicht durchschaut?

Ging es vielleicht um etwas völlig anderes? Ging es um viel mehr?

Schwarz wusste, dass er das bei diesem Gespräch nicht mehr herausfinden würde. Dazu brauchte er mehr Zeit. Er stand auf und machte eine bedauernde Geste.

»Tut mir wirklich leid.«

Perfall kam ihm um den Tisch herum entgegen. »Ich hoffe, das ist nicht Ihr letztes Wort.« Er reichte ihm die Hand und legte ihm die andere vertraulich auf die Schulter. »Versprechen Sie mir, noch mal drüber nachzudenken?«

»Das auf jeden Fall«, sagte Schwarz.

26.

Während er mit dem Lift ins Erdgeschoss fuhr, kontrollierte Schwarz sein Handy. Er hatte eine Nachricht auf der Mailbox. Eva? Nein, es war seine Tochter.

»Papa, ich muss es dir leider sagen: Ich finde dich … einfach widerlich. Ich …« Dann brach die Verbindung ab: *Kein Netz.*

Es musste am schlechten Empfang gelegen haben, oder er hatte sich verhört. Aus welchem Grund sollte Luisa ihn beleidigen? Er mochte die eine oder andere Schwäche haben, aber deswegen war er noch lange nicht *widerlich*.

Als Schwarz sich dem Ausgang näherte, hörte er das typische Geräusch eines Türsummers. Er schaute kurz zu der Kamera hoch, die ihn im Blick hatte, und verließ das Gebäude.

Im Schatten des Doms war der Handyempfang nicht besser. Schwarz hatte seinen Wagen aus alter Gewohnheit vor dem Polizeipräsidium geparkt. Er zerknüllte den Strafzettel und rief erneut seine Mailbox an.

»Papa, ich muss es dir leider sagen: Ich finde dich ... einfach widerlich. Ich ...« Er drückte schnell auf *Speichern*, weil einige Kollegen von früher vorbeikamen und es sich nicht nehmen ließen, ihn herzlich zu begrüßen. »Servus, Anton, wie schaut's aus? Bist du wieder an einer großen Sache dran? Zugenommen hast du.«

»Das kann nicht sein. Ich geh doch jetzt ins Fitnessstudio.«

»Ab nächster Woche, oder?« Sie lachten.

»Jetzt habt ihr mich erwischt. Servus, Kollegen.«

»Servus Schwarz.«

Vielleicht, dachte er, hat Luisa es ja ironisch gemeint und gibt mir auf diese etwas eigenwillige Weise ein Zeichen, dass sie mich vermisst.

Ja, das war nicht völlig unwahrscheinlich.

Beim dritten Versuch gelang es ihm endlich, die Mitteilung seiner Tochter ganz zu hören. »Papa, ich muss es dir leider sagen: Ich finde dich ... einfach widerlich. Ich habe dich gesehen, beim *Alten Wirt*. Schämst du dich denn gar nicht?«

Schwarz drückte auf die Löschtaste.

Zwanzig Minuten später stand er vor Luisas Tür.

»Du?«, sagte seine Tochter und musterte ihn distanziert. »Das ging aber schnell.«

Er folgte ihr in das renovierungsbedürftige Häuschen, in dem seit vielen Jahren eine Wohngemeinschaft mit häufig wechselnden Mitgliedern untergekommen war. Luisa hauste im ehemaligen Wohnzimmer.

Aber sie *hauste* nicht mehr.

Verblüfft stellte Schwarz fest, dass seine Tochter nicht nur aufgeräumt, sondern sich völlig neu eingerichtet hatte. Statt der Möbel vom Sperrmüll besaß sie nun einen weiß lasierten Schrank, sechs blaue Stühle mit geflochtenen Sitzflächen, einen schönen alten Bauerntisch und ein breites Bett im Landhausstil. Die Wände waren gelb getüncht.

Schwarz musste an das Chaos in seiner Wohnung denken und nahm sich fest vor, ganz bald mit dem Aufräumen weiterzumachen.

»Dein Zimmer ist toll geworden. Hast du einen neuen Freund?«

Luisa zeigte stumm auf einen Stuhl.

Er setzte sich mit einem Räuspern. »Danke.«

Sie blieb stehen. Das wird eine Gerichtsverhandlung, dachte er.

»Du erinnerst dich doch bestimmt, wie ich auf deine Trennung von Mama reagiert habe?«

Er nickte. Luisa hatte ihn zu seiner großen Überraschung beglückwünscht. Ihrer Meinung nach hatte er viel zu lange toleriert, dass seine Frau mit einem anderen Mann zusammenlebte, und er nur noch gelegentlich als heimlicher Liebhaber zum Einsatz kam.

»Und ich habe dir sehr gewünscht, dass du noch mal richtig glücklich wirst.« Sie griff nach seiner Hand und sah ihm in die Augen. »Aber doch nicht so, Papa!«

Er schluckte. »Weißt du überhaupt, mit wem du mich da gesehen hast, Luisa?«

»Aber natürlich. Ich kenne Eva doch von deiner Geburtstagsparty und fand sie sehr nett.«

»Na, also. Was ist dann das Problem?«

»Sie hat mir erzählt, wie dankbar sie ist, dass du den Kerl, wegen dem sie im Rollstuhl sitzt, zur Strecke gebracht hast.«

»Tim Burger.«

»Aber Papa, das darfst du doch nicht ausnutzen.«

Ausnutzen. Das Wort traf ihn wie ein Schlag ins Gesicht.

Schwarz hätte es verstanden, wenn Luisa ein Problem damit gehabt hätte, dass Eva nicht nur sehr jung, sondern jünger war als sie selbst. Er hätte es unter Umständen nachvollziehen können, wenn sie darüber befremdet gewesen wäre, dass er sich ausgerechnet in eine Frau im Rollstuhl verliebt hatte.

Aber diese Unterstellung warf ihn um.

»Habe ich mich verhört, oder hast du tatsächlich von ausnutzen geredet?«

Sie trotzte seinem Blick.

»Hältst du mich wirklich für so berechnend, Luisa? Kannst du dir nicht vorstellen, dass ich mich einfach in sie verliebt habe? Und sie sich in mich?«

»Das fällt mir, ehrlich gesagt, schwer.«

»Okay, ich bin alt, arm und seltsam, sie ist jung und wunderschön. Ich weiß, das klingt nicht unbedingt nach einer idealen Kombination.«

»Genau das meine ich, Papa. Eva hatte ein schweres Trauma, und du hast sie davon vielleicht erlöst. Und jetzt denkt sie, dass sie dich liebt.«

»Du glaubst, sie bildet es sich nur ein?«

»Ja, das befürchte ich.«

Schwarz spürte einen Kloß im Hals und hustete. »Und was erwartest du von mir? Soll ich Eva sagen, dass sie sich leider irrt? Soll ich sie wegschicken, wenn sie mich das nächste Mal sehen will?«

Luisa seufzte. »Das tut weh, ich weiß, aber es wäre wahrscheinlich das Beste für euch beide.«

Sie lächelte etwas unsicher, und Schwarz hatte zum ersten Mal den Eindruck, dass ihr nicht wohl bei der Sache war.

Aber das konnte seinen Zorn jetzt nicht mehr bremsen. Er sprang auf.

»Vergiss es, Luisa.«

Sie erschrak.

»Mir ist es scheißegal, wie du mich findest. Es ist absolut lächerlich, dass ich Eva ausnutzen soll. Wenn du dir in deiner WG-Spießer-Welt eine Beziehung zwischen ihr und mir nicht vorstellen kannst, ist das dein Problem, nicht meins.«

Er wandte sich zur Tür. »Jetzt geht dein widerlicher Vater, damit du dich nicht weiter ekeln musst. Tschüs.«

Luisa lief ihm hinterher. »Papa, bitte!«

Aber ihm reichte es für heute.

Auf der Fahrt von der Siedlung am Pasinger Knie zum Parkplatz hinter dem *Koh Samui* versuchte Schwarz, sich zu beruhigen. Eigentlich war das Ganze absurd: Er hatte vor Luisa seine *Liebe* wie ein Löwe verteidigt, dabei war er sich unsicher, ob es sie so überhaupt noch gab. Möglicherweise hatten sich Evas Gefühle nach ihrer Verstimmung am *Alten Wirt* deutlich abgekühlt.

Warum bloß war er so ungeschickt gewesen und hatte Eva so vor den Kopf gestoßen? Hatte er in den Jahren als einzelgängerischer Privatermittler und getrennt lebender Ehemann seine sozialen Fähigkeiten eingebüßt? War ihm die Einfühlung in die weibliche Psyche völlig abhanden gekommen?

Sollte er noch einmal versuchen, sie anzurufen? Oder tat er damit genau das Falsche?

Schwarz beschloss, erst einmal mit der Entrümpelung seiner Wohnung weiterzumachen. Er wollte ein sichtbares Zeichen setzen, dass ein neuer Abschnitt in seinem Leben begann – einer mit Eva hoffentlich.

Als er, wie immer außer Atem vom Treppensteigen, vor seiner Wohnungstür in der rechten Hosentasche nach dem Schlüssel suchte, bemerkte er einen Zettel, der zwischen Rahmen und Türblatt steckte.

Er zog ihn heraus und faltete ihn auf.

Muss Sie dringend sprechen. Warte im ›Sirs‹. R. W.

27.

Das *Sirs* lag mitten im Glockenbachviertel. Schwarz suchte eine halbe Stunde vergeblich nach einem Parkplatz und stellte den Golf schließlich resigniert vor eine Einfahrt gegenüber der Bar. Sollten sie ihn doch abschleppen oder ihm die Reifen zerstechen.

Aber vielleicht hatte er ja auch Glück.

Durch die großen Fenster sah er, dass das *Sirs* gut besucht war. Er trat durch die aus Glasbausteinen zusammengesetzte Eingangstür in das Lokal. Die zwei Etagen waren rappelvoll. Es war laut, er kannte die Musik nicht, sie klang synthetisch. Die Wände waren mit Unmengen bunter, von innen beleuchteter Glassteine dekoriert, die Tische aus Bakelit.

Schwarz blickte sich suchend um. Er sah junge Männer in Gruppen und als Paare, junge Männer im Gespräch mit alten Männern und einsame alte Männer. Er sah keine Frau und begriff erst jetzt, was es mit dem Namen *Sirs* auf sich hatte.

»Zum ersten Mal hier?«, fragte ein Kellner, dessen athletischer Oberkörper das schwarze Stretchhemd zu sprengen drohte.

»Sieht man mir das an?«

»Nein, aber ich kenne unsere Gäste. Wirst du erwartet?«

»Hm.«

»Verrätst du mir den Namen?«

Schwarz hüstelte. »Rainer.«

Der Kellner nickte. »Komm mit.«

Er überwand die Wendeltreppe zur oberen Etage mehr springend als steigend, und Schwarz hatte Mühe, ihm zu folgen.

»Er sitzt ganz hinten, da ist die Musik nicht so laut. Viel Spaß!«

Schwarz fühlte sich deutlich unwohl in seiner Haut. Auf seinem Weg zum anderen Ende des Raums wurde er von allen Seiten gemustert. Es waren weniger neugierige als mitleidige Blicke.

War er zu alt für ein Schwulenlokal oder fiel er durch seine verbeulten Jeans und das quergestreifte Polohemd unangenehm auf?

Rainer Weber, der Pastoralreferent, blickte ihm mit ernster Miene entgegen. »Hallo, Herr Schwarz.«

»Origineller Treffpunkt.«

»Nicht so originell, wie Sie denken. Bitte.« Er zeigte auf den beigen Ledersessel ihm gegenüber.

Schwarz nahm Platz.

»Hier ist die Gefahr, dass uns ein Mitglied meiner Pfarrgemeinde sieht, nicht ganz so groß.«

»Davon bin ich überzeugt.« Schwarz dachte an den überwiegend weiblichen Chor, mit dem Weber das Lied vom Löwen im Dschungel geprobt hatte.

Ein anderer Kellner trat an den Tisch, um die Bestellung aufzunehmen. Er war nicht ganz so muskulös wie der erste, aber attraktiv genug, um jederzeit in einer Werbung für Rasierwasser aufzutreten.

»Ein Dunkles, bitte«, sagte Schwarz und entlockte dem Kellner ein Schmunzeln.

Weber bestellte einen *Manhattan*. »Danke, dass Sie gekommen sind, Herr Schwarz.«

»Ich hatte den Eindruck, es ist wichtig.«

Der Pastoralreferent war blass und hatte dunkle Ringe unter den Augen. »Erst dachte ich, ich informiere die Polizei, aber das hätte nur ein Riesentheater gegeben und rausgekommen wäre wahrscheinlich nichts. Dann habe ich mich im Internet über Sie schlaugemacht und nur lobende Artikel gefunden. Vor allem wegen dieser Neo-Nazi-Geschichte.«

Schwarz winkte ab. »Da hat einer vom anderen abgeschrieben.«

»Ich war übrigens auch bei der Demo.«

»Also, was wollen Sie von mir?«

Weber zögerte. Er stand unter großem Druck, das war unübersehbar. Schwarz nickte ihm aufmunternd zu.

»Bei mir ist eingebrochen worden. Ich habe es nicht gleich bemerkt, weil der Täter kaum Spuren hinterlassen hat.«

Schwarz suchte unauffällig nach einer einigermaßen erträglichen Sitzposition. Lehnte er sich zurück, versank er im Sessel, beugte er sich vor, schmerzte nach der Nacht im Deckchair sein Rücken. Schließlich rutschte er mit dem Hintern bis zur Kante nach vorne.

»Ich bin kein Spezialist für Eigentumsdelikte, Herr Weber.«

»Darum geht es auch nicht. Der Selbstmord von Pfarrer Heimeran war keiner, verstehen Sie«, brach es aus ihm heraus. »Er hätte sich nie was angetan. Er hatte nicht den geringsten Grund dazu.«

»Gut, nehmen wir an, es war Mord«, sagte Schwarz. »Was hat das mit dem Einbruch bei Ihnen zu tun?«

Weber sah Schwarz jetzt direkt in die Augen. »Ich bin mir sicher, dass es derselbe Täter war.«

Der Kellner brachte die Getränke, Schwarz' Dunkles in einem schlanken Pilsglas.

»Was haben Sie denn mit dem Rest gemacht?«

»Weggeschüttet. Wir haben hier keine Halblitergläser. Eigentlich schenken wir überhaupt kein Bier aus, aber mein Kollege fand Sie so schnuckelig, dass er eins aus der Kneipe nebenan geholt hat.«

»Schnuckelig?«, sagte Schwarz und ärgerte sich darüber, dass er errötete. Er konzentrierte sich wieder auf Weber. »Derselbe Täter also. Wieso glauben Sie das?«

Er schwieg.

»Verraten Sie mir, was gestohlen worden ist?«

»Meine Notizen. Ich habe an einem Buch gearbeitet – über die Rettung der Kirche durch die Laien.«

»Muss die Kirche denn gerettet werden?«

»Fragen Sie lieber, ob sie noch zu retten ist.« Er nahm einen hastigen Schluck von seinem Drink. »Aber ich wollte mit Ihnen nicht über Kirchenfragen sprechen.«

»Keine Angst, ich auch nicht. Was könnte den Einbrecher denn an Ihren Notizen interessiert haben?«

»Er hat was anderes gesucht.«

»Was denn?« In dem Moment fiel bei Schwarz der Groschen. »Informationen über – Pfarrer Heimeran? Hat er sie gefunden?«

Weber rang sich ein Lächeln ab. »Nein, weil Wolfgang und ich immer sehr vorsichtig waren.«

Schwarz rutschte wieder ein Stück im Sessel zurück und stützte sich mit einem Arm auf der Lehne ab.

Was bin ich denn so angespannt?, dachte er. Ich habe zwar keinerlei Erfahrung mit Schwulenbars und den Komplimenten junger Bodybuilder, aber so bedrohlich ist die

Situation für mich als leicht übergewichtiger, nicht mehr ganz junger Heterosexueller nun auch nicht. Und dass es auch in der Kirche den einen oder anderen schwulen Mitarbeiter gibt, hätte ich fast vermutet.

»Pfarrer Heimeran und Sie waren also ein Paar?«

»Seit drei Jahren.«

»Darf ich fragen, wie Sie sich kennengelernt haben?«

»Dekan Wels hat uns einander vorgestellt, weil ich ja auch Aufgaben in St. Meinrad übernehmen sollte. – Ich habe Wolfgang gesehen und alles war klar.«

»Dass er auch schwul war?«

»Nein, dass ich ihn liebe.« Weber kämpfte jetzt mit den Tränen.

»Und er?«

»Ich war sein erster Mann. Er hatte, obwohl er zehn Jahre älter war, nicht die geringste Erfahrung. Als Jugendlicher hatte er ein paar Mal mit Mädchen rumgeknutscht, aber nachdem er sich für die Priesterlaufbahn entschieden hatte, war das Thema für ihn erledigt.«

»Erledigt?«, sagte Schwarz. »Ich würde gern mal wissen, wie das funktioniert. Ich habe als junger Mann den ganzen Tag an Sex gedacht.«

Weber musste lachen. »Ich auch. Deswegen habe ich das Priesterseminar nach fünf Semestern wieder verlassen.«

Schwarz schaute betrübt in sein leeres Glas, aber als Weber den Kellner rufen wollte, hielt er ihn zurück.

»Später. Ich habe den Einbruch bei Ihnen nicht vergessen, aber das interessiert mich jetzt wirklich: Wie kriegen zukünftige Priester ihre Sexualität in den Griff? Werden sie psychologisch geschult? Oder beten sie einfach den ganzen Tag, um auf keine dummen Gedanken zu kommen? Onanie ist doch auch eine Sünde, soviel ich weiß?«

Weber störte sich offenbar nicht an Schwarz' Indiskretion.

»Eigentlich ist fast alles Sexuelle verboten, die Selbstbefriedigung, der vor- und außereheliche Geschlechtsverkehr, jede Form der künstlichen Verhütung, sogar erotische Phantasien. Ein guter Katholik muss sich auf die eheliche Sexualität beschränken, mit dem Ziel *menschliches Leben weiterzugeben.*«

»Sauber«, sagte Schwarz, »und wie werden die Priesterkandidaten jetzt auf ein Leben in Keuschheit vorbereitet?«

Weber zuckte die Achseln. »Solange ich im Seminar war, wurde darüber kein einziges Mal gesprochen. Das Thema war tabu. Dafür wurde gern über die Frauen gelästert. Ein Weihbischof hat uns einmal in den grellsten Farben das Martyrium ausgemalt, das Männer in der Ehe erwartet. Und der Spiritual ...«

Schwarz unterbrach ihn. »Der was?«

»So heißt der Beichtvater und geistliche Betreuer der Priesteramtskandidaten. Er hat uns einreden wollen, ein Priester sollte am besten mit keinem Menschen eine echte Bindung eingehen. ›Eure Liebe soll keinem Einzelnen gehören, sondern der ganzen Welt – und vor allem dem Heiland‹, das war seine Devise. Dieser Mann ist übrigens später von einem Stricher überfallen worden. Er hatte noch Schulden bei ihm.«

Schwarz schüttelte ungläubig den Kopf. »Ein Priester in so einer Funktion geht zu Strichern?«

»Was soll er denn sonst machen? Wer am Zölibat scheitert und seine Homosexualität irgendwie leben will, landet wohl oder übel in der Illegalität.«

»Aber das sind Ausnahmen?«

»Von wegen. Zu meiner Zeit im Priesterseminar war mindestens jeder Dritte schwul.«

Schwarz machte ein skeptisches Gesicht. »Das würde bedeuten, dass der Anteil Homosexueller unter Priestern deutlich höher ist als in der übrigen Gesellschaft.«

»Das ist doch wirklich nicht neu. Und dafür gibt es gute Gründe. Manche Schwule hoffen, dass der Priesterberuf sie vor den Frauen schützt – ein großer Irrtum. Aber wenigstens bleiben ihnen die unangenehmen Fragen, wieso sie keine Freundin haben und nicht heiraten wollen, erspart. Andere suchen gezielt die Männergesellschaft. Dann gibt es noch die Homosexuellen, die sich selbst hassen und durch den Zölibat von ihrer Sexualität erlöst werden wollen. Als Priester genießen sie auch die Anerkennung, die sie vorher oft vermisst haben. Dazu kommt das großartige Ritual der Messe, bei dem sie sich in wunderschöne Gewänder kleiden dürfen und im Mittelpunkt stehen. Die Orgel spielt, der Chor singt, Weihrauchduft hüllt sie ein.«

Davon hat er auch mal geträumt, dachte Schwarz, aber dann hat ihn die Wirklichkeit eingeholt und er ist *ganz unten in der Hierarchie* gelandet, wie er selbst gesagt hat.

Der Kellner kam charmant lächelnd an den Tisch. »Wie wär's mit einer zweite Runde, die Herren? Ein *Manhattan*, ein Dunkles?«

Schwarz verneinte. Er wollte nicht, dass der Kollege, der ihn schnuckelig fand, noch mal wegen ihm in die Nachbarkneipe musste.

»Vielleicht auch einen *Manhattan*?«, schlug Weber vor.

»Oder was Brasilianisches«, sagte der Kellner augenzwinkernd. »Einen Caipirinha vielleicht?«

»Dann einen Caipirovka«, sagte Schwarz.

Es war der einzige Cocktail, den er in den letzten Jahren getrunken hatte – bei Rechtsanwalt Loewi, der ihn in der Burger-Sache beauftragt hatte.

»Was Freches mit Wodka, aha. Ist schon in Arbeit«, sagte der Kellner gut gelaunt und tänzelte davon.

Schwarz war klar, dass Weber ihn nicht ins *Sirs* bestellt hatte, um Auskunft über die sexuellen Nöte von Seminaristen und Pfarrern zu geben. Und auch er selbst war noch weit von seinem eigentlichen Thema entfernt. Sein Ermittlungsauftrag war klar: Er sollte herausfinden, ob der Selbstmord von Matthias Sass eine Reaktion auf sexuelle Übergriffe Pfarrer Heimerans gewesen war. Bei ihrer ersten Begegnung hatte Weber das vehement bestritten.

Nun wusste er also, dass der Pastoralreferent den Priester geliebt hatte. Es war nur zu verständlich, dass er ihn zu verteidigen versuchte.

Aber wenn er Geduld hatte, unterlief Weber vielleicht irgendwann ein unbewusster Hinweis, der ihm zeigte, ob er auf der richtigen Spur war. Er beugte sich nach vorne und blickte seinem Gesprächspartner in die Augen. »Wie haben Sie es geschafft, Ihre Beziehung so lange geheim zu halten?«

Weber lächelte unendlich traurig. »Wir waren wie zwei Spione im Kalten Krieg. Jeder hatte zwei Identitäten, eine öffentliche und eine private. Vor unseren beiden Gemeinden haben wir uns nicht besonders gut verstanden. Es gab ständig Reibereien, weil Wolfgang meine Ansichten zu liberal waren. Er hat mich öffentlich zurechtgewiesen und insgeheim gejubelt, dass ich das sagte, was er in Wirklichkeit auch dachte.«

»Zum Beispiel?«

»Ich habe mich gegen den Zölibat, für weibliche Priester und mehr Mitbestimmung in der Kirche ausgesprochen.«

»Das klingt fast nach Glasnost.«

»Die katholische Kirche ist ja auch die letzte Diktatur in Europa. Die Funktionäre im Vatikan unterscheiden sich nicht sehr von der alten Nomenklatur im Kreml oder dem Politbüro der DDR – sie klammern sich genauso verbissen an die Macht.«

Die Getränke wurden serviert. Schwarz sog am Strohhalm und stellte wieder fest, dass er sich an Caipirovka unter Umständen gewöhnen könnte.

»Sie klingen verbittert, Herr Weber.«

»Ist das ein Wunder? Was glauben Sie, wie unwürdig das alles für uns war: die kurzen Nächte in billigen Pensionen, weil jeder am nächsten Morgen wieder im eigenen Bett liegen musste. Die geflüsterten Telefonate, die schnell hingehauchten Küsse und flüchtigen Umarmungen irgendwo im Aufzug oder auf einer Toilette. Und immer diese Angst, entdeckt zu werden.«

Schwarz begriff die Dramatik nicht ganz. »Was wäre denn passiert, wenn man sie erwischt hätte?«

Weber lachte höhnisch. »Wolfgang hätte eine Vorladung vom Personalreferenten bekommen. Der hätte ihm erklärt, dass er die Beziehung mit mir sofort zu beenden und über alles Vorgefallene strengste Geheimhaltung zu wahren habe. Außerdem hätte er seine Sünden beichten und aufrichtig bereuen müssen.«

»Aber danach hätten Sie doch weitermachen können wie zuvor?«

»Nicht wirklich. Zwar stimmt es, dass es für die Kirche am wichtigsten ist, dass Verstöße gegen ihre Sexualmoral nicht an die Öffentlichkeit gelangen. Aber Wolfgang und ich wären unter Beobachtung gestanden und vor allem erpressbar gewesen.«

»Wie denn?«

»Ich bitte Sie: Eine kritische öffentliche Äußerung von mir hätte doch gereicht, und die hätten mich und vielleicht auch Wolfgang rausgeworfen.«

»Es gibt ein Leben außerhalb der Kirche.«

»Ja, klar, der Arbeitsmarkt ist ganz wild auf vierzigjährige Theologen.« Er lachte bitter. »Sie können sich das nicht vorstellen, Herr Schwarz, aber Wolfgang und ich waren echte Idealisten. Wir haben nur von einer anderen Kirche geträumt und gehofft, dass sich das autoritäre, römisch-katholische System endlich in eine neue Gemeinschaft im Geiste des heiligen Franziskus verwandelt. Und es gab ja auch Anzeichen, die Mut machten.«

»Moment«, hakte Schwarz ein, »im Geiste des heiligen Franziskus …?« Aber da kam der Kellner gelaufen. »Entschuldigung, habt ihr korrekt geparkt? Die schleppen nämlich wieder ab.«

28.

Der Abschleppwagen brachte sich gerade in Position, als Schwarz keuchend eintraf. »Halt, stopp! Ich fahre weg«, rief er, aber der Fahrer reagierte nicht und näherte seinen Kran dem dunkelblauen Golf.

Schwarz klopfte an die Scheibe. »Hallo, haben Sie mich verstanden?«

Der Fahrer fuhr die Scheibe herunter. »Zu spät.«

»Was heißt zu spät? Ich bin doch da.«

»Können Sie lesen, was da steht?« Er gähnte mit weit offenem Mund. »Wenn Sie vor der Einfahrt parken, wird abgeschleppt. Und genau das passiert jetzt.«

»Das ist doch nur ein Hauseingang, ich habe niemanden behindert.«

»Gehen Sie besser zur Seite«, sagte der Mann und fuhr die Scheibe wieder hoch.

Schwarz stemmte ratlos die Hände in die Hüften.

»Jetzt darf die Altschwuchtel zu Fuß nach Hause gehen«, sagte ein Gaffer im Pyjama feixend zu seiner Frau. Doch Schwarz rannte bereits zu seinem Wagen. Er riss die Tür auf, zwängte sich hinters Steuer, drehte den Zündschlüssel herum, gab Gas und fuhr einfach quer auf den Bürgersteig.

Im Rückspiegel konnte er beobachten, wie der Kran sich

herabsenkte. Aber jetzt stand der Golf unerreichbar hinter einem korrekt geparkten Fahrzeug.

Als Schwarz den Wagen verließ, bekam er Applaus von Gästen und Kellnern aus dem *Sirs*, nur der Mann im Pyjama rief wütend nach der Polizei. Der Fahrer des Abschleppwagens zeigte Schwarz den Mittelfinger und fuhr einfach drei Häuser weiter, wo der nächste Verkehrssünder parkte.

Weber hatte inzwischen bezahlt und wollte gehen. Der Kellner mit der Bodybuilderfigur ließ es sich nicht nehmen, sich mit einem kräftigen Händedruck von Schwarz zu verabschieden. »Das war filmreif, dafür hätte ich dir auch noch ein Dunkles geholt.«

»Beim nächsten Mal«, sagte Schwarz, obwohl er nicht vorhatte, sich als *Altschwuchtel* in der Szene zu etablieren.

Sie fuhren am Sendlinger Tor vorbei Richtung Hauptbahnhof.

»Das mit dem Geist des heiligen Franziskus interessiert mich«, nahm Schwarz das Gespräch mit dem Pastoralreferenten wieder auf. »Gibt es da eine Art Gegenbewegung in der katholischen Kirche?«

Der Pastoralreferent lachte bitter. »Ich fürchte, die einzige Bewegung, die es bei uns zurzeit gibt, ist der Rückschritt. Aber für Wolfgang und mich war Franz von Assisi immer eine Leitfigur – und ein heimliches Symbol für unsere Liebe.«

»Also eine Sache zwischen Ihnen beiden?«, sagte Schwarz lauernd.

Weber reagierte nicht mehr. Er hatte sich die ganze Zeit beherrscht, jetzt schnürte ihm die Trauer über den Verlust seines Freundes offenbar die Kehle zu.

Trotzdem konnte Schwarz ihm die Frage nach dem Bildchen des heiligen Franziskus, das Frau Sass unter den Habseligkeiten ihres Sohnes gefunden hatte, nicht ersparen.

»Wussten Sie, dass Ihr Freund auch Matthias einen Franziskus geschenkt hat?«

Weber schüttelte den Kopf. »Das glaube ich nicht.«

»Ich habe das Bildchen mit eigenen Augen gesehen.«

Weber war verwirrt.

»Vielleicht war Pfarrer Heimeran doch nicht so unerfahren, wie Sie dachten?«

Schwarz hörte, wie Webers Atem schneller wurde. »Halten Sie an!«

»Was?«

»Dort vorne.«

Irritiert lenkte Schwarz den Wagen in eine Parkbucht.

Weber war außer sich. »Jetzt passen Sie mal auf, Herr Privatermittler. Es ist keine Schande, sich nicht in der Schwulenszene auszukennen …«

»Da bin ich ja froh.«

»… aber es ist abgeschmackt und bösartig, jedem Homosexuellen zu unterstellen, er würde sich an kleine Jungs ranmachen.«

Schwarz wollte etwas einwenden, aber Weber ließ ihn nicht zu Wort kommen.

»Wolfgang war wie ein Vater für Matthias, er hat ihn gefördert und ihm durch alle Krisen geholfen. Aber das hat er nicht getan, weil er auf ihn scharf war, verdammt!«

Schwarz blieb ganz ruhig. »Ich kann Frau Sass um das Bildchen bitten, wenn Sie mir nicht glauben. Auf der Rückseite steht eine Widmung: *Erklär mir, Liebe.*«

Weber starrte ihn an. »Was? Bitte, sagen Sie, dass das nicht wahr ist.«

Schwarz räusperte sich. »Doch.«

»Ich werde wahnsinnig. Wissen Sie, wie lange wir das gesucht haben? Wir mussten doch befürchten, dass alles aufkommt. Das ganze Pfarrhaus haben wir auf den Kopf gestellt. – Matthias, ich fasse es nicht.«

Schwarz versuchte zu begreifen. »Sie meinen, der Franziskus mit der Widmung war gar nicht …«

»Er war für mich bestimmt. Nur für mich! Wir haben uns ständig Zitate aus Bachmann-Gedichten geschickt, per SMS, auf kleinen Zettelchen, per Mail. Immer nur ein paar Zeilen, das war unser geheimer Code. Das Gedicht kann ich auswendig, den Schluss auf jeden Fall: »*Erklär mir, Liebe, was ich nicht erklären kann: sollt ich die kurze schauerliche Zeit/nur mit Gedanken Umgang haben und allein/nichts Liebes kennen und nichts Liebes tun* …«

»Können Sie mir sagen, wann ungefähr Pfarrer Heimeran Ihnen dieses Bildchen gewidmet hat?«

»Das war ganz am Anfang, vor drei Jahren.«

Schwarz überlegte. »Und Matthias hat es gefunden. Dann war das vielleicht der Grund, weshalb er mit Pfarrer Heimeran gebrochen hat? Er könnte Sie beide auch beobachtet und weitere Hinweise gefunden haben, dass der Mann, den er so verehrt hat, auch seine irdischen Seiten hatte.«

»Ja«, sagte Weber und seine Stimme kam tief aus der Kehle. »Das könnte die Erklärung sein. Mein Gott.« Er verbarg sein Gesicht in den Händen. »Wir haben nichts geahnt, ich schwöre es Ihnen. Sonst hätten wir uns doch um Matthias gekümmert. – Und jetzt sind beide tot.«

Als der Pastoralreferent zu schluchzen begann, spürte Schwarz den starken Impuls, ihn in den Arm zu nehmen, aber er schaffte es einfach nicht.

Das muss ich auch nicht, dachte er grimmig. Es ist nicht mein Job, mich um das Seelenleben der Zeugen zu kümmern, ich soll die Wahrheit rausfinden.

Schwarz wartete darauf, dass Weber sich beruhigte. Er hatte keinen Zweifel an dessen Schilderung. Das bedeutete, er konnte Frau Sass sagen, dass Pfarrer Heimeran ihrem Sohn nichts getan hatte. Womöglich würde sie ihm nicht glauben, aber dann würde er den Pastoralreferenten bitten, mit ihr zu reden. Der würde sich hoffentlich nicht weigern. Nach allem, was passiert war, konnte er es nicht zulassen, dass auch nur der Schatten eines Verdachts auf seinen toten Freund fiel.

Endlich nahm Weber die Hände vom Gesicht und richtete sich auf. Er schaute verlegen zu Schwarz. »Entschuldigung.«

»Schon in Ordnung.«

»Ist die Sache für Sie damit erledigt?«

Schwarz nickte. »Ja, ich denke, ich habe meinen Auftrag erfüllt.«

Da sah er seine Angst. Eine tiefe, haltlose Angst.

Weber hatte ihn wegen des Einbruchs in seine Wohnung sprechen wollen. Und er hatte den Verdacht geäußert, dass derselbe Täter dahintersteckte, der seinen Freund umgebracht hatte.

Und plötzlich wusste Schwarz, dass es da noch eine Geschichte gab – eine viel größere womöglich.

»Warum musste Pfarrer Heimeran sterben?«

Weber zuckte zusammen.

»Sie wissen es.«

Er schüttelte verzweifelt den Kopf. »Nein, es ist nur eine Vermutung.«

»Sagen Sie es mir, bitte!«

29.

Rainer Weber hatte sich während der letzten Jahre, wenn er spät nach Hause kam, immer einige Straßen vom Pfarrhof entfernt an einem nachts verwaisten Einkaufszentrum absetzen lassen. Er war mehr als einen Kilometer gelaufen, um zu vermeiden, dass in der Gemeinde Gerüchte entstanden.

Jetzt sah er keinen Grund mehr für dieses Versteckspiel. Er bat Schwarz, ihn direkt zum Pfarrzentrum zu bringen.

Hinter einem Fenster im ersten Stock brannte noch Licht.

»Dekan Wels kämpft mal wieder mit seinen Gespenstern«, sagte Weber, »er hat schwere Schlafstörungen.«

Schwarz ließ den Motor laufen. »Dann gute Nacht.«

»Ja, Ihnen auch, und danke.«

»*Ich* muss mich bedanken. Ich verspreche Ihnen, ich werde alles tun, um den Mord an … Ihrem Geliebten aufzuklären.«

Weber presste die Lippen zusammen, wieder traten ihm die Tränen in die Augen. Und da umarmte er Schwarz. Der zuckte zusammen, klopfte ihm kurz kumpelhaft auf die Schultern und löste sich gleich wieder von ihm.

Im Pfarrhof ging das Licht aus.

Anton Schwarz kam todmüde in seiner Wohnung an. Trotzdem machte er keinen Versuch, sich zum Schlafen ins Bett zu legen. Nach diesem Abend würde er sich sowieso nur schwitzend hin- und herwälzen. Er machte es sich lieber in seinem Deckchair bequem und lauschte auf die vertrauten Geräusche, die von der Landsberger Straße in seine Wohnung wehten.

Er durfte nur nicht wieder einschlafen. Noch eine Nacht im Stuhl würde sein Rücken ihm nicht verzeihen.

Sollte er mit dem Aufräumen weitermachen? Nein, dazu fehlte ihm die Kraft.

Schwarz wusste, dass in einem der Kartons, ganz unten, ein Bündel Briefe lag. Er hatte sie zwischen seinem fünfzehnten und sechzehnten Lebensjahr bekommen – von einem Mann, seinem Deutschlehrer. Danach hatte er sie nie mehr gelesen, aber bei jedem Umzug mitgenommen. Jetzt hatte er beschlossen, sie, ohne noch einmal einen Blick hineinzuwerfen, für immer aus seinem Leben zu verbannen.

Doch während des Gesprächs mit Rainer Weber hatte er begriffen, dass das ein Fehler wäre. Er musste die Briefe noch einmal lesen, bevor sie endgültig in der Müllverbrennung landeten.

Aber nicht jetzt, dachte Schwarz. Jetzt geht es nicht um mich. Jetzt geht es um Weber und Heimeran.

Es war eine mondhelle Nacht, er hätte die Stirnfalten der King-Kong-Skulptur auf der anderen Seite der Kreuzung zählen können. Aber er schloss lieber die Augen und rief sich alles, was Weber ihm anvertraut hatte, noch einmal ins Gedächtnis.

»Ich glaube, der Schlüssel zu Wolfgangs Tod liegt in Steinsberg.«

»Im Kloster?«

»Ja. Als wir dort vor zwei Jahren mit den Ministranten ankamen, wurden wir zu unserer Überraschung nicht eingelassen. Wolfgang hatte mir so begeistert von früheren Ferien erzählt. Er hatte mit den Jungen immer in einem Seitentrakt gewohnt und den Park und die verschiedenen Sportanlagen nutzen dürfen. Sie hatten in der Kirche Jazzgottesdienste gefeiert und sich von der Klosterküche verwöhnen lassen.«

»Steinsberg war doch ein Benediktiner-Internat?«

»Bis vor drei Jahren. Dann stand der Orden vor der Entscheidung, entweder strenge behördliche Auflagen zur Renovierung umzusetzen oder die teilweise baufällige Immobilie zu verkaufen. Steinsberg hatte für die bayerischen Benediktiner nie die Bedeutung wie Ettal oder St. Ottilien gehabt, deshalb trennte der Orden sich von dem Kloster. Das hat dann wohl zu dem Missverständnis geführt.«

»Zu welchem Missverständnis?«

»Wolfgang hatte eine feste Abmachung mit den Benediktinern. Die Menzinger Ministranten durften immer in der ersten Ferienwoche kommen. Aber dann hat der neue Eigentümer kurzfristig die Nutzung geändert. Es gibt kein Internat mehr in Steinsberg.«

»Sondern?«

»Das Kloster betreut jetzt junge Mehrfach- und Intensivtäter.«

»Dann ist es doch klar, warum man die Ministranten nicht mehr beherbergen konnte.«

»Sicher. Aber ein Geheimorden wie die *Sancta Militia Jesu* lässt sich so oder so ungern in die Karten schauen.«

»Ein Geheimorden? Das ist jetzt aber eher großes Kino?«

»Von wegen. Haben Sie noch nie etwas vom *Engelwerk*, den *Petrusbrüdern*, den *Dienern Jesu und Mariens* oder den *Legionären Christi* gehört?«

»Offen gestanden, nein. Aber ich bin auch nicht die Zielgruppe. Was ist denn das für ein Orden … *Sancta Militia Jesu*?«

Schwarz glaubte sich zu erinnern, dass Rainer Weber plötzlich etwas Gehetztes im Blick gehabt hatte. »Man weiß nur, dass das Mutterhaus in Kolumbien liegt, und der Orden unmittelbar Rom unterstellt ist. Sonst ist über die *Militia* nichts bekannt.«

»Das ist doch nicht möglich mitten in Europa?«

Weber hatte nicht geantwortet, nur mehrmals stumm und hilflos den Kopf geschüttelt.

Es war merklich kälter geworden, und Schwarz stand auf, um das Fenster zu schließen. Er setzte sich wieder und versuchte, sich nicht nur sinngemäß, sondern wörtlich an

Webers Antworten zu erinnern. Er hatte ihn gefragt, wie er denn darauf gekommen war, dass Pfarrer Heimerans Tod irgendetwas mit dem Kloster zu tun haben könnte.

»Die Ministranten waren natürlich sehr enttäuscht, als wir vor verschlossenen Türen standen«, hatte Weber nach einigem Zögern gesagt. »Wolfgang hoffte, vielleicht doch noch etwas zu erreichen, und hat mit dem Prior und dem italienischen Erzabt der *Militia* gesprochen. Nach diesem Termin habe ich bei ihm eine seltsame Unruhe gespürt. Während der folgenden Tage ist er ein paar Mal um die Mauern von St. Joseph herumgeschlichen. Außerdem hat er sich diskret bei Dorfbewohnern und dem Pfarrer nach den neuen Besitzern erkundigt. Kurz vor Ende des Ministrantenlagers wurde er dann überraschend zu einem weiteren Gespräch ins Kloster gebeten. Davon ist er völlig verstört zurückgekehrt. Ich habe ihn bekniet, mir zu sagen, was passiert ist. Aber er wollte auf keinen Fall darüber sprechen – es wäre zu gefährlich, auch für mich.«

Schwarz merkte, wie seine Lider schwer wurden und sein Kopf zur Seite fiel.

Nein, er durfte nicht einschlafen!

Er wollte morgen in aufrechter Haltung durch den Tag gehen. Was war denn so schwierig daran, sich jetzt aus dem Deckchair hochzustemmen und nach einem kurzen Abstecher zur Toilette sein Bett zu finden?

»Hopp«, sagte Schwarz und dachte an eine Weisheit seiner Mutter: ›Schrei nicht eher *hopp*, als bis du über den Graben bist‹.

Er schaffte es trotzdem und schlurfte zum Klo.

Doch vor der Tür blieb er wie angewurzelt stehen.

Täuschte er sich, oder sah sein Schreibtisch weniger chaotisch aus, als er ihn zurückgelassen hatte?

Er täuschte sich nicht.

Hatte jemand für ihn aufgeräumt? Eva vielleicht? Nein, wie hätte sie in seine Wohnung gelangen sollen? Außerdem war sie garantiert nicht in der Stimmung, ihm einen Gefallen zu tun.

Schwarz kratzte sich am Kinn. Es gab keinen Zweifel: jemand hatte sich an seinen Unterlagen zu schaffen gemacht.

›Derselbe Täter, der ihn umgebracht hat, war auch in meiner Wohnung‹, hatte Weber gesagt.

Ging auch dieser Einbruch auf das Konto des Täters? Und falls ja, was hatte er denn bei ihm gesucht? Notizen über seine bisherigen Erkenntnisse vielleicht? Über die Gespräche mit Kolbinger und Buchrieser und Elena, der Gerichtsmedizinerin? Über seine Beobachtungen am Fundort der Leiche, seine Hypothesen?

Schwarz machte sich nie Notizen.

Aber das konnte der Täter ja nicht wissen. Oder *die* Täter. Seiner Ansicht nach war Heimeran ja von zwei Männern umgebracht worden.

Er überlegte. Wer wusste überhaupt, dass er in diesem Fall ermittelte? Und wer könnte dieses Wissen unüberlegt weitergegeben haben?

Seine ehemaligen Kollegen schieden aus, sie waren Profis. Aber da waren Frau Sass, seine Auftraggeberin, und Frau Kammer, die Haushälterin im Pfarrhof, die gern redete, vor allem vor Respektspersonen wie dem Dekan Wels.

Eva traute er nicht zu, dass sie sich verplappert hatte. Sie war viel zu klug – seine Eva.

Und dann war da noch Perfall. Der kirchliche Ermittler hatte sich unbedingt einen Informationsaustausch mit ihm gewünscht. Aber war es vorstellbar, dass ein Mitarbeiter der Kirche zu solchen Mitteln griff?

Schwarz kam nicht weiter.

Streng dich an, rief er sich zur Ordnung, setz dein Hirn

ein! Gab es in deiner Wohnung irgendetwas, was in der Heimeran-Geschichte von Interesse sein könnte?

Jetzt war er hellwach. Der Laptop!

Aber der war bei Eva.

30.

Er hörte die Sirene, kaum dass er in die Offenbachstraße eingebogen war. Kurz nach der Unterführung kam ihm der Notarzt auf seiner Fahrspur entgegen. Schwarz wich aus und bremste auf dem Bürgersteig. Eva?

Am liebsten hätte er sofort gewendet, um dem Wagen zu folgen, doch er entschied sich, erst zum Haus der Hahns in die August-Exter-Straße zu fahren.

In der Einfahrt der Villa parkten ein Polizeiwagen und ein Kombi des Arbeiter-Samariter-Bunds. Schwarz stellte sich davor, sprang aus dem Wagen und lief an den gaffenden Nachbarn vorbei zur Haustür.

Zwei Polizisten in Uniform kamen ihm entgegen. Offenbar waren sie gerade mit ihrer Arbeit fertig.

»Was ist passiert?«

»Wollen Sie sich nicht erst mal vorstellen?«, sagte der eine, »Ausweis«, der andere.

»Was soll denn das?«, schrie Schwarz, »lassen Sie mich durch!«

Sie versperrten ihm den Weg. »So redet man aber nicht mit der Polizei.«

»Ach ja? Ich war fünfundzwanzig Jahre bei dem Laden.«

»Sie sind aber nicht der – Schwarz?«, sagte der eine.

»Der Grün werde ich sein.« Dann drängte er sich an ihm vorbei.

»Entschuldigung, stehen Sie vor unserem Wagen?«

Schwarz lief zu seinem Golf, fuhr schimpfend ein paar Meter zurück, wartete, bis die Polizisten gefahren waren, und parkte dann auf deren Platz.

Jetzt war die Haustür zu. Er klingelte.

Ein Sanitäter öffnete ihm.

»Ich bin ein Freund der Familie«, sagte Schwarz.

Frau Hahn saß schluchzend auf einem Stuhl in der Küche. Der Sanitäter reichte ihr ein Papiertaschentuch.

»Herr Schwarz, Gott sei Dank!«

»Was ist passiert? Was ist mit Eva? Wie geht es ihr?«

»Ich weiß es nicht.« Sie schluchzte. »Ich habe sie bewusstlos neben ihrem Rollstuhl gefunden. Alles war voller Blut.«

»Ihr Zustand war stabil«, sagte der Sanitäter.

»Wohin ist sie gebracht worden?«

»Krankenhaus Pasing.«

Frau Hahn begann zu zittern, als wäre die Temperatur im Raum schlagartig gefallen.

»Sie steht unter Schock«, sagte der Sanitäter. »Das wird gleich besser, wir haben ihr was gegeben.« Er streichelte sie. »Gell.«

Schwarz beugte sich zu Frau Hahn hinunter. »Wissen Sie, wie es passiert ist?«

»Sie ist überfallen worden.«

»Haben Sie den Täter gesehen?«

Sie schüttelte den Kopf. »Ich hatte schon geschlafen, da bin ich durch Evas Schreie aufgewacht. Und da war eine männliche Stimme. Ich bin sofort nach unten gerannt, aber der Kerl war schon weg. Über die Terrasse. Und Eva …« Sie schluchzte auf und nahm Schwarz' Hand. »Fahren Sie zu ihr, bitte! Sie braucht Sie.«

Die Auffahrt zur Klinik war für Krankenwagen und Taxis reserviert. Es wäre fahrlässig gewesen, den Golf dort stehen zu lassen. Also fuhr Schwarz ins Parkhaus. Um diese Zeit war es gähnend leer.

Der Pförtner nickte, als er den Namen hörte. Eva Hahn sei vor einer halben Stunde eingeliefert worden, liege aber noch auf der Intensivstation.

Schwarz sprintete bereits zum Aufzug. Als die Türen sich öffneten, kam ihm ein Pfleger mit einem Rollbett entgegen. Schwarz glaubte, auf dem Kopfkissen Blutspuren zu sehen, aber er war sich nicht sicher.

Er drückte den Knopf, die Türen des Fahrstuhls schlossen sich langsam. Warum dauerte das denn alles so lange? Eva, was haben Sie mit dir gemacht?

Oben war die Glastür zur Station geschlossen. Er läutete.

Es dauerte ewig, bis eine Krankenschwester auftauchte. Sie wirkte sehr müde. »Wissen Sie, wie spät es ist?«

»Ich möchte zu Eva Hahn.«

»Aber sie schläft.«

»Ich muss sie sehen. Unbedingt.«

Sie schüttelte den Kopf. »Unmöglich. Tut mir leid.«

Schwarz überlegte kurz, ob er sich gewaltsam Zutritt zur Station verschaffen sollte, aber er beherrschte sich.

»Wie geht es ihr denn?«

»Sind Sie mit ihr verwandt?«

»Ich bin … ihr Freund.«

Sie zögerte. »Sie hat eine Gehirnerschütterung und eine Platzwunde, außerdem Prellungen …«

»Sonst nichts?«

Sie schüttelte den Kopf.

»Sicher?«

»Sie hat Glück gehabt. Kommen Sie doch morgen wieder.«

»Ja, das werde ich tun.«

Auf dem Weg zurück ins Parkhaus dankte Schwarz ununterbrochen dafür, dass Eva nicht schwerer verletzt war, vor allem, dass ihre Wirbelsäule heil geblieben war. Er dankte dem Schicksal, Evas Schutzengel, der ganzen Welt und am Ende vorsichtig auch Gott – auch wenn er keine Ahnung hatte, wer das war.

Kurz vor seinem Wagen bekam Schwarz weiche Knie und ihm wurde schwindlig. Er stützte sich mit beiden Händen auf die Kühlerhaube und atmete tief durch. Es dauerte eine Weile, bis er sich einigermaßen erholt hatte. Deswegen beschloss er, den Golf lieber stehen zu lassen. Es war ja nicht weit bis nach Hause.

Er ging vor der historischen Hallermühle über eine kleine Brücke und dann am alten Klostergarten der Englischen Fräulein entlang. Er grüßte im Geiste die Mütter, die links in der kleinen Frauenklinik in den Wehen lagen, und die Polizisten, die rechts in der Inspektion Nachtdienst schoben.

Es war unglaublich, was Eva bei ihm auslöste und auf was für eine Achterbahn der Gefühle sie ihn schickte. Und eigentlich hatte er jetzt erst richtig begriffen, wie sehr er sie liebte.

31.

Es war noch vor Tagesanbruch, als jemand Patrick am Kopf berührte. Er zuckte zusammen und drehte sich zur Wand. »Bitte nicht, keine Vigil.«

»Hilf mir«, sagte eine gepresste Stimme.

Patrick versuchte zu erkennen, wer da in der Dunkelheit vor seinem Bett stand.

»Jannis? Bist du das?«

Der Junge schlotterte, auf seinem Hemd zeichnete sich ein großer dunkler Fleck ab.

»Du hast dich wieder vollgepisst. Komm, zieh dir was Trockenes an und lass mich pennen.«

»Bitte.«

Jannis sah aus, als würde er gleich umkippen.

»Was ist mit dir, Alter?«

Jannis streckte die Arme aus und versuchte, ihn zu umarmen.

»Scheiße, ich bin nicht schwul.«

»Ich auch nicht«, sagte Jannis mit erstickter Stimme.

»Komm, hau ab.« Er schubste ihn weg.

Jannis war so schwach, dass er hinfiel. Als er sich wieder hochrappelte, sah Patrick, dass sein Nachthemd blutverschmiert war.

»Mensch, was haben sie denn mit dir gemacht?«

Jannis sah ihn mit leeren Augen an.

Vielleicht ist er ja schlafgewandelt, dachte Patrick. Er hörte Jannis' Zähne klappern. Was sollte er mit ihm machen?

»Wenn du willst, sag ich Pater Anselm Bescheid. Der hat in seinem Zimmer Verbandszeug.«

Aber beim Namen Anselm begann Jannis heftig den Kopf zu schütteln.

»Scheiße, du warst bei einer Vigil.«

Jannis antwortete nicht und wackelte nur immer weiter.

Da nahm Patrick ihn bei der Hand und zog ihn zu sich ins Bett. Er breitete die Decke über sie beide und hielt ihn ganz fest.

Es fühlte sich an, als würde jemand Jannis mit Stromschlägen foltern. Er zuckte die ganze Zeit. Und schwitzte, als wäre er in der Sauna. Aber sein Schweiß war kalt.

»Die können uns nicht kaputt machen«, flüsterte Patrick und drückte Jannis noch fester, »das schaffen die nicht.«

32.

Die Sonne tauchte Evas Bett in ein warmes Licht. Sie saß aufrecht, durch zwei dicke Kissen gestützt, und trug einen turbanartigen Kopfverband.

Als Schwarz mit einem Strauß dunkelroter Rosen ins Zimmer trat, strahlte sie ihn an.

Er stellte die Blumen in eine Vase und zog den Vorhang ein Stück nach links, damit sie nicht geblendet wurde.

»Wie geht's dir?«

Sie schwieg.

Schwarz betrachtete sie irritiert. »Eva?«

Keine Reaktion.

Er trat näher, nahm ihre Hand und sah ihr in die Augen. Täuschte er sich, oder war sie gar nicht richtig da?

»Erkennst du mich?«, sagte er leise.

Evas rissige Lippen zitterten, sie machte eine fahrige Handbewegung und riss sich dabei fast den Infusionsschlauch heraus.

Schwarz war entsetzt. Hatte die Krankenschwester etwa nur aus falsch verstandener Rücksicht behauptet, die Verletzungen wären nicht so schlimm? Was war mit Eva passiert? Sie lächelte ununterbrochen und schien nichts zu begreifen.

»Ich bin es, Anton.«

Sie öffnete die Lippen und ließ ein gurgelndes Geräusch hören.

»Ja, Anton«, sagte Schwarz und hätte am liebsten losgeheult.

»An-ton.«

»Genau«, rief er, »dein Freund!«

»Darüber müssen wir noch mal reden«, sagte Eva trocken.

»Was?« Schwarz begriff überhaupt nichts mehr.

Da begann sie zu lachen. Ihr Körper schüttelte sich unter

ihrem Gelächter. Sie fasste sich an den Kopf. »Au, au.« Und lachte weiter.

»Du spinnst wohl«, prustete er los – wütend und unendlich erleichtert. »Das kannst du nicht mit mir machen.«

»Ich muss aufhören«, sagte Eva, »mein Kopf tut so weh«, und lachte schon wieder los. »Du bist ja viel gutgläubiger, als ich dachte, Anton.«

»Pass nur auf, in Zukunft glaube ich dir gar nichts mehr«, sagte er.

Dann beruhigte Eva sich. »Komm her, du.«

Sie zog ihn an sich und streichelte sein Gesicht, seinen Nacken, seinen Hals.

»Weißt du, was ich gedacht habe bei dem Überfall? Das war's jetzt – und ich habe mich nicht mal mehr bei Anton entschuldigt.«

»Wofür denn?«

»Für mein dämliches Verhalten.«

»Du meinst unseren Streit?«

»Ich habe mich wie ein bockiges Kind benommen.«

»Komm, hör auf, ich war doch genauso blöd.«

»Findest du?«

»Ja, finde ich.«

Sie lächelte und begann ihn wieder zu streicheln.

Er war glücklich.

»Ich glaube, ich habe noch nie so schöne Rosen bekommen, Anton.«

»Das kommt dir nur so vor, weil du eine Gehirnerschütterung hast.«

Sie lachte. »Du willst sicher wissen, wie es passiert ist?«

»Wenn du schon drüber reden kannst.«

»Klar.« Sie seufzte tief. »Ich bin am Schreibtisch gesessen und wollte dir einen Brief schreiben. Aber ich wusste einfach nicht, wie ich anfangen soll. Es war mir alles so peinlich.«

Sie wurden durch eine Krankenschwester unterbrochen, die eine Tablettenschale brachte und mit einem knappen Gruß wieder ging.

Eva ignorierte die Pillen. »Stört es dich, wenn ich beim Erzählen die Augen zumache, Anton?«

»Nein, natürlich nicht.«

Sie legte sich auf das Kissen zurück. Schwarz setzte sich aufs Fensterbrett und betrachtete sie. Erst jetzt fiel ihm auf, wie mitgenommen Eva aussah. Sie war bleich, ihre Lider waren gerötet, die Haut über den Wangenknochen gelblich verfärbt, an ihrer rechten Wange und am Ohr klebte verkrustetes Blut.

»Ich hätte dir gern lauter vernünftige und auch ein paar liebe Sätze geschrieben, aber ich musste immer dran denken, wie blöd ich mich aufgeführt hatte. Schließlich habe ich aufgegeben, ich wollte ins Bett gehen. Aber in dem Moment, als ich das Licht ausmache, sehe ich den Typen auf der Terrasse. Er starrt mich an. Er muss schon länger da gestanden und mich beobachtet haben.«

»Woher weißt du das?«

»Ich hatte ein paar Minuten vorher ein Geräusch gehört, aber nicht hingeschaut. Wir haben so viele Katzen in der Nachbarschaft.«

»Und als er bemerkt hat, dass du ihn entdeckt hast?«

»Er ist sofort auf die Glastür zugestürzt und hat sie aufgestoßen.«

»Du hattest nicht abgesperrt?«

»Die Tür müsste eigentlich mit einem Hebel verriegelt werden, aber ich drücke sie immer nur zu. Das muss der Typ gesehen haben. Aber er wäre auch durch die Scheibe gesprungen. Den hätte nichts aufgehalten – nicht mal meine Pistole.«

»Deine … Pistole?«

»Ja, stell dir vor, ich habe einen Waffenschein.«

»Du?«

»Hey, ich bin eine besonders gefährdete Person. Schon vergessen, dass mich einer totfahren wollte, bloß weil ich Jüdin bin?«

»Nein, natürlich nicht.«

Sie hustete und leckte über ihre trockenen Lippen. Schwarz reichte ihr eine Schnabeltasse aus Plastik. Sie trank gierig.

»Nimm doch auch gleich deine Tabletten.«

»Die kannst du ins Klo spülen. Die wollen mich hier nur runterdimmen.«

»Aber Eva, da ist vielleicht ein wichtiges Medikament dabei.«

Sie richtete sich auf. »Du bist seit über zwanzig Jahren Ermittler, ich habe acht Krankenhausaufenthalte hinter mir. In der Klinik bin ich der Boss, okay?«

»Einverstanden.«

»Also?« Sie wedelte ungeduldig mit der Hand.

»Ich soll wirklich ...?«

»Los, beeil dich, bevor jemand auftaucht.«

Schwarz entsorgte achselzuckend die Tabletten und stellte die leere Schale auf den Nachttisch zurück.

»Was wollte der Einbrecher? Den Laptop?«

»Exakt. Und als ich ihn nicht gleich rausgerückt habe, ist er böse geworden. Sehr böse sogar.«

»War er bewaffnet?«

»Nein. Aber es hat mir auch so gereicht. Er hat mich mit dem Rollstuhl umgeworfen, und ich bin mit dem Kopf voll gegen die Schreibtischkante geknallt. Dann hat er sich den Laptop geschnappt, mir noch ein paar kräftige Tritte mit dem Stiefel verpasst und ist abgehauen.«

»Er hat auf dich eingetreten, obwohl er den Laptop bereits hatte?«

Schwarz schüttelte ungläubig den Kopf.

»Danach habe ich leider eine Lücke. Ich bin erst wieder zu mir gekommen, als meine Mutter den Notarzt verständigt hat.« Sie lachte. »Sie hat so laut geschrien, da wäre auch eine Tote wieder aufgewacht.« Sie griff sich an den Kopf. »Ich brauche eine kurze Pause, Anton.«

»Ja, klar. Du darfst dich jetzt nicht überanstrengen.«

Eva legte ihre Hände auf die Augen und atmete tief aus und ein.

Schwarz stand auf und blickte zum Stadtpark hinunter. Dort war er damals nach dem Anschlag auf Eva mit seinem alten Klassenkameraden Heiner spazieren gegangen.

Schüler waren auf dem Weg zum nahen *Karlsgymnasium*, zwei Frauen schauten begeistert zu, wie ihre Labradors sich jagten. Ein Radfahrer, den die Hunde beinahe über den Haufen rannten, drohte mit der Faust.

»Ich habe ihn schon mal gesehen«, sagte Eva.

Schwarz fuhr herum. »Wen? Den Mann, der dich überfallen hat?«

»Ja. Ich komme nur nicht drauf, wo. Du warst auch dabei.«

»Ich?«

»Ja.«

Schwarz überlegte. Sie hatten noch nicht viel gemeinsam unternommen, so lange kannten sie sich noch nicht. Und dann war Eva ja auch noch zur Untersuchung in den USA gewesen.

»Ich weiß es nicht mehr«, sagte sie, »in meinem Gehirn geht es drunter und drüber.«

»Lass dir Zeit, die Erinnerung kommt von selbst wieder.«

Sie sah ihn zweifelnd an. Er setzte sich auf den Bettrand und nahm ihre Hand. Eine Weile schwiegen beide.

Die Tür ging auf, ein junger Arzt kam herein. Sein Gang war federnd, sein Lächeln für Schwarz' Geschmack übertrieben.

»Einen wunderschönen guten Morgen. Na, Frau Hahn, dann schauen wir mal, wie's Ihnen geht.«

Schwarz trat vom Bett zurück. Der Arzt kontrollierte den Puls und leuchtete Eva mit einer kleinen Taschenlampe in die Augen. »Ihre Tabletten haben Sie genommen?«

»Habe ich«, sagte Eva, ohne mit der Wimper zu zucken.

»Erinnern Sie sich an den Vorfall?«

»Ja.«

»Sie haben keinen Filmriss?«

Eva schüttelte den Kopf.

»Namensfindungsstörungen, andere Ausfallerscheinungen?«

»Nichts.«

»Kopfschmerzen?«

»Kaum.«

»Das klingt ja wunderbar«, sagte der Arzt. »Sie müssen sich trotzdem noch schonen. Kein Fernsehen, keine anstrengenden Gespräche, überhaupt möglichst wenig Reize. Der Herr ist Ihr Vater?«

»Mein Freund.«

»Ah. Dann weiter gute Besserung.«

Und weg war er.

»Warum verheimlichst du ihm deine Kopfschmerzen?«, sagte Schwarz.

»Weil ich hier nicht alt werden möchte.«

Schwarz machte ein besorgtes Gesicht.

»Schau nicht so, als wärst du doch mein Vater. Besorg mir lieber was Essbares. Den Fraß hier kriege ich nicht runter.«

»Was schwebt dir denn vor?«

»Hm. Ich glaube, am liebsten hätte ich was aus dem *Koh Samui*.«

33.

Schwarz trat auf den Flur, tippte eine Nummer ins Handy und wartete.

»Morgen, Jo. Ich weiß, ihr habt noch nicht geöffnet. Kannst du mir trotzdem einen Gefallen tun?«

»Jeden Gefallen der Welt, Herr Schwarz, das wissen Sie doch.«

Schwarz bestellte grünes Rindfleisch- und rotes Hühnchencurry und versprach, in der Einganghalle der Klinik zu warten.

Schon zwanzig Minuten später kam Jo mit dem Essen geeilt. »Ich habe noch Tom Ka Gai-Suppe mitgebracht. Sind Sie sehr krank, Herr Schwarz?«

»Nicht kränker als sonst.«

»Ist was mit Ihrer Mutter?«

Schwarz schüttelte den Kopf. Jo sah ihn erwartungsvoll an.

»Ist das die sprichwörtliche asiatische Diskretion?«

Jo grinste.

»Sie kennen die junge Frau im Rollstuhl?«

Er nickte.

»Sie ist überfallen worden und hat eine Gehirnerschütterung.«

Jo war so entsetzt, dass er kein Geld für die Currys wollte. Schwarz war das zwar unangenehm, aber er wusste, dass er ihn nicht würde umstimmen können.

»Dann bedanke ich mich ganz herzlich.«

»Bitte sehr. Und sagen Sie ihr alles Gute von mir.«

»Mache ich.«

Eva schnupperte, als Schwarz in den Raum trat. »Lecker.«

Sie aß ein paar Löffel Suppe und entschied sich dann für das grüne Curry mit den Baby-Auberginen.

»Willst du nichts?«

Schwarz schüttelte den Kopf. »Ist noch zu früh für mich.«

Eva aß mit großem Appetit, aber plötzlich legte sie die Gabel beiseite. »Ich versuche mal, den Typen zu beschreiben, der mich überfallen hat. Vielleicht fällt mir dann ein, woher ich ihn kenne.«

»Wenn du magst.«

»Er war ziemlich groß, hatte ein breites, eher grobschlächtiges Gesicht.«

»Wie alt ungefähr?«

»Dreißig vielleicht.«

Sie schloss die Augen. »Seitenscheitel, links. Braunes Haar. Die Augenfarbe weiß ich nicht.«

»Irgendwas Besonderes an ihm?«

»Nein. Doch, warte ... seine Nase war irgendwie schief.«

»Vielleicht mal gebrochen?«

»Ja, könnte sein.«

Eva öffnete die Augen und sah Schwarz erwartungsvoll an. »Kannst du dich an den Mann erinnern?«

Er schüttelte den Kopf. »Ehrlich gesagt, nein.«

»Du hast ihn ganz sicher schon mal gesehen.«

Schwarz machte eine hilflose Geste. Er sah, dass Eva Tränen in die Augen traten.

»Komm, ruh dich jetzt aus.«

Sie ließ sich seufzend auf ihr Kissen sinken, kam aber gleich wieder hoch. »Ich kann nicht, bevor wir das Schwein nicht haben. Los, Anton, denk mit mir nach, hilf mir!«

»Wie denn?« Da fiel ihm etwas ein. »Ich habe dir noch gar nicht erzählt, dass bei mir eingebrochen wurde.«

»Wirklich?«

»Ja, und das heißt, die wissen, dass wir zusammenarbeiten.«

Eva sah ihn mit großen Augen an. »Aber das haben wir

doch niemandem verraten – außer meiner Mutter, die hier jeden Moment auftauchen wird.«

»Frau Sass weiß es.«

»Stimmt.«

»Und Heimerans Haushälterin. Die ist ziemlich redselig.«

»Mit wem könnte sie über uns gesprochen haben?«

»Mit diesem Dekan zum Beispiel oder mit irgendwelchen anderen Gemeindemitgliedern. Perfall dürfte auch informiert sein.«

»Wer ist das denn?«

»Ein ehemaliger LKA-Mann. Er soll für die Kirche klären, ob Pfarrer Heimeran sich bei Matthias irgendwas hat zuschulden kommen lassen. Hat er übrigens höchstwahrscheinlich nicht.«

»Das weißt du von dem Pastoralreferenten?«

»Von Rainer Weber, genau.«

»Hast du dem von unserer Zusammenarbeit erzählt?«

Schwarz schüttelte den Kopf.

Eva schloss die Augen und legte sich jetzt doch hin. »Es ist uferlos. Wir könnten ja auch beobachtet worden sein.«

Er trat wieder ans Fenster. Im Stadtpark hatten sich einige ältere Frauen zum Tai Chi versammelt. Sie balancierten auf einem Bein, hoben die Arme, drehten sich in Zeitlupe zur Seite …

Ich muss mit Weber reden, dachte er. Vielleicht fällt ihm jemand ein, auf den Evas Beschreibung passt. Und mit dem Jungen, der Pfarrer Heimerans Leiche entdeckt hat.

Er schaute zu Eva.

Da öffnete sie die Augen, als gäbe es eine telepathische Verbindung zwischen ihnen. »Auf was wartest du noch, Anton?«

»Kann ich dich wirklich allein lassen?«

»Hau schon ab«, sagte sie lächelnd.

Schwarz küsste Eva. »Schlaf ein bisschen, ich brauche dich noch.«

»Ich dich auch.«

34.

Auf dem Weg zum Wagen versuchte Schwarz, Rainer Weber zu erreichen. Eine Pfarrsekretärin erklärte, der Herr Pastoralreferent sei außer Haus. Ob sie etwas ausrichten könne? Nein, er werde sich später noch mal melden.

Der nächste Anruf galt seiner Auftraggeberin.

»Grüß Gott, Frau Sass. Ich müsste mit Ihnen reden.«

»Um was geht es denn?«

»Ich würde lieber persönlich vorbeikommen. Passt es Ihnen gerade?«

»Jetzt? Ja, wenn es sein muss.«

Warum war sie so reserviert? Er hätte eher erwartet, dass sie sich beschwerte, von ihm nicht ausreichend auf dem Laufenden gehalten zu werden.

Er überquerte die Bodenseestraße. Sein Blick ging nach links zu der Baulücke, die der Abriss des mehr als hundert Jahre alten *Landsberger Hofs* hinterlassen hatte. In welchen Biergarten gingen die Bewohner des alten Eisenbahnerviertels dahinter denn jetzt? Oder blieben sie einfach zu Hause, holten die Brotzeit bei *Burger King*, betranken sich allein und rauften statt mit dem Spezl mit der Ehefrau?

Schwarz näherte sich vorsichtig einer Kreuzung, die seiner Ansicht nach einem planerischen Delirium entsprungen war. Die hoffentlich nur provisorische Straßengestaltung kurz vor der Eisenbahnunterführung war nicht nur ein brutaler Eingriff in die Stadtlandschaft, sondern stellte die Autofahrer vor erhebliche Orientierungsprobleme. Tatsächlich kam Schwarz auch heute wieder ein Fahrzeug auf seiner Spur entgegen.

Oder war er selbst der Geisterfahrer?

Er wich im letzten Moment aus und war froh, als er die beschauliche Pippinger Straße erreichte.

Frau Sass öffnete die Tür mit versteinerter Miene, führte ihn ins Esszimmer und deutete auf einen Stuhl. Sie bot ihm nichts zu trinken an. Dabei hätte seinem nach der Sache mit Eva doch ziemlich aufgewühlten Magen eine Tasse Kamillentee durchaus gutgetan. Egal.

»Ich wollte Sie auch schon anrufen.« Frau Sass hüstelte verlegen. »Es hat sich nämlich etwas Neues ergeben.«

Schwarz sah sie fragend an.

»Stellen Sie sich vor, jetzt hat sich die Kirche der Geschichte angenommen.«

Die Kirche ist Perfall, dachte er.

»Ich weiß, ich habe Sie so gedrängt, mir zu helfen.«

»Stimmt«, sagte Schwarz und dachte daran, wie sie ihm die Liebesnacht mit Eva ruiniert hatte.

»Aber wir sollten dem zuständigen Ermittler besser nicht ins Handwerk pfuschen.« Sie war sichtlich erleichtert, das herausgebracht zu haben.

Schwarz dachte nach. Eigentlich war sein Auftrag nach dem Gespräch mit Weber erledigt. Das Bildchen mit dem heiligen Franziskus und dem Bachmann-Zitat war nicht für Matthias bestimmt gewesen – er ging von Pfarrer Heimerans Unschuld aus.

Aber sollte er Frau Sass sagen, wie er zu diesem Schluss gekommen war, und damit seinen Zeugen verraten? Sie würde die Information mit Sicherheit an Perfall weitergeben, Weber würde ins Ordinariat bestellt werden. Dort hatte er mit einem peinlichen Verhör und möglicherweise sogar mit seiner Kündigung zu rechnen.

Daran wollte Schwarz auf keinen Fall schuld sein.

»Ich verstehe Sie, Frau Sass«, sagte er betont freundlich. »Bei der Kirche ist die Angelegenheit sicher in den besten Händen. Darf ich Ihnen denn noch sagen, was ich mit meinen bescheidenen Mitteln herausgefunden habe.«

Sie nickte, aber ihr Blick war ängstlich.

»Ich bin mir ziemlich sicher«, sagte Schwarz, »dass es zu keinem sexuellen Übergriff durch Pfarrer Heimeran gekommen ist.«

Sie sah ihn überrascht an. »Aber …? Haben Sie dafür einen Beweis?«

Er überlegte kurz, blieb aber bei seiner Entscheidung, Weber zu schützen. »Einen direkten Beweis nicht, nein.«

Merkwürdigerweise schien Frau Sass das mit Erleichterung zur Kenntnis zu nehmen. »Dann bleibt mir nur, mich für Ihre Bemühungen zu bedanken.«

Sie öffnete mit zittrigen Fingern eine kindlich bemalte Spanschachtel und zog fünf Hunderteuroscheine hervor. »Reicht das?«

Schwarz wollte das Geld schon ablehnen, aber da fiel ihm ein, dass Frau Sass ihre Ersparnisse mit Sicherheit mal der Kirche vermachen würde. Da musste er nicht so selbstlos sein.

»Übrigens«, sagte sie, »ist Herr Perfall anderer Ansicht als Sie.«

Sie lächelte fast triumphierend. Offenbar ging es ihr wirklich nur darum, von ihren Schuldgefühlen erlöst zu werden und einen Sündenbock für den Tod ihres Sohnes zu finden.

Damit hätte ich ihr nicht dienen können, dachte Schwarz, da ist sie mit Perfall anscheinend besser beraten.

Er überlegte, ob er Frau Sass noch mit der Beschreibung des Mannes, der Eva überfallen hatte, konfrontieren sollte. Eher aus einem Instinkt heraus entschied er sich dagegen.

Aber auf den Namen des Jungen, der Pfarrer Heimeran unter der Würmbrücke gefunden hatte, wollte er nicht verzichten.

Einmal vor vielen Jahren hatte Schwarz sich in der *Bierhalle* mit einem ehemaligen Theologiestudenten betrunken und dabei eine Menge über die Haltung der katholischen Moraltheologie zur Lüge erfahren. Leider erinnerte er sich nur noch vage an das ausgeklügelte System von Notlüge, Mentalreservation und heiliger List. Trotzdem hatte er seither keine Gewissensbisse mehr, wenn er sich im Dienste der Wahrheit einer Lüge bediente – obwohl er ja eigentlich nicht katholisch war.

»Frau Sass, ich hinterlasse ungern verbrannte Erde.«

Sie blickte ihn verständnislos an.

»Sie erinnern sich doch bestimmt an den armen Jungen, der Pfarrer Heimeran entdeckt hat.«

»An den Quirin? Natürlich.«

»Ich glaube, ich habe ihn ziemlich rüde behandelt. Ich würde ihm und seinen Eltern gern ein paar Zeilen schreiben und mich entschuldigen.«

»Das ist aber nett von Ihnen. Wollen Sie die Adresse?«

Genau die wollte er.

35.

Familie Daniel wohnte nur wenige Straßen von Frau Sass entfernt in einem Haus aus den Sechzigerjahren, das gerade aufwendig renoviert wurde. Die halbe Fassade war bereits entfernt und durch eine Glasfront ersetzt worden, jetzt sollte offenbar der Dachstuhl angehoben und der Speicher ausgebaut werden. Ein Kran stand vor dem Haus, ein Schuttcontainer in der Einfahrt.

Schwarz hatte Glück, Quirin kam eben aus der Schule. Als der Junge ihn erkannte, wurde er bleich. »Sie wollen doch nicht zu meiner Mutter? Ich habe aufgehört, ich schwör's.«

Schwarz machte ihm einen Wink. Hinter dem Container waren sie ungestört.

»Hör zu, ich muss noch was von dir wissen. Als ihr zum Kiffen unter die Brücke gegangen seid, ist euch da irgendjemand begegnet?«

Der Junge schüttelte den Kopf.

»Nicht so schnell, Quirin, denk nach. War da ein Mann, groß, circa dreißig Jahre alt …«

»Am Parkplatz war einer, aber der war älter.«

»Und sonst?«

»Kein Mensch – also, bis auf die üblichen Friedhofsarbeiter.«

»Aha?«

»Ja, da waren zwei mit einem Sarg unterwegs.«

»Kannst du die beschreiben?«

Er schüttelte den Kopf.

»Komm, jetzt streng dich mal an!«

Schwarz war kurz laut geworden, und der Junge blickte erschrocken zum Haus.

»Also?«

»Einer hatte, glaube ich, schwarze Haare, der andere braune.«

»Na, also, geht doch. Kurze Haare?«

»Ja, und der kleinere hatte so 'nen Ziegenbart.« Er fasste sich ans Kinn.

»Was ist dir noch aufgefallen?«

»Der größere hat irgendwie wie ein Boxer ausgesehen.«

Schwarz horchte auf. »Wie ein Boxer?«

»Ja, mit 'ner kaputten Nase.«

Das waren sie, dachte Schwarz.

»Hast du noch was beobachtet?«

»Ne, nichts.«

»Wo genau hast du die Männer gesehen?«

»An der Brücke, vorne beim alten Friedhof.«

»Also an der Stelle, unter der du später die Leiche entdeckt hast?«

»Ja, und sie waren auf dem Weg zum Leichenschauhaus.«

»Hattest du den Eindruck, dass der Sargwagen leer war?«

»Kann ich nicht sagen, echt nicht.«

»Gut, Quirin.«

»War's das? Und Sie verpfeifen mich nicht wegen dem Kiffen?«

Schwarz schüttelte den Kopf. »Das musst du schon selbst in den Griff kriegen.«

»Danke.«

36.

Eva wartete schon ungeduldig auf Schwarz. Er betrachtete sie besorgt.

»Du hast ganz aufgesprungene Lippen. Du musst trinken, viel trinken.«

Sie nahm genervt einen Schluck aus der Schnabeltasse. Schwarz zog einen Stuhl an ihr Bett heran, sie sah ihn gespannt an. »Hast du Weber erreicht?«

»Leider nicht, aber mit dem Jungen konnte ich sprechen.«

»Und?«

»Er hat den Mann, der dich überfallen hat, mit einem Komplizen an der Würmbrücke gesehen.«

»Wirklich? Heißt das, ich habe Bekanntschaft mit Heimerans Mörder gemacht?«

»Sieht so aus.«

Sie lachte nervös. »Da bin ich ja glimpflich davongekommen.«

Schwarz nickte.

»Und hast du schon eine Idee, was der Grund für den ganzen Wahnsinn sein könnte?«

Schwarz hob die Schultern. »Weber meinte, dass Pfarrer Heimeran ...«

Eine Krankenschwester kam herein. »Ich muss jetzt das Bett machen.«

»Nein«, sagten Schwarz und Eva gleichzeitig.

Die Frau schnappte nach Luft und zog sich beleidigt zurück.

»Er muss irgendwas entdeckt haben, was er auf keinen Fall wissen durfte.«

»Aber was?«

Schwarz machte eine ratlose Geste.

»Und wegen dieser Entdeckung musste er sterben?«

»Ja, offenbar.«

»Und jetzt wollen die rausfinden, ob es Mitwisser gibt? Deswegen der Laptop?«

»Vermutlich. Und der Einbruch bei Weber.«

Eva schaute ihn mit großen Augen an. »Bei dem waren sie auch?«

Schwarz stand abrupt auf. »Ich muss die Polizei einschalten.«

Eva sah ihn erstaunt an.

»Weber ist ernsthaft in Gefahr.«

Er zückte sein Handy, wählte eine Nummer.

In dem Moment kam die Krankenschwester mit dem jungen Arzt zurück. »Aha«, sagte der, »ans Handyverbot halten wir uns auch nicht.«

»Servus, Buchrieser«, sagte Schwarz unbeeindruckt, »ich muss dich sprechen. Dringend.«

»Aber nicht hier«, sagte der Arzt.

»Sie telefonieren hier doch auch immer«, sagte Eva.

»Dienstlich.«

»Mein Freund auch.«

»Ich erinnere mich, dass wir Krach gehabt haben, Buchrieser«, sagte Schwarz, »aber es ist wichtig. Ich bin in Pasing, wo treffen wir uns?«

»Wenn Sie das Gespräch nicht sofort beenden …«, sagte der Arzt, »muss ich von meinem Hausrecht Gebrauch machen.«

»Im *Landsberger Hof*?« Schwarz lachte. »Den haben sie abgerissen.«

»Wir sind hier eine Intensivstation«, schrie der Arzt mit hochrotem Kopf.

»Bitte, hören Sie doch auf zu telefonieren«, bat die Krankenschwester.

»Im *Schweizer Hof*, alles klar«, sagte Schwarz, »bis gleich, Buchrieser.«

Er ließ das Handy sinken und schaute zu Eva. »Wirst du mit den beiden alleine fertig?«

Sie grinste. »Ich denke schon.«

»Danke für Ihr Verständnis«, sagte Schwarz zu dem Arzt und verließ eilig das Zimmer.

37·

»Damit du es gleich weißt: Ich nehme deine Entschuldigung nicht an«, sagte Buchrieser und brach sich ein Stück Breze ab.

Schwarz stöhnte auf.

»Weil du dich nämlich nicht entschuldigen musst, Toni. *Ich* muss mich entschuldigen.«

»Geh, hör auf! Keiner muss sich entschuldigen.«

Der Kellner, ein unübersehbar schwerer Raucher, brachte vor sich hin hüstelnd einen Wurstsalat für Buchrieser. Schwarz stand zu sehr unter Druck, um etwas zu essen. Er begnügte sich mit einem alkoholfreien Bier.

»Wenn sich keiner entschuldigen muss, wieso haben wir dann überhaupt gestritten?«

»Jetzt iss mal, Buchrieser.«

»Mir schmeckt's aber nicht, wenn du meine Entschuldigung nicht annimmst.«

»Dann nehme ich sie halt an. Also ...«

Schwarz berichtete in aller Kürze von seinen Gesprächen mit Pfarrer Heimerans Haushälterin und Frau Sass, den beiden Einbrüchen und dem Überfall auf Eva. Hauptkommissar Buchrieser sah kaum von seinem Teller auf, spießte seine Gabel immer durch ein Stückchen Käse, einen Zwiebelring und eine Wurstscheibe und schob sich alles in den Mund.

Erst als Schwarz seinen Besuch bei dem Jungen schilderte, der die Leiche Heimerans gefunden hatte, hörte Buchrieser zu kauen auf.

»Mit dem habe ich doch auch geredet. Warum hat der mir nichts von den Männern gesagt?«

»Weil er bekifft war und möglichst schnell wegwollte.«

»Scheiße, das hätte ich merken müssen, oder?«

Schwarz hob nur die Schultern. Er wollte auf keinen Fall, dass der Exkollege erneut grantig wurde.

Buchrieser schob den Teller weg. »Da sollte man ja fast die Ermittlungen wieder aufnehmen.«

Na endlich, dachte Schwarz.

Der zweite Schritt gestaltete sich schwieriger. Buchrieser wollte einfach nicht begreifen, dass dringend etwas zu Webers Schutz unternommen werden musste. Schwarz ließ nicht locker.

»Er hat eine Beziehung mit dem Pfarrer gehabt, verstehst du das nicht?«

»Doch, aber dafür gibt's keinen Personenschutz.«

»Heimeran ist mundtot gemacht worden. Soll Weber der Nächste sein?«

»Und was sind das für brisante Informationen?«

»Das kann ich dir nicht sagen.«

»Kannst du nicht oder willst du nicht?«

»Ich weiß es noch nicht.«

Über die Spur nach Steinsberg bewahrte Schwarz Stillschweigen.

»Der Einbruch bei diesem Personal …«

»Pastoralreferenten«, half Schwarz.

»Der muss nichts mit der Geschichte zu tun haben. Wieso hat er ihn eigentlich nicht angezeigt?«

»Aus Angst vor der Öffentlichkeit, nehme ich an.«

Buchrieser machte ein skeptisches Gesicht und bestellte noch ein Bier. Schwarz saß wie auf Kohlen und versuchte wieder, Weber zu erreichen. Die Pfarrsekretärin wirkte jetzt sehr beunruhigt. Sie verstehe nicht, wieso der Herr Pastoralreferent noch nicht zurück sei. Er sei sonst sehr zuverlässig.

»Er ist verschwunden«, sagte Schwarz, nachdem er aufgelegt hatte.

Buchrieser knurrte. »Dann lass dein Alkoholfreies stehen, ist sowieso nicht schade drum.« Er trank sein Bier, ohne einmal abzusetzen, aus und unterdrückte einen Rülpser.

»Welche Pfarrei?«

»St. Stephan.«

»Da gibt's mehrere in München.«

»Ich bring dich schon zur richtigen.«

»Du bringst mich nirgendwohin. Wir fahren getrennt.«

»Bist du dir sicher?«

»Ja, freilich. Wie würde das denn aussehen, wenn ein Hauptkommissar sich von einem Detektiv chauffieren lässt?«

»Einem Privatermittler«, sagte Schwarz und seufzte.

38.

Jannis stand wie erstarrt im Eck zwischen der hohen Mauer und dem Seitenflügel des Klosters. Seine Turnhose war bis zu den Füßen heruntergezogen, seine Unterhose nass.

Vor ihm auf dem Hartplatz spielten die anderen Jungen Fußball. Ab und zu lief einer an ihm vorbei, riss ihn an den Haaren, haute ihm die Faust in den Magen oder spuckte ihn an – so selbstverständlich, als gehörte dies zu den Spielregeln.

Frater Dominik hatte Jannis dafür bestraft, dass er jetzt auch untertags in die Hose pinkelte. »Du bleibst so lange im Eck stehen, bis alles getrocknet ist.«

»Aber Jannis kann doch nichts dafür«, hatte Patrick protestiert.

»Du hältst den Mund, sonst kannst du dich gleich neben ihn stellen.«

Slavo und Max schienen es richtig zu genießen, Jannis zu quälen. Max hüpfte vor ihm hin und her und tat so, als würde er sich einen runterholen, Slavo kniff ihn immer wieder in die Brustwarze.

Jannis zeigte keine Reaktion und blickte nur starr vor sich hin.

Er ist tot, dachte Patrick. Er steht zwar noch da und atmet, aber sie haben ihn umgebracht.

Einer aus seiner Mannschaft passte ihm den Ball zu. Er stoppte ihn, umdribbelte einen Gegenspieler und wurde vom nächsten umgehauen. Es war immer dasselbe. Patrick betrachtete resigniert sein wieder aufgeschürftes Knie. Im Augenwinkel sah er, dass ein fetter Junge auf ihn zu rannte, um ihm auf den Rücken zu springen. Er wartete bis zum letzten Moment, dann trat er zur Seite und ließ ihn ins Leere laufen. Der Junge stürzte und schrie vor Zorn.

Frater Dominik hatte die Szene beobachtet und näherte sich ihm. Er verzog das Gesicht zu einem schiefen Lächeln. »Das war aber nicht fair.«

Patrick schaute zu Boden und wartete auf das, was kam.

Die anderen Jungen hörten zu spielen auf.

Der Frater ging zu dem dicken Jungen und half ihm auf. So etwas machte er nicht aus Mitleid, das wusste Patrick.

»Hast du dir wehgetan, Steffen?«

Der dicke Junge nickte und zog den Rotz nach oben.

»Soll Patrick dafür bestraft werden?«

Wieder ein Nicken.

»Hast du eine Idee, wie?«

Kopfschütteln.

»Ich schon.«

Er packte Patrick am Nacken. »Komm«, sagte er lächelnd und führte ihn zu Jannis.

»Warum tust du Steffen weh, aber nicht Jannis?«

Patrick schwieg.

»Hörst du schlecht? Warum?«

»Weil er mein Freund ist.«

»Dein Freund? Hat Pater Anselm dir nicht gesagt, dass nur Jesus dein Freund sein soll?«

»Ich glaube schon.«

»Findest du nicht, Jannis hat es viel mehr verdient als Steffen?«

»Nein«, sagte Patrick und seine Stimme zitterte.

Die Jungen bildeten einen Kreis um sie.

»Er sagt Nein.« Der Frater blickte triumphierend in die Runde.

Patrick presste die Lippen aufeinander.

»Ich dachte, du wärst weiter«, sagte der Frater. »Pater Anselm bringt dir doch Demut bei.«

»Ja, jeden Tag.«

»Trotzdem widersprichst du und stellst deine eigenen Regeln auf?« Er wurde immer lauter. »Und machst dich über uns alle lustig?«

»Nein«, schrie Patrick mit dem Mut der Verzweiflung.

Es wurde ganz still.

Patrick sah, dass der Frater vor Wut kochte. Das Herz schlug ihm bis zum Hals.

»Du wirst jetzt deinem Freund die Hose runterziehen und ihm so lange in den Arsch treten, bis wir hören, dass er etwas spürt.«

Patrick schüttelte den Kopf. »Das kann ich nicht.«

»Das kannst du nicht? Dann wirst du mit ihm den Platz tauschen.«

Patrick schüttelte verzweifelt den Kopf. Er biss sich auf die Zunge.

»Was ist? Los, entscheide dich!«

Patrick sah Jannis' ausdruckslose Miene, er sah die feixenden Jungen, den grinsenden Frater. Er wollte nicht gequält und gedemütigt werden. Er zitterte vor Angst.

Da zerbrach etwas in ihm.

Er ging zögernd zu Jannis und zog ihm die Unterhose runter. »Du musst schreien«, flüsterte er, »ganz laut schreien.«

Dann trat er vorsichtig zu. Aber Jannis blieb still.

»Noch mal«, sagte der Frater.

Patrick holte erneut aus und versetzte Jannis einen stärkeren Tritt.

Keine Reaktion.

»Los, fester!«, schrien die Jungs.

Beim nächsten Mal warf Jannis vor Schmerz den Kopf nach hinten, aber er machte keinen Mucks.

Patrick musste ihn weiter treten, immer weiter, auch dann noch, als er längst begriffen hatte, dass Jannis gar nicht mehr schreien konnte.

Irgendwann durfte er aufhören. Frater Dominik legte den Arm um ihn und lobte ihn. An einem Fenster im ersten Stock stand Pater Anselm.

Und Patrick sah, dass er lächelte.

39.

Pastoralreferent Rainer Weber war nicht zum Gespräch mit Dekan Wels und zwei Vertretern des Pfarrgemeinderats erschienen. Dabei ging die geplante Veranstaltungsreihe mit dem Titel *Kirche für alle* auf seine Initiative zurück. Inzwischen hatte die Pfarrsekretärin auch herausgefunden, dass er seinen Religionsunterricht an der Grundschule unentschuldigt hatte ausfallen lassen.

Das war so ungewöhnlich, dass der Dekan im Beisein der Sekretärin Webers Zimmer mit einem Zweitschlüssel geöffnet hatte. Sie sahen nur, dass die Laufschuhe fehlten. Weber joggte immer frühmorgens.

Aber diesmal war er nicht zurückgekehrt.

Der Dekan wusste, welche Strecke sein Pastoralreferent regelmäßig lief. Er fuhr sie mit dem Wagen ab, obwohl er es für wenig wahrscheinlich hielt, dass er Weber noch finden würde, sollte dieser sich tatsächlich verletzt haben. Anrufe der Pfarrsekretärin in den umliegenden Krankenhäusern blieben ebenfalls erfolglos.

Da entschied Dekan Wels, Rainer Weber als vermisst zu

melden. Doch die Polizei erklärte ihm, dafür sei es noch zu früh. Umso verwunderter war er, als wenig später ein Beamter vor der Tür des Pfarrhauses stand und seinen Dienstausweis zeigte.

»Grüß Gott, Herr Pfarrer. Buchrieser mein Name. Wir würden gern Ihren …«

»Pastoralreferenten sprechen«, sagte Schwarz und trat näher.

»Das ist Herr Schwarz. Er … unterstützt mich«, sagte Buchrieser.

Der Dekan bat die beiden Männer in sein Büro und berichtete vom rätselhaften Verschwinden Webers.

»So was ist also noch nie vorgekommen bei ihm?«, sagte Buchrieser zusammenfassend.

»Nein, nie.«

»Haben Sie denn irgendeine Vermutung, was passiert sein könnte?«, sagte Schwarz.

Der Dekan hob ratlos die Arme.

Etwas übertriebene Geste, dachte Schwarz, aber der Katholik neigte vielleicht eher zum Theatralischen.

»Könnte es einen Zusammenhang zwischen seinem Verschwinden und dem Einbruch geben?«, sagte Buchrieser.

»Welchem Einbruch denn bitte?«

Buchrieser schaute überrascht zu Schwarz und wieder zum Dekan. »Hat Herr Weber Ihnen davon nichts gesagt?«

Er schüttelte den Kopf. »Wann soll das gewesen sein?«

»Gestern«, sagte Schwarz.

»Nein, das hat er mit keinem Wort erwähnt. Hier bei uns? Hat er das angezeigt?«

»Nein.«

»Woher wissen Sie dann davon?«

»Ich habe gestern Abend mit ihm gesprochen.«

»Privat?«

»Sagen wir … inoffiziell.«

Der Dekan musterte ihn.

Er hat beobachtet, wie ich Weber nach Hause gebracht habe, dachte Schwarz. Vielleicht hat er sich sogar das Kennzeichen meines Golfs gemerkt, der jetzt wieder vor dem Pfarrhof steht. Warum spielt er den Ahnungslosen? Weiß er vom Doppelleben seines Pastoralreferenten? Da fiel ihm ein, dass Rainer Weber ihn bei ihrer ersten Begegnung eindringlich gebeten hatte, sich Wels nicht zu zeigen.

Welchen Grund mochte das haben?

»Machen wir die Sache nicht komplizierter, als sie ist«, versuchte Buchrieser die Situation zu entspannen. »Herr Schwarz ist Privatermittler.«

»Und in welcher Sache ermitteln Sie?«

Schwarz zögerte kurz. »Es geht um den Suizid von Matthias Sass.«

»Dann hat die Mutter Sie beauftragt?«

Schwarz nickte.

»Und konnte mein Pastoralreferent Ihnen helfen?«

Schwarz hielt sich bedeckt. »Er kannte Matthias leider nicht sehr gut.«

»Das stimmt. Pfarrer Heimeran hätte Ihnen sicher mehr sagen können. Aber nun ist auch er diesen schrecklichen Weg gegangen.«

Schwarz sah den forschenden Blick des Dekans auf sich gerichtet. Er würde gerne wissen, dachte er, ob ich überhaupt an einen Suizid glaube.

Da klingelte Buchriesers Handy.

Schwarz schmunzelte noch darüber, dass der alles andere als temperamentvolle Exkollege sich ausgerechnet für das Thema des *Triumphmarschs* aus *Aida* als Klingelton entschieden hatte, da sah er, wie das Blut aus Buchriesers Gesicht wich.

»Ich weiß, wo das ist. Zehn Minuten.«

Er stand sofort auf und bedeutete Schwarz, ihm zu folgen. »Wir nehmen meinen Wagen.«

40.

Die Leiche lag unter einem Busch. Nur ein nacktes, seltsam verdrehtes Bein lugte hervor. Über die Wade und den muskulösen Oberschenkel liefen Zickzacklinien, zwei nebeneinander, weiter oben drei. An einigen Stellen waren sie durch Abschürfungen oder Einblutungen unterbrochen. Waren das wirklich Reifenabdrücke?

Schwarz beobachtete, wie ein Spurensicherer einen Zweig zur Seite bog. Das Muster setzte sich über das nackte Gesäß und den halben Rücken fort.

Es gab keinen Zweifel. Der Mann war tatsächlich von einem Fahrzeug überrollt worden.

Schwarz war froh, als der Spurensicherer den Zweig zurückschnellen ließ.

Die Stelle, irgendwo im Niemandsland zwischen Bahntrasse und *Nymphenburger Park* war ein bekannter Strichertreff. Untertags gehörte das Gelände den Hundebesitzern, den Müttern mit Kinderwagen und Joggern, nachts suchten hier nicht mehr ganz junge Männer für ein paar Scheine die schnelle Befriedigung. Es war kein ungefährlicher Ort, das wusste Schwarz noch aus seiner Zeit bei der Polizei. Immer wieder war es zu Überfällen und Schlägereien, zwei Mal auch zu einer Vergewaltigung gekommen. Die Freier nahmen das Risiko in Kauf, manche suchten sogar den Kitzel.

Jetzt also Mord – irgendeine perverse Geschichte, die aus dem Ruder gelaufen war. Vielleicht hatte der Mann Dinge verlangt, die der Stricher nicht zu tun bereit war. Vielleicht war er ausfallend oder sogar grob geworden. Bis ein Kumpel des Strichers zu Hilfe kam, mit dem Auto. Dann hatten sie kurzen Prozess gemacht.

So jedenfalls sollte es aussehen.

So war es aber nicht gewesen, ganz bestimmt nicht.

»Kommst du mal, Toni?«, rief Buchrieser.

Schwarz folgte dem Exkollegen auf die andere Seite des Gebüschs. Sie stiegen über Abfall, Schnapsflaschen, gebrauchte Kondome.

Zuerst sah er nur die ausgestreckte linke Hand und war seltsam erleichtert, dass sie unversehrt war. Auch am Hinterkopf mit dem dichten Haar wies nichts auf ein Gewaltverbrechen hin. Aus dieser Perspektive hätte man glauben können, der Mann sei unter das Gebüsch gekrochen und dort eingeschlafen.

»Können wir?«, sagte Buchrieser.

Zwei Gummihandschuhe näherten sich dem Kopf, packten ihn an den Wangen und hoben ihn an.

Schwarz trat zwei Schritte nach vorne und kniete sich ins nasse Gras.

Aber es hatte nicht geregnet. Es war Blut.

Der Spurensicherer zog den Kopf vorsichtig noch ein Stück höher. Jetzt sah Schwarz direkt in Webers halb geöffnete, tote Augen.

»Er ist es.«

Danach hatte Anton Schwarz das Gefühl, dass vor ihm ein Film in einer fremden Sprache ablief, ein Film, dessen Handlung nichts mit ihm zu tun hatte. Er sah, wie eine Jogginghose gefunden und in einem Plastikbeutel verstaut wurde. Er sah, wie in der Erde neben der Straße das Profil eines Reifenabdrucks gesichert wurde. Er sah Buchrieser, der auf eine Frau einredete, die einen Jack Russel an der Leine führte. Sie nickte und zeigte in eine Richtung. Ihr Hund zerrte ungeduldig an der Leine.

Kolbinger tauchte auf, ließ sich die Leiche zeigen, wandte sich kopfschüttelnd ab, redete mit dem Arzt, dem Leiter der Spurensicherung, der Zeugin mit dem Hund.

Schwarz stand immer noch reglos da.

»Schlimme Sache, was?«, sagte Kolbinger.

Er reagierte nicht.

»Geht's dir nicht gut, Anton?«

»Er war ein feiner Mensch.«

»Das glaube ich dir und ich verspreche dir, wir finden seine Mörder.«

Das nützt ihm auch nichts mehr, dachte Schwarz. Ich hätte besser auf ihn aufpassen, ihn irgendwie beschützen müssen. – Wie hilflos er sich fühlte.

Kolbinger legte ihm die Hand auf die Schulter. »Anton. Wir können das Schicksal nicht aufhalten.«

Bei jeder Leiche dieselben dummen Sprüche, dachte Schwarz.

Jetzt gab der ehemalige Kollege auch noch ungefragt seine Einschätzung der Lage zum Besten. »Die Täter wollten den Anschein erwecken, es handle sich um einen Sexualmord, aber dabei sind sie nicht sehr professionell vorgegangen.«

»Sie sind gestört worden«, sagte Schwarz.

»Ja, könnte sein. Die Leiche war schlecht versteckt und ist gleich gefunden worden.«

»Sie war noch warm«, sagte Schwarz.

»Er ist vermutlich gegen sieben Uhr überfallen worden«, fuhr Kolbinger fort. »Die Frau mit dem Hund hat ihn hier entlangjoggen sehen. Wahrscheinlich haben die Täter ihm aufgelauert, als er seine zweite Runde gelaufen ist. Wir haben einen Klappspaten gefunden, wie er bei der Bundeswehr verwendet wird. Mit dem ist er vermutlich niedergeschlagen worden. Danach haben sie ihn ausgezogen und ihn mit dem Wagen überfahren ... Wir wissen nicht, ob er da noch gelebt hat.«

Seinen Mördern war das egal, dachte Schwarz. Sie wollten ein Zeichen setzen, je brutaler, desto besser. Eine unmissverständliche Warnung an alle, die vielleicht noch etwas wissen.

Und wer wusste noch etwas?

Schwarz hatte keine Idee. Wie auch, wenn er nicht einmal ahnte, um welches Geheimnis es ging?

Weber hatte vermutet, der Tod seines Geliebten könnte etwas mit Steinsberg zu tun haben. Aber was war es? Und warum hatte er sterben müssen?

Die Mörder, beziehungsweise ihre Auftraggeber, fackelten nicht lange. Ihnen reichte der bloße Verdacht.

Scheiße, dachte Schwarz, die werden doch nicht auf die Idee kommen, dass ich auch zu den Eingeweihten gehöre. Sie haben mich doch bestimmt mit Weber beobachtet.

Der Jack Russel fing wie verrückt zu kläffen an. Offenbar hatte er die Leiche erst jetzt entdeckt.

»Ich gehe nach Hause«, sagte Schwarz zu Kolbinger.

»Einen Augenblick noch, Anton, wir brauchen dich fürs Protokoll.«

Er tat so, als hätte er ihn nicht gehört.

Er musste hier weg. Schnell.

41.

Schwarz lief bis zur nächsten größeren Straße. Er wusste, dass hier die Tram nach Pasing vorbeifuhr. Er stand eine Weile an der Haltestelle und versuchte, sich zu beruhigen.

Sein Magen brannte, er hatte wacklige Knie. Er drängte sich zwischen zwei ältere Frauen auf die Bank. Sie zogen indigniert ihre Handtaschen zur Seite. Aber im nächsten Moment sprang er auf, um einem Taxi zu winken.

Der türkische Fahrer hätte sich gern mit ihm über die zynischen Äußerungen eines Berliner Finanzsenators unterhalten, der Hartz-IV-Empfängern zur Senkung der Energiekosten dickere Pullover empfahl, aber Schwarz tat so, als schliefe er. Da fiel ihm ein, dass sein Auto noch vor dem Pfarrhof stand.

»Ich muss doch nicht in die Landsberger, sondern nach St. Stephan.«

»Es gibt mehrere Pfarreien mit diesem Namen«, sagte der Türke.

Daheim warf Schwarz sich aufs Bett und verbarg das Gesicht im Kissen. Aber es half nichts, er entkam Rainer Weber nicht.

Er hatte Webers spöttisches Lächeln vor Augen, als der bemerkte, wie verklemmt er sich in dem Schwulen-Lokal bewegte. Er erinnerte sich, wie leidenschaftlich Weber ihm von seiner Liebe zu Wolfgang Heimeran erzählt hatte, für die es in der Katholischen Kirche keinen Platz gab.

Am meisten aber verfolgte ihn etwas anderes. Weber hatte ihn auf der Heimfahrt gezwungen, in einer Parkbucht anzuhalten. Dort war er zusammengebrochen, weil er begriffen hatte, dass seine große, sich gegen alle Widerstände behauptende Liebe nicht nur edel gewesen war. Sie hatte, ohne dass sie es wollten, auch zerstörerisch gewirkt und einem jungen Menschen das Vertrauen zu seinem väterlichen Freund und Mentor geraubt – und damit vielleicht den einzigen Halt in der Welt.

Und während Weber sich gequält hat, dachte Schwarz, bin ich wie ein Idiot neben ihm gesessen und habe es nicht einmal geschafft, ihn einfach in den Arm zu nehmen in seiner abgrundtiefen Verzweiflung.

Dafür hasste er sich jetzt.

Das Telefon läutete. Schwarz reagierte nicht. Der Anrufbeantworter schaltete sich ein. Es war Eva.

»Ich habe dir schon auf die Mailbox gesprochen, Anton. Warum gehst du denn nicht dran? Ich mache mir Sorgen. Bitte, lass von dir hören.«

Er drehte sich weg.

Wenig später klingelte es erneut.

»Ich bin's, Luisa. Papa, ich halte das nicht aus, wenn du böse auf mich bist. Bitte, wir müssen reden.«

Schwarz kroch mit dem Kopf unters Kissen. Aber dort erwartete ihn wieder dieses unerträgliche Gefühl, das ihn in dem Moment befallen hatte, als er hilflos und starr neben Rainer Weber gesessen hatte.

»Das wird nie aufhören …«, murmelte Schwarz und erhob sich ächzend vom Bett.

Er ging zu den beiden Kartons und stieß einen mit dem Fuß um. Bücher, alte Zeitungen, Schuhe fielen heraus. Er bückte sich und griff blind in das Durcheinander. Nach kurzem Tasten hatte er das Bündel mit den Briefen gefunden. Der Gummi, der es zusammenhielt, war im Lauf der Jahre so porös geworden, dass er ihm unter den Fingern zerbröselte.

Schwarz setzte sich in seinen Deckchair.

Es waren mehr als zwanzig Briefe, manche zwei oder drei, andere über zehn Seiten lang. Sie waren mit einer sehr regelmäßigen, leicht selbstverliebten Handschrift eng beschrieben, meistens mit blauer, manchmal auch mit brauner oder violetter Tinte.

Schwarz fand es peinlich, wenn Leute in seinem Alter ihre Schwächen, Ticks und Ängste mit irgendwelchen frühen Verletzungen entschuldigten. Sie hatten so viel Zeit für Reparaturmaßnahmen aller Art gehabt. Konnten sie da zum Beispiel noch immer ihre Eltern für ihre eigene Beziehungsunfähigkeit verantwortlich machen? Nein, das war unwürdig, vor sich und den anderen.

Aus dieser Einsicht heraus hatte er an seinem fünfzigsten Geburtstag beschlossen, die Briefe seines Deutschlehrers Robert in den Abfall zu werfen – ungelesen. Doch jetzt hatte Rainer Weber ihm die Augen geöffnet: Irgendwann musste er sich dieser Geschichte einmal stellen.

Schwarz zog den erstbesten Brief aus dem Umschlag.

Du bist begabt, keine Frage, du hast vielleicht sogar eine nicht ganz unbedeutende Zukunft vor dir. Ich habe gestern mit deiner Mutter gesprochen und ihr erklärt, was für Möglichkeiten der Förderung es für dich gibt. Sie war sehr angetan. Aber Förderung allein, lieber Anton, ist es natürlich nicht. Den entscheidenden Schritt musst du selbst gehen. Du kannst schreiben, so viel du willst, und alles bleibt Papier, wenn du nicht bereit bist, deine eigene Mittelmäßigkeit und die Enge deiner kleinbürgerlichen Herkunft wenigstens geistig hinter dir zu lassen.

»Geistig, vor allem«, sagte Schwarz bitter, zerknüllte den Brief, schleuderte ihn von sich und nahm sich den nächsten vor.

Während wir gestern an der Isar spazieren gegangen sind, gleich hinter unserer Brücke, an der die Berge manchmal so nah sind, und du die ganze Zeit geredet hast in deiner aufgeregten Verzweiflung, ist mir aufgefallen, wie viele Sätze du mit ›ich kann nicht‹ anfängst, als hätte man dir irgendwann verboten, ›ich will nicht‹ zu sagen.

Hundertmal habe ich ihm gesagt, dass ich nicht will, aber er hat es nicht hören wollen. Einfach ignoriert hat er es.

Aber wahrscheinlich ist dieses ›Ich kann nicht‹ nur deine Art, dich herauszumogeln und nicht zu stellen. Du beschimpfst dich selbst und erniedrigst dich ständig, weil du eine panische Angst davor hast, endlich Konturen zu gewinnen, endlich der zu werden, der du eigentlich bist.

»Und wer ich bin, wolltest du bestimmen, du Arschloch«, sagte Schwarz. Er hatte einen ganz trockenen Mund bekommen, öffnete schnell ein Dunkles und trank es in einem Zug bis zur Hälfte aus. Dann kehrte er wieder zu den Briefen zurück. Er las im Stehen weiter, sprang hektisch von Passage zu Passage, blieb irgendwo hängen.

Es ist deine Schuld, Anton, dass ich süchtig nach dir bin, nach deiner Stimme, deinen kräftigen Händen, deinem frechen Lachen. Du hast mich verzaubert, mich versklavt. Du spielst geschickt die Tastatur aus Entgegenkommen und plötzlichem Entzug. Mit deiner Passivität stimulierst du mich nur zu einem immer wütenderen Werben.

Es hatte nichts mit mir zu tun, dachte Schwarz, nicht das Geringste. Ich war seine Erfindung. Ich habe immer gesagt, er soll seine Geschenke behalten, die wertvollen Bücher, die Erstausgaben mit den Widmungen bekannter Schriftsteller, denen er angeblich alles über uns erzählt hatte.

Und vor allem wollte ich nicht, dass er mich anfasst.

Der nächste Brief.

Du bist so feige. Eigentlich weißt du, dass du alles liegen und stehen lassen müsstest, aber du tust es nicht. Der Text, den du mir gestern ins Fach gelegt hast, war leider schlecht, sehr schlecht sogar. Der Text eines undeutlichen Menschen. Große Kunstanstrengung, alberne Pose und unendlich brav. Tut mir leid, Anton. Aber wer sich nicht entscheiden kann, den bestraft die Literatur.

Schwarz warf auch diesen Brief wütend weg.

Dann konnte er nicht mehr weiterlesen. Wer hatte ihn

denn gezwungen, Robert seine Texte zu zeigen? Niemand. Er hätte auch nicht mit ihm an den Isarstrand gehen müssen, wo Robert ihm vor aller Augen einen Kuss auf die Lippen gedrückt hatte. Er hätte es nicht zulassen müssen, dass Robert ihm, als sie nebeneinander vor seiner Mutter standen, heimlich die Hand in die Hosentasche schob.

Er hätte Nein sagen können, er hätte *Nein* schreien müssen.

Aber er hatte es nicht getan und alles ertragen für den großen, naiven Traum, Schriftsteller zu werden. Er war bereit, jeden Preis für den Eintritt in die Welt der Literatur zu zahlen. Er war bestechlich gewesen … er hatte sich prostituiert.

»Nein«, entfuhr es Schwarz. »Das ist doch alles nicht wahr!«

Und es war tatsächlich nicht wahr, weil Robert ihm neben allem anderen auch das eingeredet hatte.

In dieser Zeit war die Sehnsucht des jungen Anton, mit irgendetwas aufzufallen und einen kleinen Schritt aus der Mittelmäßigkeit herauszutreten, unendlich groß gewesen – aber größer noch die Sehnsucht nach einem Vater, den er nie gehabt hatte.

Nur deswegen hatte Robert so leichtes Spiel gehabt.

Und am Ende bin ich nicht Schriftsteller geworden, nicht mal ein mittelmäßiger, sondern Polizist und habe überhaupt nichts mehr geschrieben außer meine Einsatzberichte, dachte Schwarz und musste lachen. So lachen, dass er sich am Bier verschluckte.

Er hatte jetzt die meisten Briefe geöffnet und war ruhiger geworden. Nur vor einem Umschlag hatte er noch Angst. Es war ein Kuvert mit schwarzem Rand, wie es für Trauerpost verwendet wurde. Er nahm den Brief sehr zögerlich zur Hand. Dabei wusste er noch ziemlich genau, was Robert damals geschrieben hatte, nachdem er, Anton, ihm in einem unbändigen Wutanfall die Hände um den Hals gelegt und minutenlang zugedrückt hatte.

Auch wenn du mich getötet hättest, Anton, es wäre dir nicht gelungen, das abzutöten, was in dir ist und was du nicht annehmen willst. Wenn du dich nicht endlich zu dir selbst bekennst, wird es dich ein Leben lang verfolgen. Ich liebe dich. Robert.

Die Wut war wieder da. Um kein Grad abgekühlt seit damals. Schwarz schrie sie sich aus dem Leib, bis ihm der Schweiß von der Stirn lief.

Als er sich einigermaßen beruhigt hatte, suchte er alle Briefe zusammen und trug sie zur Spüle. Er zündete ein Streichholz an und warf es hinterher. Er stand ganz ruhig da, schaute in die Flammen und wartete, bis alles zu Asche zerfallen war.

Er hatte tatsächlich einen Menschen töten wollen, und das mit Vorsatz. Er hatte beschlossen, Robert umzubringen, wenn er ihn noch ein einziges Mal anfasste. Im letzten Moment hatte ihn der Mut verlassen, und das quälende Spiel war weitergegangen. Endlich war er in seiner Verzweiflung auf die Idee gekommen, Robert zu erzählen, er hätte seine Mutter in alles eingeweiht.

Diese Lüge hatte ihn gerettet.

Wenige Wochen später hatte er auf einer Party in einem Jugendheim seine erste Freundin kennengelernt. Sie trafen sich jeden Tag zum Knutschen, sodass er die Geschichte mit Robert allmählich vergaß.

Nur die Briefe hatte er nie wegwerfen können.

Er ließ Wasser in die Spüle laufen. Es vermischte sich mit der Asche.

Schöne Schweinerei, dachte Schwarz, und fühlte sich mit einem Mal ganz leicht.

42.

Es klingelte. Schwarz ging zur Tür, öffnete aber nicht.

Jetzt klopfte jemand.

»Wer ist denn da?«

»Sag mal, brennt's bei dir?«

»Eva!« Er riss die Tür auf.

»Diese sympathischen Herren waren so freundlich, mich nach Hause zu bringen.« Eva, die mit ihrem Kopfverband ein wenig wie eine Nonne aussah, zwinkerte Schwarz zu.

Die beiden nach Atem ringenden Sanitäter, die sie im Rollstuhl nach oben geschleppt hatten, lächelten gezwungen. »Sie sollten unbedingt über einen Treppenlift nachdenken«, sagte der ältere.

Schwarz bedankte sich bei jedem mit fünf Euro.

Er umarmte Eva und küsste sie. »Dass die dich schon entlassen haben?«

»Ich bin auf eigene Verantwortung raus.«

Er betrachtete sie besorgt. »Bist du wirklich schon wieder fit?«

Sie überhörte die Frage, fuhr neugierig zu dem umgestürzten Karton und schnupperte Richtung Spüle.

»Warst du zu faul, zur Deponie zu fahren?«

Schwarz brummte nur.

»Erzählst du mir, was du da getrieben hast?«

»Nicht jetzt.«

»Warum nicht?«

Schwarz holte Luft. »Es ist nicht gut, dass du hier bist.«

Eva sah ihn irritiert an.

»Ich werde dich jetzt zu deiner Mutter bringen.«

»Bitte?«

Das Telefon klingelte. Schwarz stöhnte und hob ab.

Es war Kolbinger. »Hör zu, Anton, ich wollte dich nur

informieren, dass wir mit Hochdruck an dem Fall arbeiten. Die Kollegen sind sehr motiviert, der Chef hat zusätzliche Kräfte genehmigt, und von der Kirche wurde uns ein Sonderermittler zur Seite gestellt.«

»Perfall?«

»Ich habe schon gehört, dass du ihn kennst. Guter Mann, oder?«

»Habt ihr über mich gesprochen?«

»Ja, klar. Also, ich halte dich auf dem Laufenden.«

»Danke.«

»Ciao.«

Schwarz ließ den Hörer sinken.

»Ich bleibe hier, bei dir«, sagte Eva entschieden.

Er nahm ihre Hand. »Eva …«

Schon wieder unterbrach ihn das Telefon.

»Das gibt's doch nicht. – Ja, Schwarz.«

»Perfall hier. Ich habe gerade Ihren ehemaligen Kollegen, Herrn Kolbinger, kennengelernt.«

»Tatsächlich?«

Perfall räusperte sich. »Herr Schwarz, ich fürchte, diese Geschichte hat eine wesentlich größere Dimension, als wir dachten.«

»Sieht ganz so aus.«

»Deswegen bräuchten wir jetzt dringend einen Mann wie Sie. Das findet auch der Hauptkommissar.«

»Findet er?«

»Herr Kolbinger schätzt Sie sehr, das wissen Sie. Aber er kann Sie natürlich nicht offiziell um Ihre Mitarbeit bitten. Deswegen hat er mich darum gebeten.«

»Das ehrt mich, aber …«

»Sagen Sie jetzt nicht Nein, Herr Schwarz. Lassen Sie uns morgen noch mal in Ruhe reden.«

»Einverstanden.«

»Um zehn, bei mir im Büro?«

»Um elf«, sagte Schwarz und verabschiedete sich.

Er begriff immer noch nicht genau, wieso Perfall solchen Wert auf die Zusammenarbeit mit ihm legte. Aber das würde er morgen rausfinden.

»Verrätst du mir jetzt, was los ist, Anton?«

Er zögerte. Konnte er ihr die Wahrheit schon zumuten?

»Ich will wissen, was passiert ist.«

Schwarz holte tief Luft. »Sie haben Rainer Weber umgebracht.«

Eva wurde bleich. Er nahm ihre Hand und konnte spüren, dass sie zitterte. »Aber … warum denn?«

Sie schloss die Augen.

»Ist dir schwindlig?«

»Geht schon.«

»Willst du dich hinlegen?«

»Ja, wäre vielleicht besser.«

Schwarz half ihr ins Bett. Dann sperrte er doppelt ab, was angesichts der windigen Wohnungstür Augenwischerei war.

Er konnte nur hoffen, dass Eva und er nicht die nächsten auf der Liste waren.

Sie lagen im Halbdunkel nebeneinander, Schwarz hielt Eva fest. Lange sagten sie gar nichts, dann erzählte Eva, dass sie ihr in der Klinik die Haare abgeschnitten hatten, und ihre Wunde mit dreizehn Stichen genäht worden war.

Schwarz fand ihre Stimme angenehm weich und sanft. Sie kam von weit her …

»Anton«, schrie Eva plötzlich.

Er starrte sie verwirrt an. Hatte er schon geschlafen? Ja, offenbar. »Was ist los?« Er schaute erschrocken zur Tür, aber da war Gott sei Dank niemand.

»Ich weiß es wieder.«

»Was? Was denn?«, sagte Schwarz.

»Der Typ, der mich überfallen hat … Ich habe mich nicht getäuscht, du hast ihn auch gesehen. Denk mal nach: die Demonstration gegen die Rechten vor der Villa dieser Burschenschaft.«

»Manzonia?«

»Genau.«

Schwarz stützte sich auf den Ellenbogen und bemühte sich, die Augen offen zu halten.

»Erinnerst du dich an den Moment, als von Medingen vor die Tür trat?«

Er schüttelte den Kopf.

»Komm, streng dich an. Das war, kurz bevor du Tim Burger gestellt hast.«

Schwarz runzelte die Stirn. »Hat er nicht irgendeinen blöden Spruch gemacht?«

»Von Medingen? Genau: ›Wer wirklich Zivilcourage besitzt, steht auf meiner Seite‹.«

»Und?«

»Siehst du die Situation?«

»Hm.«

»Anton, komm! Ich will sicher sein, dass ich mich nicht täusche. Von Medingen kommt aus dem Haus …«

Schwarz schloss die Augen. Er nickte.

»Ist er allein?«

Er schüttelte den Kopf.

»Wer begleitet ihn?«

»Zwei Typen, seine Bodyguards.«

»Genau. Kannst du sie beschreiben?«

»Scheiße …«

»Was?« Eva sah ihn erwartungsvoll an.

»Der Typ mit der Boxernase!«

43.

Am nächsten Morgen standen Schwarz und Eva vor einer Fabrikhalle im Westen von Pasing. Früher waren hier Stoffe gefärbt worden, jetzt beherbergte das Gebäude eine Ayurveda-Praxis, einen Bioladen und einen Ableger der Volkshochschule.

Auf dem Hallendach befand sich ein etwa vierzig Quadratmeter großer Aufbau, den man von unten nur erahnen konnte. In ihm war eines der besten Archive zum Rechtsextremismus in Deutschland untergebracht.

Schwarz schaute zur Feuerleiter, die er bei seinen letzten Besuchen benutzt hatte. »Ich werde versuchen, ihn runterzulocken, okay?«

»Ja, ich möchte unbedingt hören, was er sagt.«

Schwarz' Freund und ehemaliger Klassenkamerad Heiner besaß Material über die rechte Szene, um das ihn sogar die Beamten des Bayerischen Verfassungsschutzes beneideten. Das mochte der Grund sein, dass sie ihn in ihren Berichten regelmäßig als verdächtigen Linken aufführten. Aber davon ließ er sich nicht einschüchtern, schließlich lobte ihn im Gegenzug die Stadt München genauso häufig für seine Verdienste um die Demokratie.

Dunkle Regenwolken hingen drohend über der Fabrik, in der Dachrinne trippelten Tauben hin und her, von denen man nur die Köpfe sah.

»Gibt es da oben was umsonst?«, sagte eine Stimme.

Schwarz fuhr herum, Eva wendete ihren Rollstuhl.

Schief grinsend stand Heiner vor ihnen. »Sorry, wegen der Verspätung.«

Schwarz begrüßte ihn mit einer kurzen Umarmung. »Servus. Eva kennst du ja schon.«

»Klar, von deinem Geburtstag. Hallo, Eva. Wollen wir raufgehen?«

»Gehen ist gut«, sagte Schwarz mit Blick auf Evas Rollstuhl.

»Oh, 'tschuldigung.«

»Warum hast du mir nie gesagt, dass es hier einen Lastenaufzug gibt?«, sagte Schwarz.

Heiner zog die verkratzte Eisentür zu und drückte einen Knopf. Ächzend setzte die Kabine sich in Bewegung.

»Ich dachte, ein bisschen klettern schadet deinem Bauch nicht.«

Schwarz warf Heiner einen warnenden Blick zu. »Ich habe keinen Bauch.«

Eva grinste.

»Die Wahrheit ist«, sagte Heiner, »dass man den Aufzug nicht benutzen darf, weil er seit Jahren nicht mehr gewartet wird. Offiziell funktioniert er gar nicht. Mir ist das recht, so bin ich vor unliebsamen Überraschungen sicher. Die Feuerleiter habe ich unter Kontrolle.«

Der Aufzug kam mit einem Ruck zum Stehen. Heiner hielt Eva die Tür auf. »Immer geradeaus ins Herz der Finsternis.«

Sie kamen an langen bis zur Decke reichenden Regalen mit Aktenordnern vorbei zu einem abgewetzten Sofa und einem Schreibtisch, auf dem ein Rechner stand. An den wenigen freien Stellen an der Wand hingen Aufrufe zu Antinazi-Demos.

»Ich kann euch grünen Tee machen«, sagte Heiner.

»Schön, dass du um diese Uhrzeit schon so lustig bist«, sagte Schwarz.

»Das ist kein Witz, Toni. Ich trinke keinen Kaffee mehr, und mit dem Rauchen habe ich auch aufhören müssen: mein Magen.«

»Bei deinem Thema würde ich auf Dauer auch krank werden. Vielleicht solltest du mal was anderes machen.«

»Und wer kümmert sich dann ums Archiv? Also, grüner Tee oder nichts?«

»Nichts«, sagte Schwarz.

Auch Eva wollte lieber gleich zum Thema kommen. Sie schilderte knapp den Überfall und beschrieb den Mann, der noch auf sie eingetreten hatte, als sie schon am Boden lag.

»Dann tragen Sie nicht aus religiösen Gründen Kopftuch?«

»Haben Sie das gedacht?« Ihr Lachen klang bemüht, sie hatte immer noch Kopfschmerzen.

»Und?«, sagte Schwarz, »kennst du so einen Typen, gehört er zur Szene?«

Heiner hob unsicher die Schultern. »Ramponierte Nasen sind bei meiner Kundschaft keine Seltenheit. Die Jungs verprügeln sich im Suff auch gern mal gegenseitig.«

»Eva glaubt, dass sie den Kerl schon mal gesehen hat – als von Medingens Bodyguard.«

Heiner horchte auf. »Und wo?«

»Bei der Demo«, sagte Eva.

Heiner fuhr seinen PC hoch. »Dann schauen wir mal.«

Sie warteten gespannt. Heiner klickte einen Ordner an. Die Qualität der Fotos war nicht besonders gut, meistens waren irgendwelche Köpfe und Transparente im Bild.

»Wie gefällt euch das hier?«

Das Foto war direkt an den Absperrgittern vor der Villa der Burschenschaft *Manzonia* aufgenommen. Zwischen dem Fotografen und Jörg von Medingen lagen nur wenige Meter. Es war genau der Moment, in dem der Politiker mit seiner hämischen Rede gegen die Demonstranten begonnen hatte.

»Das ist er«, sagte Eva und deutete auf den Mann, der sich neben von Medingen aufbaute.

Schwarz schaute fragend zu Heiner.

»Interessant«, sagte der, »sehr interessant sogar. Das sind die einzigen Aufnahmen, die ich von diesem Herrn habe. Er ist uns weder vorher noch nachher bei irgendwelchen rechten Aktivitäten aufgefallen.«

»Dann kann er aber nicht von Medingens Bodyguard sein«, sagte Schwarz.

Heiner nickte. »Er gehört mit Sicherheit nicht zum engeren Kreis, vielleicht bloß ein Sympathisant. Wenn meine Informationen stimmen, war er an diesem Tag zum ersten Mal bei der *Manzonia* zu Gast. Vermutlich ist er von Medingen aufgefallen, und der wollte Eindruck mit ihm machen. Fies genug sieht er ja aus.«

»Er sieht nicht nur so aus«, sagte Schwarz.

»Kennen Sie seinen Namen?«, sagte Eva.

»Ja, wir haben ihn recherchiert. Er heißt Ralf Pager und ist ein Kollege von Toni.«

»Von mir? Ein Privatermittler?«

Heiner lachte, weil Schwarz so empört reagierte. »Nein, er hat nur eine Weile bei einem Sicherheitsdienst gearbeitet und ist dann – jetzt haltet euch fest – vor zwei Jahren in einen katholischen Orden eingetreten.«

»Ich soll von einem Mönch zusammengeschlagen worden sein?«, sagte Eva.

»Er ist Laienbruder.«

»Und der Orden heißt *Militia*«, sagte Schwarz tonlos.

Heiner sah ihn verblüfft an. »Stimmt.«

»Was ist das für ein Orden?«, sagte Eva.

»Ich glaube, ich mache uns jetzt doch Kaffee.«

Aber weder Schwarz noch Eva wollten darauf warten, bis die vorsintflutliche Kaffeemaschine auf Betriebstemperatur war.

»Orden sind ja nicht gerade meine Kernkompetenz«, sagte Heiner, während er in einem Regal nach Unterlagen suchte. »Und wahrscheinlich wäre ich ohne diesen Pager nie auf die *Sancta Militia Jesu* gestoßen. Aber was ich da entdeckt habe, ist einfach unglaublich.«

Er reichte Schwarz zwei schmale Ordner. »Im ersten findest du das Dossier eines Paters, der bald nach seinem Austritt aus dem Orden ums Leben gekommen ist – angeblich bei einem Verkehrsunfall. Im zweiten habe ich Zeitungsartikel über die *Militia* und Infos aus dem Internet zusammengestellt.«

»Woher hast du das Dossier?«

»Ach, von Freunden aus Rom.«

Schwarz hakte nicht nach – offenbar wollte Heiner seine Informanten nicht preisgeben. Er blätterte kurz in dem Text und gab ihn seinem Freund zurück. »Ich kann kein Italienisch.«

»Ich auch nicht. Aber ich hab's mir übersetzen lassen.«

»Also, was steht in dem Dossier?«, sagte Eva ungeduldig.

Heiner holte Atem. »Die *Sancta Militia Jesu* wurde vor zwanzig Jahren von einem kolumbianischen Drogenbaron gegründet, den wegen seines sündigen Lebens die große Reue gepackt hatte. Er stiftete sein Vermögen und ließ sich zum Priester weihen. Von seinen Millionen hat die *Militia* Klöster und Schulen gekauft, in denen sie sich vor allem um schwer erziehbare und drogenabhängige Jugendliche kümmerte – zuerst in Kolumbien, dann auch in den USA und Italien.«

»Ist das öffentlich bekannt?«, sagte Eva.

»Ja, natürlich, da wurde die ganz große PR-Maschine angeworfen. Bei uns allerdings gab es nur kritische Reaktionen. Der Orden ist nämlich, obwohl Laien in der Hierarchie eine wichtige Rolle spielen, extrem konservativ. Die *Militia* sieht sich in einem endzeitlichen Kampf gegen die Dämonen des Liberalismus und der Demokratie, mit denen ihrer Ansicht nach der Teufel die Herrschaft über die Welt erringen will.«

»Und was für ein Gesellschaftssystem wollen die?«, sagte Eva.

»Eines, das allein auf christlichen Werten gründet – als Vorbereitung auf das nahe Gottesreich. Das könnt ihr übrigens alles auf der Website lesen.«

»Wie viele Mitglieder hat der Orden?«

»Man schätzt, dass es inzwischen weltweit an die hunderttausend Leute sind.«

»Bitte?« Eva sah ihn ungläubig an. »Und in Deutschland?«

»Da versucht die *Militia* gerade erst Fuß zu fassen. Inwieweit es ihr schon gelungen ist, weiß ich nicht.«

Aber ich, dachte Schwarz. Doch er wollte lieber hören, was weiter in dem Dossier stand.

»Der Verfasser behauptet«, sagte Heiner, »dass die *Militia* eine hochgradig kriminelle Organisation ist. Der Gründer sei nach wie vor im Drogengeschäft aktiv, und die Klöster dienten in Wirklichkeit dazu, den Handel zu kontrollieren und am Laufen zu halten. Die betreuten Jugendlichen würden gezielt als Kuriere oder für paramilitärische Gruppen rekrutiert. In Kolumbien und einigen anderen südamerikanischen Staaten arbeite die *Militia* eng mit korrupten Provinzgouverneuren zusammen. In Europa verfolge der Orden vorerst nur weltanschauliche Ziele und versuche zum Beispiel durch die Wiedereinführung der lateinischen Messe Anhänger und Sponsoren in ultrakonservativen Kreisen zu gewinnen.«

Er legte das Dossier zur Seite. »Aber jetzt musst du mir sagen, wie du auf die *Militia* kommst, Toni.«

Schwarz zog die Schultern hoch.

»Los, raus mit der Sprache!«

»Also gut. Es könnte sein, dass Pfarrer Heimeran …«

»Das ist der Priester, der unter der Würmbrücke hing«, fügte Eva hinzu.

»... dass er sterben musste, weil er an Informationen über den Orden gelangt war.«

»Ich dachte, der hat sich umgebracht?«

»Das ist die offizielle Version.«

»Und was sind das für Informationen?«

»Keine Ahnung.«

»Und was hat das Ganze mit Ralf Pager zu tun?«

»Er ist am Tatort gesehen worden.«

Heiner war baff. »Wollt ihr nicht doch einen Kaffee?«

Schwarz schaute auf die Uhr. »Nein, wir müssen los. Ich schau nur noch kurz in den zweiten Ordner.«

»Ich kann dir eine Kopie machen.«

Plötzlich stutzte Schwarz. »Das gibt's doch nicht – Perfall?« Er deutete auf ein Foto.

»Nein«, sagte Heiner, »der Mann heißt Tramin, Hubert Tramin. Er stammt aus Innsbruck und war dort jahrelang in der FPÖ aktiv. Dann hat er offenbar ähnlich wie Pager seine Spiritualität entdeckt und mischt seither bei der *Militia* mit.

Schwarz kniff die Augen zusammen und ging näher an das Bild heran, das offenbar heimlich mit einem Handy aufgenommen war. »Das ist eindeutig Perfall, ein ehemaliger LKA-Mann.«

Heiner lachte. »LKA, ausgerechnet.«

»Mit ihm habe ich gleich einen Termin im Ordinariat.«

»Im Ordinariat? Bitte?«

»Er arbeitet in der Heimeran-Sache als Sonderermittler für die Kirche.«

»Das glaube ich nicht«, sagte Heiner.

44.

Eva bot Schwarz an, ihn zum Gespräch mit Perfall zu fahren, aber er fand, sie solle sich lieber noch schonen. Mit einer Gehirnerschütterung war nicht zu spaßen. Doch Eva erklärte, für sie wäre es viel belastender, zu Hause zu sitzen und Däumchen zu drehen.

Also fuhren sie in die August-Exter-Straße und tauschten seinen Golf gegen ihren deutlich geräumigeren und behindertengerecht umgebauten Wagen. Frau Hahn, die aus Sorge Evas halbe Mailbox voll gesprochen hatte, war gerade beim Einkaufen. Ihre Tochter hinterließ ihr eine Nachricht: *Es geht mir prima, und Anton kümmert sich wie ein Vater um mich.*

»Kannst du nicht was anderes schreiben?«

Eva schmunzelte.

»Na, statt *Vater* …«

Eva lachte, strich das Wort durch und schrieb *Mutter.*

An der Kreuzung Offenbach-, Landsberger Straße bat Schwarz Eva plötzlich, vor seinem Haus anzuhalten. Er hatte erst das cappuccinofarbene Mini Cabrio und dann seine Tochter entdeckt, die wie ein Häufchen Elend auf den Stufen vor der Tür saß.

»Luisa, was machst du denn hier?«

Sie hob den Kopf. Ihre Wimperntusche war vom Weinen ganz verschmiert. Schwarz zog sie auf die Beine. »Was ist denn los?«

Sie schniefte. »Es tut mir so leid.«

Er nahm sie bei den Schultern und sah ihr in die Augen. Irgendetwas stimmte doch nicht mit ihr.

»Hast du gekifft?«

»Ich kiffe nicht mehr.«

»Getrunken?«

Sie presste die Lippen zusammen, ihr Gesicht verkrampfte sich.

»Papa, ich bin schwanger.« Sie fiel ihm um den Hals.

Das ist nicht wahr, dachte Schwarz, sie kriegt doch ihr eigenes Leben kaum in den Griff. Wenigstens verstand er jetzt, was es mit der radikalen Umgestaltung ihres Zimmers auf sich hatte: Luisa – ferngesteuert vom Nestbautrieb der werdenden Mutter. Ach, du Scheiße.

»Wann ist es denn so weit?«

»Ich bin im vierten Monat. Und deine nächste Frage kann ich dir auch schon beantworten. Ich weiß nicht, wer der Vater ist. Also, ich bin mir nicht ganz sicher, weil es gewisse Überschneidungen gegeben hat.«

»So was kann man doch testen.«

»Das mache ich aber nicht, weil ich mit den Typen nichts mehr zu tun haben will. Gar nichts mehr.«

Schön, dachte Schwarz, dass ich so sanft darauf vorbereitet werde, in einem halben Jahr Alimente zu zahlen. Aber er sagte nur: »Glückwunsch.«

»Danke. Jetzt verstehst du sicher, warum ich so emotional auf deine Geschichte mit Eva reagiert habe. – Hallo, Eva!«

Sie winkte Richtung Wagen, und Eva winkte freundlich zurück.

»Ja, die Hormone können einen ganz schön beuteln«, sagte Schwarz und überlegte, ob Eva sich wohl freuen würde, wenn er ihr verriet, dass sie quasi Tante wurde. Im nächsten Moment wurde ihm schwindlig, und er musste sich an der Hausmauer abstützen.

»Papa, was ist denn?«

»Alles in Ordnung, Liebes. Es ist nur die Freude.«

Von wegen, Freude. Ein Albtraum war das. Eva würde nicht *quasi Tante*, sondern *quasi Oma* werden, weil er eindeutig Großvater wurde. Das darf sie nie erfahren, dachte Schwarz, auf gar keinen Fall. Es wäre das Ende für uns, bevor es überhaupt richtig angefangen hat. Eva mag an einem Vaterkomplex leiden, einen Großvaterkomplex hat sie ganz bestimmt nicht.

»Verzeihst du mir, Papa?«

»Ich war dir nie richtig böse.«

»Und freust du dich auch ein bisschen auf das Baby?«

»Ja, natürlich.«

Er warf einen Kontrollblick Richtung Wagen und sah, dass Eva auf ihre Uhr deutete.

»Ich möchte dich nur um eines bitten, Luisa.«

Seine Tochter sah ihn mit ihrem neuen, matt glänzenden Blick fragend an.

»Kannst du es noch eine Weile geheim halten?«

»Vor Eva? Warum?«

»Sie wird überglücklich sein, aber ... sie ist überfallen worden. Ich glaube, momentan wäre das einfach zu viel für sie.«

»Überfallen? Trägt sie deswegen das Kopftuch?«

»Ja, aber mach dir keine Gedanken. Es ist alles gut.« Er nahm Luisa in den Arm und streichelte ihr die Wange. »Es wird sicher ein ganz wunderbares Baby, und du wirst eine tolle Mutter.«

Ich bin ein widerlicher Heuchler, dachte Schwarz, als er zu Eva in den Wagen stieg. Und das Schwindeln musste noch weitergehen, denn natürlich wollte sie wissen, was mit Luisa los sei.

»Ach«, sagte er, »es ist immer dasselbe. Sie kriegt einfach keine längere Beziehung hin.«

»Und wer verlangt das von ihr?«

Schwarz sah Eva überrascht an.

»Ja, was soll schlecht an einer Beziehung sein, die nach einer gewissen Zeit endet? Es geht doch um Qualität und nicht um Dauer.«

»Klar«, sagte Schwarz, obwohl er Evas entspannte Haltung nicht wirklich begrüßte. War es nicht so, dass alle Lust Ewigkeit wollte? Und alle Liebe sowieso? Und, wenn kein Verlangen nach Ewigkeit da war, bedeutete das nicht, dass es gar keine richtige Liebe war? Aber vielleicht war Evas Einstellung einfach ihrem Alter geschuldet?

Ja, das war sie vermutlich.

Ihn hatte damals weder die Dauer noch die Qualität, sondern allein die Anzahl seiner Affären interessiert. Er führte Buch und war stolz, wenn er wieder eine Susi streichen und durch eine Sabine ersetzen konnte. Da konnte er ja froh sein, dass Eva charakterlich schon deutlich weiter war.

Sie waren kurz vor der Donnersberger Brücke, als sie ihn aus seiner Grübelei riss.

»Ich habe Angst.«

»Wovor denn?«

»Angst um dich. Willst du wirklich zu diesem Perfall gehen, wenn er zur *Militia* gehört?

»Ja sicher, gerade deswegen.«

Sie warf ihm einen flehenden Blick zu. »Anton, die haben zwei Leute umgebracht.«

»Was soll mir denn im Ordinariat passieren? Um diese Tageszeit sind dort alle Büros besetzt. Wenn einer Angst haben muss, dann Perfall.«

»Perfall?«

»Ja, klar, dass seine Identität auffliegt.«

»Aber die kennt die Kirche ja vielleicht längst? Womöglich haben die bewusst einen *Militia*-Mann als Sonderermittler engagiert?«

»Unwahrscheinlich.«

»Und was will er von dir?«

Schwarz zuckte mit den Schultern. »Rausfinden, was ich weiß.«

»Oder dich ausschalten, weil du zu viel weißt.«

»Dann hätte er mich an einen anderen Ort bestellt. Mach dir keine Sorgen, Eva.«

»Wenn du meinst?« Sie lächelte unsicher.

An der Nordseite des Hauptbahnhofs setzte heftiger Platzregen ein. Die Wischer hatten keine Chance gegen den Sturzbach, der sich über die Scheibe ergoss.

»Ich sehe gar nichts mehr«, sagte Eva.

»Ich kenne den Weg blind. Jetzt ordnest du dich links ein, und dann fährst du gleich wieder rechts.«

»Deine Verantwortung«, sagte Eva und setzte den Blinker.

Schwarz erinnerte sich, wie er zum ersten Mal mit ihr gefahren war. Es hatte ihn ziemlich nervös gemacht, dass sie Gas und Bremse mit den Händen betätigt, gleichzeitig jeden Satz mit großen Gesten unterstrichen und schließlich auch noch zum Handy gegriffen hatte.

Jetzt blieb er merkwürdigerweise ruhig, obwohl sie fast im Blindflug unterwegs waren.

Bei mir ist es eindeutig Liebe, dachte er, und ich hoffe sehr, bei ihr auch.

Durch die Regenwand zeichnete sich diffus die Silhouette des Künstlerhauses ab.

»Hier rechts«, sagte Schwarz.

Eva brachte ihn bis fast vor die Stufen des Doms.

»Kann ich nicht mitkommen?«

Schwarz schüttelte den Kopf. »Es dauert sicher nicht lang.«

»Was mache ich, wenn du in zwanzig Minuten nicht wieder auftauchst?«

»Ich rufe dich an, wenn es länger dauert.«

»Und wenn du nicht anrufst?«

»Ach, Eva.« Er drückte ihr gerührt einen Kuss auf die Lippen und stieg aus.

Wegen des starken Regens war der Platz vor dem Dom menschenleer. Sogar die sonst unerschütterlichen japanischen Touristen hatten sich in die umliegenden Lokale geflüchtet.

Schwarz spürte, wie Hemd und Hose sich mit Wasser vollsogen. Er ging links am Dom vorbei und steuerte auf das Gebäude des Ordinariats zu, als ihm ein Mann mit einem Regenschirm in den Weg trat.

Perfall.

Oder eigentlich Tramin, aber Schwarz hatte sich an das Pseudonym gewöhnt und blieb dabei.

»Gott, Sie Ärmster. Kommen Sie schnell unter meinen Schirm.«

»Danke, Herr Perfall.«

Sie gingen die paar Meter zum Eingang schweigend nebeneinander her, dann klappte Perfall den Regenschirm zusammen, zückte einen Schlüssel und öffnete die Tür.

»Bitte, nach Ihnen.«

45.

Schwarz stand im Flur und hörte das Schloss mit einem Klicken einrasten, das ihm als nebenberuflichem Wachmann sofort signalisierte, dass die Tür nur über den Summer zu öffnen war.

In diesem Moment erreichte mit einiger Verspätung ein Bild sein Gehirn. Es zeigte das vergoldete Türschild: *Erzbischöfliches Ordinariat. Öffnungszeiten tägl. 10–13 und 14–17 Uhr. Außer Sa und So.*

Aber das Schild hatte zur Tür links daneben gehört.

Sie waren gar nicht im Ordinariat. – Sie waren auch schon bei ihrem ersten Treffen im Nachbarhaus gewesen.

Schwarz versuchte, sich nichts anmerken zu lassen. Er war sich nicht sicher, ob ihm das gelang. Perfalls Miene verriet nichts. Er deutete auf eine Tür im Erdgeschoss.

»Wir nehmen das Konferenzzimmer. Es ist heute frei.«

Ein nüchterner, weiß tapezierter Raum mit einem hellen, kunststoffbeschichteten Tisch, darauf eine Telefonanlage und ein Laptop. Acht Stühle. Künstliches Licht. Die kleinen Fenster im oberen Raumdrittel waren mit schwarzen Rollos abgedichtet. Ein Aktenschrank aus Metall.

Schwarz hätte gewettet, dass er leer war, denn dieser Raum wurde offensichtlich nicht durchgehend genutzt, sondern tageweise vermietet. Gewisse, oft dubiose, Geschäftsleute zogen für ihre Verhandlungen solche diskreten Orte dem üblichen Angebot der Hotels vor.

Perfall öffnete einen kleinen Kühlschrank.

»Was haben wir denn da? Orangensaft, Mineralwasser, Apfelsaft? Was möchten Sie?«

»Nichts, danke.«

»Ach, jetzt habe ich Ihr Bier vergessen. Soll ich noch welches kommen lassen?«

»Nein, das ist nicht meine Zeit, danke.«

Schwarz wählte einen Stuhl mit Blick zur Tür. Perfall setzte sich ihm gegenüber.

»Es ist leider nicht sehr gemütlich hier, aber das passt ja zu unserer Geschichte.« Er seufzte etwas zu pathetisch und musterte ihn.

»Mein Gott, Sie sind ja wirklich triefnass. Ich hole Ihnen ein Handtuch.«

Schwarz hielt ihn nicht zurück. Er wartete, bis Perfall den Raum verlassen hatte und ließ den Blick schweifen. Für den Ernstfall war es nicht schlecht, wenn er wusste, wo sich der Türöffner befand.

Unter einem der Lichtschalter? Nein. Neben dem Aktenschrank?

Da kehrte Perfall schon mit einem Packen Papiertücher zurück.

Schwarz bedankte sich und tupfte Stirn und Nacken ab.

»So, und jetzt reden wir mal Tacheles«, sagte Perfall und grinste breit. »Dieses Wort verwende ich übrigens nicht, um mich bei Ihnen einzuschmeicheln.«

Schwarz zuckte zusammen. Wer hatte ihm von seiner jüdischen Herkunft erzählt? Kolbinger wahrscheinlich, der gern mal plauderte.

»Sie können sich vorstellen, dass mein Auftraggeber die Sache lieber diskret behandelt hätte«, sagte Perfall, »aber das ist nach diesem entsetzlichen Mord natürlich illusorisch. Die Geschichte wird große Wellen schlagen, und die Öffentlichkeit zu Recht Aufklärung fordern. Es geht also nicht mehr um irgendwelche kirchlichen Interessen, sondern schlicht um die Wahrheit. Wie klingt das für Sie, Herr Schwarz?«

»Wahrheit klingt immer gut.«

»Und was hindert Sie dann noch daran, mit mir zusammenzuarbeiten?«

Als Schwarz zögerte, hob Perfall lächelnd den Telefonhörer ans Ohr und drückte einen Knopf. »Du kannst jetzt kommen.«

Es dauerte nicht lange, bis ein junger Mann in einem dunkelblauen Sakko eintrat. Er war sehr groß und sah unangenehm kräftig aus. Er grüßte, ohne zu lächeln, legte einen Umschlag auf den Tisch und verschwand wieder.

»Das sind erst mal tausend«, sagte Perfall und schmunzelte. »Tausend Euro von unser aller Kirchensteuer. Obwohl, Sie zahlen ja wahrscheinlich keine.«

Schwarz ignorierte das Kuvert und ließ ihn reden. Bei ihrer letzten Begegnung hatte er begriffen, dass Perfall der Typ war, der unvorsichtig wurde, wenn man ihm die Bühne allein überließ.

»Ich werde Ihnen jetzt meine Theorie erläutern, und Sie sagen mir, was Sie davon halten. In Ordnung, Herr Schwarz?«

Er nickte.

Perfall verschränkte die Hände hinterm Kopf und setzte eine wichtige Miene auf.

»Mein erster Verdacht war leider richtig: Wir haben es mit einer Missbrauchsgeschichte zu tun. Ich besitze inzwischen eindeutige Beweise, dass Pfarrer Heimeran sich schwerer sexueller Übergriffe schuldig gemacht hat.«

Das ist nicht wahr, dachte Schwarz, aber er sagte: »Tatsächlich?«

»Und das Erschreckende ist: Er war kein Einzeltäter.«

Er machte eine Kunstpause.

»Er hatte einen Mitwisser?«, sagte Schwarz gespielt überrascht.

»Mittäter trifft es besser.«

»Und Sie kennen den Namen?«

»Herr Schwarz, machen Sie mir nichts vor. Sie ahnen doch, wen ich meine.«

»Pastoralreferent Weber?«

»Wen sonst?«

Perfalls Chuzpe machte Schwarz fassungslos. Matthias Sass hatte sich umgebracht, Pfarrer Heimeran und Rainer Weber waren grausam ermordet worden. Sie und ihr angebliches Opfer konnten sich nicht mehr gegen diese ungeheuerlichen Unterstellungen wehren.

Aber worauf wollte Perfall hinaus?

»Haben Sie denn eine Idee, wer Weber umgebracht haben könnte?«

Perfall lächelte überheblich. »Eines der Opfer natürlich.«

»*Der* Opfer? Sie glauben, es gibt mehrere Betroffene?« Schwarz war so überrascht, dass er seine Verwunderung nicht mehr spielen musste.

Perfall beugte sich vor und machte ein konspiratives Gesicht. »Und ich kann Ihnen auch sagen, bei welcher Gelegenheit es zu den Übergriffen gekommen ist.«

Das war der Augenblick, in dem Schwarz seine Strategie durchschaute.

Er wusste, dass der angebliche Sonderermittler die Rede auf die Ministrantenlager in Steinsberg bringen würde. Und er sah voraus, dass er ihn wegen seines Treffens mit Rainer Weber befragen würde, über das ihn vermutlich Dekan Wels informiert hatte.

Perfall ermahnte ihn, sich jede Einzelheit des Gesprächs ins Gedächtnis zu rufen. »Das ist deswegen wichtig, Herr Schwarz, weil Weber sich an irgendeinem Punkt verraten, und uns damit vielleicht einen Hinweis auf den Täter gegeben haben könnte.«

Er lehnte sich in seinem Stuhl zurück und kontrollierte die Wirkung seiner Worte.

Schwarz runzelte die Stirn, als versuche er, sich zu erinnern. In Wirklichkeit dachte er natürlich nicht daran, sich von Perfall in die Falle locken zu lassen. Er musste den Eindruck vermitteln, dass er alles, was Weber ihm anvertraut hatte, freimütig wiedergab. Nur so konnte er Perfalls Verdacht, er habe etwas über die ominösen Geheimnisse von Steinsberg und der *Militia* erfahren, zerstreuen.

»Weber hat mich zu meiner Überraschung in einen Schwulenclub bestellt«, sagte Schwarz, »und mir dort sein Herz ausgeschüttet. Es war ihm sehr wichtig, dass ich verstehe, was für eine große Liebesgeschichte er mit Pfarrer Heimeran hatte.«

Er entschuldigte sich im Geiste bei Rainer Weber für diesen Verrat, aber er sah keinen anderen Weg.

»Liebe, dass ich nicht lache«, sagte Perfall.

»Ich weiß nicht, vielleicht ist die größte Liebe ja die unmögliche. Die beiden hatten kaum eine Chance, ihre Beziehung zu leben. Sie mussten nicht nur um ihren guten Ruf fürchten, ihre ganze Existenz stand auf dem Spiel. Dazu waren sie wirklich religiös und überzeugte Mitglieder der Kirche.«

Perfall schnaubte wieder abfällig.

»Weber hat mir erzählt, wie sie versucht haben, ihre Liebe gegen den Druck, der auf ihr lastete, zu schützen, wie sie sich kleine Zettel zugesteckt haben, Liebesgedichte …«

»Sagen Sie mal, sind Sie so naiv oder tun Sie nur so?«, unterbrach Perfall ihn rüde. »Das interessiert mich einen feuchten Kehricht.«

»Das sollte es aber, weil Ihr Verdacht, Herr Perfall, auf einer dieser Liebesbotschaften beruht. Frau Sass hat Ihnen doch sicher auch das Bildchen mit dem heiligen Franziskus gezeigt? Aber das war eigentlich gar nicht für Matthias, sondern für Rainer Weber bestimmt. Ich bin mir sicher, dass er und Pfarrer Heimeran keine Pädophilen waren, sondern ganz normale Schwule.«

»Ganz normale Schwule«, höhnte Perfall, dem die Richtung, die das Gespräch nahm, offenbar überhaupt nicht passte. »Was hat Weber über die Ministrantenlager in Steinsberg erzählt?«

Schwarz kratzte sich am Kinn, als müsste er nachdenken.

»Eigentlich nichts.«

»Haben Sie nicht gefragt, ob die Erwachsenen in einem Zelt mit Jungen übernachtet haben?«

»Ehrlich gesagt, nein.«

»Wirklich gründliche Ermittlungen, Herr Schwarz. Und was war der Grund dafür, dass das Lager plötzlich nicht mehr im Kloster stattfand? Hatten Heimeran und Weber sich möglicherweise bei ihren … Aktivitäten beobachtet gefühlt?«

Gar nicht blöd, dachte Schwarz. Wenn ich ihm jetzt

widerspreche und den wahren Grund für das Ende der Ministrantenferien im Kloster St. Joseph nenne, sind wir bei der *Militia*, und er hat mich dort, wo er mich haben will.

»Ich wusste gar nicht …«, sagte Schwarz, aber da unterbrach ihn sein Handy. Perfall hob vergeblich die Hand, um zu verhindern, dass er das Gespräch annahm.

»Schwarz.«

Es war Eva, die sich Sorgen machte, weil er so lange ausblieb.

»Servus. Herr Perfall und ich sind gleich fertig. Zwei Minuten«, sagte Schwarz und ließ den Namen seiner Freundin bewusst unter den Tisch fallen. Sollte Perfall ruhig denken, dass er mit einem Mann sprach. Einem Mann, der über seinen Gesprächspartner und seinen Aufenthaltsort informiert war.

»Es regnet nicht mehr, oder? Dann kannst du doch draußen warten. Da ist ein Schild *Erzbischöfliches Ordinariat* – die Tür rechts daneben.«

Er sah, wie Perfall zusammenzuckte, und legte auf.

»Entschuldigen Sie. Wo waren wir? Ach ja, ich wusste gar nicht, dass Pfarrer Heimeran mit seinen Ministranten nicht mehr nach Steinsberg gefahren ist. Wieso eigentlich nicht?«

Perfall musterte ihn misstrauisch. Wahrscheinlich hatte Schwarz sich für einen altgedienten Ermittler ein wenig zu naiv verhalten.

»Ich hatte gehofft, dass Sie mir das sagen können?«

Schwarz machte eine Geste des Bedauerns. Dann schob er demonstrativ den Umschlag mit dem Geld ein Stück in Perfalls Richtung und erhob sich.

»Sie haben es gehört, ich werde erwartet.«

Perfall starrte ihn an. Würde er versuchen, ihn aufzuhalten oder überließ er das dem jungen Mann? Waren vielleicht noch mehr *Militia*-Leute im Haus?

Schwarz überspielte seine aufkommende Nervosität mit einem freundlichen Lächeln. »Ich hätte Ihnen wirklich gern geholfen.«

Es war ein Machtkampf, aber schließlich gab Perfall nach. »Ich hoffe sehr, dass Ihnen vielleicht doch noch etwas einfällt.«

»Dann melde ich mich.«

Erleichtert verließ Schwarz den Raum. Da stand plötzlich der Typ von eben vor ihm.

»Wiedersehen«, sagte Schwarz und wollte sich an ihm vorbeidrücken. Doch er trat ihm in den Weg.

»Würden Sie mich bitte durchlassen?«, sagte Schwarz bestimmt.

Der junge Mann blickte an ihm vorbei zu Perfall, der in den Flur getreten war. Dieser war offenbar wieder unsicher, ob er Schwarz gehen lassen sollte.

Da klingelte es.

Danke, Eva, dachte Schwarz und sagte: »Ah, Kolbinger.«

Einen Moment später hörte er den Türöffner.

Eva wartete mit ihrem Rollstuhl vor dem Haus.

»Anton, was soll das? Ich stehe im absoluten Halteverbot.«

»Los«, sagte Schwarz, »bevor sie es sich anders überlegen.«

46.

Der Wolkenvorhang riss auf und gab den Blick auf Wendelstein und McDonald's frei.

»Ach, Bayern«, seufzte Schwarz. »Hat dir mal jemand gezeigt, Eva, dass das Wendelstein-Massiv wie eine schlafende Jungfrau aussieht? Schau mal, von rechts nach links: der Kopf mit der Nase, dann die Brust, der Körper …«

»Und woran erkennst du, dass es eine Jungfrau ist?«

»An der unschuldigen Haltung natürlich. Eine erfahrene Frau würde sich nie so aufreizend hinlegen.«

Eva verdrehte die Augen. »Erklär mir lieber, was du in Steinsberg vorhast?«

Schwarz hatte ihr auf der Fahrt aus der Stadt und über die Autobahn Richtung Salzburg bereits von seinem Gespräch mit Perfall erzählt. Er hatte, um bei Eva Eindruck zu schinden, für seine Verhältnisse dramatisch geschildert, wie er in der Falle gesessen und der *Militia*-Mann trickreich herauszufinden versucht hatte, was er über das Kloster wusste.

»Ich nehme an, dieser charmante Orden wird uns nicht zur Klosterführung einladen«, sagte Eva nüchtern.

»Nein, bestimmt nicht.«

»Und?«

Jetzt wäre es gut, wenn ich einen Plan hätte, dachte Schwarz. Ich habe aber keinen.

»Wie wollen wir vorgehen?«

»Es ist schwierig, nach etwas zu suchen, wenn man nicht weiß, um was es sich handelt«, sagte er.

»Du bist ja ein richtiger Philosoph.«

Schwarz zuckte mit den Schultern und ließ erst mal die vom Regen sauber gewaschene Landschaft auf sich wirken.

»Jetzt schaut der Wendelstein nur noch wie ein unförmiger Klumpen aus.«

»Vielleicht heißt deine Jungfrau ja Maria und ist schwanger.«

»Wenn du blasphemisch wirst, verbrennen sie dich in St. Joseph als Hexe.«

Schwarz' Handy meldete sich.

Er hatte keine Lust, mit jemandem zu reden. Mit Perfall sowieso nicht, aber auch nicht mit Buchrieser oder Kolbinger.

Unbekannte Nummer. Er riskierte es. Am Apparat war eine Ärztin.

»Ja, sie ist meine Mutter«, sagte Schwarz.

Eva warf ihm einen beunruhigten Blick zu.

»Heute? Ich fürchte, das ist leider nicht möglich.«

Aber die Ärztin ließ offenbar nicht locker.

Schwarz seufzte. »Verstehe.« Er blickte auf die Uhr. »Ich bin in einer halben Stunde da.«

Er legte auf und blies die Backen auf.

»Was ist los, Anton?«

Er verdrehte nur die Augen.

Hildegard Schwarz saß mit verschränkten Armen auf ihrem Bett und stierte ins Leere.

»Was wollt *ihr* denn hier?«, sagte sie finster, als Schwarz und Eva ins Zimmer traten.

»Sagen Sie ihr, sie soll sich entschuldigen«, rief hinter ihnen die Ärztin.

»Da kann sie lange drauf warten.«

»Vielleicht lassen Sie uns besser mal allein, Frau Doktor«, sagte Schwarz und schloss die Tür zum Flur.

»Jetzt sag mir erst mal, was passiert ist, Mama?«

Seine Mutter schüttelte den Kopf.

Eva nahm sanft ihre Hand. »Hildegard, komm.«

»Behandelt mich bloß nicht wie ein krankes Pferd.«

»Dann red halt!«, sagte Schwarz.

Sie holte tief Luft, machte eine wegwerfende Bewegung – und schwieg.

»Kannst du mal ein Fenster öffnen, Anton?«, sagte Eva.

»Kann er nicht, weil die jetzt kochen, und dann stinkt die ganze Bude nach altem Fett.«

Schwarz seufzte.

»Ich wollte wirklich das Beste aus dieser Kur machen«, sagte seine Mutter. »Ich habe sogar mit anderen Patienten geredet. Aber das hätte ich besser nicht getan.«

»Wieso denn nicht?«

Hildegard senkte die Stimme. »Weil ich hier von Faschisten umzingelt bin. Das ist ihre Klinik hier. Die karren die aus ganz Deutschland an.«

Schwarz warf Eva einen besorgten Blick zu, allerdings weniger wegen der Faschisten als aus Sorge um den Geisteszustand seiner Mutter.

»Wie hast du das denn rausgefunden, Mama?«, sagte er ebenfalls flüsternd.

»Dazu muss man kein Detektiv sein, mein Lieber.«

»Ich bin Privatermittler.«

»Es reicht, wenn du in den Speisesaal gehst und den Leuten zuhörst.«

»Ich glaube, dazu haben wir nicht die Zeit.«

»Muss ich das jetzt wirklich erzählen?«

»Ja, bitte, Hildegard«, sagte Eva.

Sie knurrte unwillig. »Wir haben hier Küchenhilfen aus dem Kosovo, die machen die ganze Drecksarbeit. Wir haben Polinnen und Rumäninnen, die Windeln wechseln und den Patienten den Hintern waschen. Wir haben junge Afrikanerinnen, die nur für den Nachtdienst eingeteilt werden, weil sie vermutlich keine Papiere haben. Sie kriegen fünf Euro die Stunde, haben sie mir erzählt. Fünf Euro!«

Sie holte tief Luft und ballte die Fäuste. »Und dann muss ich mir anhören, wie diese Rentenbetrüger hier, die seit ihrem sechzigsten Lebensjahr keinen Finger mehr krumm machen, lautstark darüber diskutieren, wie man verhindern kann, dass Ausländer den Deutschen die Arbeit wegnehmen.«

Schwarz winkte ab. »Aber Mama, diese Sprüche sind doch jetzt nicht so neu.«

»Es geht ja noch weiter. Gestern haben an meinem Tisch drei alte Schachteln ernsthaft überlegt, ob man nicht eine Prämie für Mütter einführen könnte, damit die mehr Babys kriegen. Aber nur für die deutschen, weil die gebärfreudigen Türkinnen sonst bald in der Mehrheit sind.«

Schwarz musste an Luisa denken, die ganz ohne Prämie schwanger geworden war. Die Stimmung seiner Mutter würde sich bestimmt schlagartig aufhellen, wenn sie erfuhr, dass sie Urgroßmutter wurde. Er warf einen unsicheren Blick zu Eva. Sie war so jung, und er wurde bald Opa. Diesen Schock musste er ihr unbedingt ersparen – wenigstens bis ihre Beziehung etwas stabiler war.

»Kannst du, wenn die anderen Patienten dummes Zeug reden, nicht einfach weghören, Hildegard?«, sagte Eva.

»Wie denn? Die sind ja alle schwerhörig und schreien wie die Affen.«

»Und bei wem sollst du dich entschuldigen?«, sagte Schwarz.

Seine Mutter brummte unwillig.

»Bei wem?«

»Bei diesem ehemaligen Landrat.«

»Wofür denn?«

»Dafür, dass ich gesagt habe, was ich denke.«

Schwarz und Eva sahen sie fragend an.

»Er hat rumposaunt, früher sei alles besser gewesen.« Sie räusperte sich. »Da habe ich gesagt, dass er damit sicher die Nazi-Zeit meint. Ihr hättet ihn hören müssen. Sein Vater sei im christlichen Widerstand gewesen, und sein Onkel hat natürlich Juden versteckt …« Sie stöhnte. »Es ist immer dasselbe: *›Hat der Jude recht, dann bekommt er erst recht Schläge.‹*«

Schwarz war insgeheim begeistert von der Wandlung seiner Mutter. Seit sie nach vielen Jahrzehnten ihre falsche Identität als Vertriebene aus dem Egerland aufgegeben hatte und sich zu ihren jüdischen Wurzeln bekannte, war sie nicht etwa ängstlicher, sondern selbstbewusster geworden. Die kleine, bescheidene Frau, die immer nur geblümte Kittelschürzen getragen hatte und möglichst nicht auffallen wollte, entwickelte sich zu einer regelrechten Rebellin. Wahrscheinlich ersetzte sie demnächst ihre dezent silberfarbene Dauerwelle durch eine freche rote Fransenfrisur.

»Könnt ihr mich nicht einfach mitnehmen?«, sagte Hildegard mit einem tiefen Seufzer.

»Unmöglich, Mama. Ich stecke mitten in schwierigen und nicht ganz ungefährlichen Ermittlungen.«

»Da kann ich dir doch helfen, Tonele.«

»Um Gottes willen.«

»Ich habe keine Angst.«

»Das ist mir klar. – Bitte, tu mir den Gefallen! Du musst versuchen, dich hier zu arrangieren.«

Er sah, wie sie resignierte, und wie Eva mit ihr litt. Trotzdem blieb er hart.

»Die Kur dauert ja nicht ewig.«

Seine Mutter nickte. Sie hatte Tränen in den Augen.

47·

Steinsberg war kein malerischer Ort. Die meisten Häuser waren in den Fünfziger- und Sechzigerjahren erbaut worden, als eine große Schmiede für landwirtschaftliche Geräte für Arbeitsplätze gesorgt hatte. Doch die allgemein nur *Pflugfabrik* genannte Firma war nach kaum zwanzig Jahren pleitegegangen. Viele Bewohner hatten daraufhin das Dorf verlassen und waren in die umliegenden Kleinstädte gezogen.

Nur an der Steinsberger *Hauptstraße* lagen einige hübsche Bauernhöfe, die bescheidene gotische Dorfkirche und der alte Pfarrhof.

Und es gab das Kloster.

St. Joseph bestand aus mehreren miteinander verbundenen Gebäuden aus verschiedenen Epochen. Das Haupthaus stammte noch aus dem Barock, später waren klassizistische Bauten hinzugekommen. Die ganze Anlage wirkte sehr verschachtelt und war rundum von einer viel zu hohen Mauer umgeben, die eher zu einer Wehrburg als einem Kloster passte. Der abweisende Eindruck wurde noch dadurch verstärkt, dass St. Joseph seit Jahrzehnten nicht mehr renoviert worden war. Der einstmals helle Anstrich war grau, auf der Wetterseite fast schwarz geworden, da und dort hingen Fensterläden schief in den Angeln, an vielen Stellen bröckelte das Mauerwerk.

Richtig einladend wirkte nur die große, sonnenblumengelb getünchte Klosterkirche mit ihrem Zwiebelturm.

Eva fuhr zum dritten Mal die *Hauptstraße* entlang, bog in die letzte Querstraße ein, in der sie noch nicht gewesen waren, fuhr auf der von Reihenhäusern gesäumten *Bachstraße* zurück und näherte sich wieder dem Ausgangspunkt.

»Hier gibt's keine Pension. Wir müssen uns was in der nächsten Kleinstadt suchen.«

Schwarz machte ein unzufriedenes Gesicht. Ihm hatte ein Quartier möglichst nah am Kloster vorgeschwebt.

»Ah, Moment«, rief Eva. An der Straße standen zwei Frauen mit Fahrrädern.

»Entschuldigung, gibt es hier in Steinsberg keine Fremdenzimmer?«

»Nein, leider nicht«, sagte die eine.

»Hier macht keiner mehr Urlaub«, die andere.

»Lass es uns beim Pfarrer versuchen, Eva«, sagte

Schwarz. »Bei dem sind die Menzinger untergekommen, als sie nicht mehr ins Kloster durften.«

Er verschwieg, dass die Ministranten im Garten gezeltet hatten.

Pfarrer Schickinger stand unter dem steinernen Türsims des Pfarrhofs, stemmte die Hände in die Hüften und betrachtete die beiden. Er war knapp sechzig Jahre alt, eine stattliche Erscheinung, groß, schwer, aber nicht korpulent, und trug einen schwarzen, an den Seiten ergrauten Vollbart.

»Ich, vermieten?«, sagte er. »Und was wollt ihr in Steinsberg?«

Schwarz und Eva blickten sich an.

»Wir sind kunstgeschichtlich interessiert«, sagte Eva schnell.

»Ach so, dann kommt ihr wegen der Klosterkirche.«

»Ja, genau.«

»Da habt ihr aber Glück: An Feiertagen wie Maria Himmelfahrt ist sie ausnahmsweise geöffnet. Oder habt ihr das gewusst?«

»Gehofft«, sagte Eva.

»Heißt das«, fragte Schwarz vorsichtig, »dass Sie uns was vermieten würden, Herr Pfarrer?«

»Die Betten müsst ihr selber beziehen und das Frühstück gibt's auch nur so, wie ich es esse.«

»Kein Problem«, sagte Schwarz und blickte zu den drei hohen Steinstufen vor der Tür.

Aber der Pfarrer ging bereits um Eva herum, packte mit beiden Händen den Rollstuhl und trug ihn mühelos in den kühlen, leicht säuerlich riechenden Flur. Dort setzte er Eva vorsichtig ab und kratzte sich nachdenklich am Bart.

»Das Fremdenzimmer ist nichts für die junge Frau. Das ist ganz oben unterm Dach. Ich gebe ihr eine Kammer im Parterre. Aber du gehst 'nauf.« Er meinte Schwarz.

Es dauerte eine Weile, bis die beiden länger nicht mehr benutzten Zimmer hergerichtet waren. Der Pfarrer fand nicht gleich die Leintücher, in Evas Kammer fehlten das Kissen und die Lampe für den Nachttisch. Als alle Probleme gelöst waren, erkundigte Pfarrer Schickinger sich bei seinen Gästen, wo sie zu Abend essen wollten.

»Was können Sie denn empfehlen?«, sagte Schwarz.

»Nichts. In Steinsberg gibt's keinen Wirt mehr.«

»Aber doch sicher irgendwo in der Nähe?«

»Die können alle nicht kochen – ihr bleibt's bei mir«, sagte Schickinger in einem Ton, der keinen Widerspruch duldete.

48.

Eva assistierte dem Pfarrer, und pünktlich um halb sieben stand in der mit dunklem Holz getäfelten Stube ein Steinpilzragout mit Semmelknödeln auf dem Tisch.

Schickinger erklärte, dass die *Schwammerl* wegen des ständigen Wechsels von Regen- und Sonnentagen in letzter Zeit besonders aromatisch seien. Auch den Weißwein könne er guten Gewissens empfehlen, er verwende ihn seit Jahren als Messwein. Als Schwarz fragte, ob er vielleicht ein Bier haben könne, reagierte er mit unwilligem Kopfschütteln. Bier sei von gefräßigen Mönchen als Ersatznahrung für die Fastenzeit erfunden worden und so schmecke es auch. Aber das Steinsberger Wasser sei sehr gesund.

Der Priester murmelte ein kurzes Gebet, machte ein Kreuzzeichen über den Töpfen und nickte dem Herrgott im Eck zu, als wäre dieser sein dritter Gast. Er bediente sich selbst und begann sofort zu essen. Offenbar war er es so gewohnt.

Schwarz stand schmunzelnd auf und füllte die Teller für Eva und sich.

Das Ragout war mächtig, aber köstlich.

»Sind Sie schon lange in Steinsberg, Herr Pfarrer?«, versuchte Schwarz ein Gespräch.

Schickinger schüttelte den Kopf. »Noch keine vier Jahre.«

»Wie ist das eigentlich? Bewirbt man sich als Priester um so eine Stelle, oder wird das von oben entschieden?«

»Sie glauben doch nicht, dass ich freiwillig in Steinsberg bin?«

Während er einen Knödel mit dem Löffel in Stücke teilte, warteten seine Gäste auf eine Erklärung.

»Ich bin strafversetzt worden.«

»Wirklich? Darf ich fragen, warum?«, sagte Schwarz.

»Dürfen Sie. Das weiß hier jeder. Ich habe bei der Sterbemesse für meine an Krebs gestorbene Haushälterin gesagt, dass ich mal neben ihr begraben werden möchte. Das haben einige besonders eifrige Gläubige dem Bischof gemeldet, und der hat sich gefreut. Er hat mich schon länger im Visier gehabt.«

Er lachte übertrieben laut, verschluckte sich und spülte das am Gaumen klebende Stück Knödel mit einem großen Schluck Wein hinunter.

Im Laufe des Abends taute Pfarrer Schickinger weiter auf und erzählte Anekdoten aus dem Studium und der Arbeit in seiner alten Gemeinde.

Seinen Gästen stellte er keine einzige Frage.

Schwarz erklärte sich dieses Verhalten mit Rainer Webers Schilderungen aus dem Priesterseminar. Dort war den Aspiranten ja angeblich eingebläut worden, mit niemandem eine tiefere Beziehung einzugehen. Kein Wunder, dachte Schwarz, dass solche Männer eher selbstbezogen sind. Andererseits fand er es angenehm, dass der Pfarrer nicht herauszufinden versuchte, wer sie waren, woher sie kamen – und vor allem, was sie wirklich in Steinsberg wollten.

Aber dann stellte Eva mit Unschuldsmiene die Frage, zu welchem Orden St. Joseph gehöre.

Schickinger musterte sie. »Ich habe gedacht, Sie sind kunstgeschichtlich interessiert?«

»Sind wir auch, aber angeblich hat es da doch einen Wechsel gegeben?«

Er nickte. »St. Joseph war über ein Jahrhundert im Besitz der Benediktiner, bis die es vor drei Jahren aufgegeben haben. Jetzt hat irgendein Jesus-Orden das Kloster übernommen.«

»Die Jesuiten?«

Der Pfarrer schüttelte lächelnd den Kopf.

»Wer dann?«

Schwarz saß wie auf Kohlen. Weshalb spielte Eva so mit dem Feuer?

»Der Orden heißt *Sancta Militia Jesu.*«

»Bitte? Den Namen habe ich ja noch nie gehört.«

Sie ignorierte Schwarz' warnenden Blick und setzte noch einen drauf.

»Täusche ich mich, oder mögen Sie diesen Orden nicht besonders?«

Das Thema war Pfarrer Schickinger sichtlich unangenehm, aber schließlich rang er sich doch zu einer Erklärung durch.

»Ich habe noch das letzte Jahr von den Benediktinern erlebt. Der Abt ist öfter hier am Tisch gesessen, und wir haben in der Klosterkirche zusammen Gottesdienste zelebriert. Die Kirche war immer voll, und nach Steinsberg sind viele Touristen gekommen. Aber jetzt …«

Er machte eine wegwerfende Geste. Schwarz sah ihn fragend an.

»Die *Militia* tut so, als hätte es das zweite Vatikanum nie gegeben. Die sind allen Ernstes zum tridentinischen Ritus zurückgekehrt.«

Schwarz und Eva sahen sich ratlos an. Wovon sprach er?

»Ich glaube Ihnen nicht, dass Sie wegen der Kunst ins Steinsberg sind«, sagte der Pfarrer plötzlich und musterte sie.

Schwarz reagierte schnell. »Kein Wunder«, sagte er, »als Juden sind wir einfach nicht so versiert in der Kirchengeschichte.«

Diesmal zuckte Eva zusammen.

»Juden, so?«, sagte Pfarrer Schickinger. Sein Blick ging zwischen Schwarz und Eva hin und her.

»Und Sie interessieren sich für katholische Kirchen?«

»Wieso nicht? Waren Sie noch nie in einer Synagoge?«, sagte Eva.

»Ich habe sogar schon an der Klagemauer gebetet und bin mir sicher, dass der Herrgott nichts dagegen gehabt hat. – Juden also«, sagte er noch einmal, »sauber.«

Schwarz hatte den Eindruck, dass ihn das amüsierte.

»Aber Sie haben nach dem tridentinischen Ritus gefragt. Wenn Sie morgen zum Gottesdienst in die Klosterkirche gehen, können Sie es selbst erleben: Dort wird die Messe wie vor fünfzig Jahren auf Lateinisch gefeiert.«

»Und das gefällt Ihnen nicht?«, sagte Eva.

Er schüttelte entschieden den Kopf. »Jesus hat beim letzten Abendmahl auch nicht in einer Fremdsprache zu seinen Jüngern gesprochen. Es geht doch um die Gemeinde und nicht um irgendein nostalgisches Brimborium.«

Er stand auf und holte aus einem Wandschränkchen eine Schnapsflasche aus Steingut und drei Gläser. Schwarz räumte das Geschirr ab.

»Das ist ein Vogelbeer«, sagte der Pfarrer zu Eva, »den habe ich selber gebrannt.«

Sie wehrte mit beiden Händen ab. »Nein, danke.«

»Der schadet Ihrer Gesundheit ganz bestimmt nicht, junge Frau. Im Gegenteil.«

Eva gab nach. Der Pfarrer schenkte auch Schwarz und sich ein Stamperl ein.

Sie stießen an.

»Ich freue mich, dass Sie hier sind. Juden in einem Pfarrhof, das ist wirklich was Besonderes.«

»Danke für Ihre Gastfreundschaft«, sagte Schwarz und kippte den Schnaps hinunter. Eva verzog das Gesicht, bis das Brennen in ihrem Hals nachließ.

»Vor ein paar Tagen«, sagte der Pfarrer, »hat schon mal jemand nach dem Orden gefragt. Ein Herr aus München. Er hat über den Bischof Kontakt mit mir aufgenommen.«

Schwarz wurde hellhörig. Perfall vielleicht?

»Er muss was ermitteln, hat er gesagt, aber ich rede mit keinem, den der Bischof schickt.«

Es war Perfall, dachte Schwarz. Er wollte rausfinden, was Pfarrer Schickinger über die *Militia* weiß.

»Sie reden nicht mit Ihrem Bischof?«, sagte Eva erstaunt.

»Nein.«

»Wegen der Strafversetzung?«

»Genau. Ich habe ein freches Mundwerk, das stimmt. Aber ich tu keinem was zuleide, während andere jahrzehntelang in der Gemeindearbeit ihr Unwesen treiben. Da drüben im Kloster ist einer, der … ach, ist egal.« Er brach mit einer unwirschen Handbewegung ab.

»Nein, ist es nicht«, rutschte es Schwarz heraus.

Schickinger sah ihn alarmiert an. »Wissen Sie was über den Anselm Schneider?«

Schwarz schüttelte den Kopf. »Ich höre den Namen zum ersten Mal.«

»So?« Der Pfarrer wirkte plötzlich sehr reserviert. Er klopfte zweimal auf den Tisch und stand auf.

»Ich habe morgen Frühmesse – in meiner kleinen Dorfkirche. Danke für die Gesellschaft.«

Er ging, ohne sich noch einmal umzublicken, hinaus.

»Was war denn jetzt los?«, sagte Eva.

Es war eine ungewöhnlich dunkle Nacht. Das Zimmer unter dem Dach war stickig, und Schwarz stand auf, um das Fenster zu öffnen. Vom Kloster St. Joseph waren kaum mehr als die Umrisse zu erkennen. Nur im Hauptgebäude war das Erdgeschoss erleuchtet, und in einem Seitentrakt, in dem die erste Fensterreihe erst vier, fünf Meter über dem Boden begann, brannten einzelne Lichter.

Da fiel Schwarz in der Toreinfahrt des Klosters eine große, dunkle Limousine auf. Ihre Rücklichter glühten rot, der Fahrer wartete offenbar darauf, eingelassen zu werden. Auf der Rückbank saßen, wenn ihn nicht alles täuschte, zwei Personen.

Schließlich öffneten sich die beiden hohen Torflügel. Die Limousine setzte sich in Bewegung und verschwand im Klosterhof. Dann schloss das Tor sich wieder.

49.

»Du darfst die Vigil nicht als Strafe betrachten, sie ist ein Geschenk«, sagte Pater Anselm, während er die Kerzen anzündete.

Patrick rieb sich den Schlaf aus den Augen.

»Morgen ist ja unser großer Festtag.«

Der Junge gähnte.

»Einer der wichtigsten im ganzen Kirchenjahr: Maria Himmelfahrt! Da feiern wir die leibliche Aufnahme der allerheiligsten Jungfrau in den Himmel.«

Patrick nickte.

»Deswegen haben wir auch hohen Besuch aus Italien und sogar Kolumbien bekommen. Du hast sicher die Aufregung bemerkt, die heute den ganzen Tag im Kloster geherrscht hat?«

Patrick nickte.

»Die Zimmer für die Gäste mussten hergerichtet, und die Kirche mit Blumen geschmückt werden. Unser Chor und unsere Musiker haben geprobt.«

Warum erzählt er mir das alles?, dachte Patrick.

»Bei dem ganzen Trubel bin ich leider keinen Moment dazu gekommen, mich zu besinnen. Dabei ist das eine wichtige Pflicht vor so einem hohen Fest. Und in meinem Fall ist eine Seelenerforschung dringend nötig. Ohne sie kann ich unmöglich zur Heiligen Kommunion gehen.«

Sein Ton wurde pathetisch. »Ich habe gesündigt, Patrick. Ich habe schwer gegen das sechste Gebot verstoßen. Mein elendes Fleisch ist schwach geworden.«

Wird er jetzt verrückt?, dachte Patrick. Bin ich der Priester oder er?

Jetzt kniete Pater Anselm sich auch noch an die Stelle unterm Kreuz, wo er sonst immer knien musste. Er faltete die Hände, schloss die Augen und begann mit gesenktem Kopf zu beten.

»O Herr, ich bin nicht würdig, dass du eingehest unter mein Dach, aber sprich nur ein Wort, so wird meine Seele gesund.«

Patrick wurde heiß, das Blut pochte in seinen Ohren. Das war seine Chance. Jetzt konnte er sich rächen – sich und Jannis. Endlich hörte er auch wieder die Stimme seines Bruders. »Los«, sagte der, »sei nicht feig! Wenn du es jetzt nicht tust, tust du es nie mehr.«

Und Jesus schwieg.

Patrick blickte sich vorsichtig um. Die Kiste war hinter

dem großen Weltatlas versteckt. Darin lagen die schwarzen Gurte.

Er ging vorsichtig einen Schritt rückwärts. Und noch einen. Aber da fing Pater Anselm plötzlich laut zu rufen an.

»Schenke mir deine Gnade, barmherziger Gott«.

Patrick erstarrte.

Der Pater blickte sich zu ihm um.

»Die Beichte ist ein heiliges Sakrament, Patrick, und nur ein zum Priester geweihter Mann kann im Namen Gottes Sünden vergeben. Anders ist es mit dem Bekenntnis – das darfst auch du entgegennehmen.«

»Ich?«

»Ja, Patrick, weil du endlich begonnen hast, dich deiner Schuld zu stellen und im Zeichen des Kreuzes zu leben. Du bist ein Sünder, aber ein zur Umkehr bereiter Sünder. Deswegen habe ich dich als Zeugen meiner Reue ausgesucht.«

»Aber …«

»Hab keine Angst, Patrick, du musst mir nur dein Ohr leihen – als jüngster Vertreter unserer heiligen Kampfgemeinschaft.«

Patrick schwieg.

»O Herr«, begann Anselm wieder und wandte sich dem Kreuz zu. »Du weißt, wie oft ich gesündigt habe. Du hast jede meiner abscheulichen Verfehlungen mit ansehen müssen.«

Patrick hielt den Atem an und setzte einen Fuß zurück. Dann den anderen.

»Du kennst meine Schwäche, o Herr. Und ich habe wieder gefehlt und bin dem Satan gefolgt.«

Patrick hatte das Regal erreicht. Er drehte sich zur Seite und ging in die Knie, ohne auch nur eine Sekunde den Blick von Pater Anselm zu lassen. Leise schob er den Atlas zur Seite und tastete nach der Kiste. Er schob den Deckel hoch und griff hinein. Er spürte die Gurte. Sie waren ordentlich aufgerollt. Er zog einen heraus und steckte ihn sich schnell unters Hemd.

Dann richtete er sich langsam wieder auf.

Pater Anselms Stimme hatte sich verändert. Er war bei der Schilderung seiner Sünde angelangt.

»Ich habe diesen Jungen in meine Zelle gelockt. Ich habe es getan, Herr, obwohl du mir gesagt hast, dass ich es nie wieder tun darf.«

Ich weiß nicht, von wem er spricht, dachte Patrick, aber auch diesen Jungen werde ich rächen.

»Ich hatte ein sehr zärtliches Gefühl und habe mir eingeredet, dann ist es nichts Böses. Ich habe gedacht, der Junge teilt meine Liebe und wartet nur darauf, dass ich ihn zu mir rufe. Ich habe mich damit beruhigt, dass deine Liebe, o Herr, unendlich ist, und in dieser alles umfassenden Liebe auch Platz für meine Sehnsucht ist. Ich habe den Jungen betrunken gemacht, aber nicht mit Alkohol.«

Das Fläschchen, dachte Patrick, er hat ihm die Droge gegeben.

»Er ist ganz sanft geworden, ich musste ihn fast nicht drängen, mich zu streicheln – an meiner sündigsten Stelle.«

Jetzt begriff Patrick, was der Pater mit dieser Beichte wollte. Von wegen: bereuen. Er wollte ihn scharf machen! Er versuchte es tatsächlich schon wieder.

»Ich habe den Jungen belohnt«, sagte der Pater, »mit meinem sündigen Mund.«

Ich muss ihn töten, dachte Patrick.

Er spürte, wie ihm die Tränen in die Augen traten. Ich muss ihn töten. Ich muss das für alle Jungen im *Haus der Gnade* tun. Es sind doch nur noch ein paar Schritte. Es ist ganz einfach. Er kniet da und ahnt nichts. Er wird denken, es ist ein Spiel, eines seiner eigenen perversen Spielchen, wenn ich ihm den Gurt um den Hals lege.

Er wird sich freuen.

Ich muss nur mit aller Kraft zuziehen und darf nicht mehr loslassen, egal was passiert. Bis es vorbei ist – endlich vorbei.

Er ging langsam auf Pater Anselm zu. Er hörte ihn nicht mehr, obwohl er immer noch redete. Er sah das Kerzenlicht nur noch verschwommen, denn seine Augen waren voller Tränen.

Er war jetzt ganz nah bei ihm.

»Hilfe!«

Patrick begriff nicht, woher die Stimme kam.

»Hilfe«, rief sie noch einmal. »Anselm, schnell!«

Er sah den Pater hektisch an seinem Hosenstall herumfummeln und aufspringen. »Was ist denn?«, sagte er ärgerlich.

Einer der großen Jungen stand in der Tür.

»Im Bad … er hat sein Nachthemd zerrissen.«

»Was?«, schrie der Pater.

»Er hat sich aufgehängt, am Fenster.«

Patrick wurde zur Seite gestoßen, der Pater stürzte aus dem Zimmer.

Die Schritte entfernten sich, die Rufe wurden leiser.

Er stand wie gelähmt da. Er blickte von dem baumelnden Gurt in seiner Hand zu der Stelle am Boden, wo der Pater gerade noch gekniet hatte, und dann zum Kreuz.

War das Jesus gewesen?

Wollte er, dass der Pater weiterlebte? Beschützte er solche Menschen?

Langsam wickelte Patrick den Gurt auf und schob ihn sich unters Nachthemd.

Als er in den Flur trat, kamen ihm Pater Anselm und zwei Jungen mit einer Trage entgegen.

Es war Jannis. An seinem Hals zeichnete sich ein breiter

dunkelroter Streifen ab. Unter seiner Nase und an seinem weit aufgerissenen Mund klebte Blut. Patrick hatte das Gefühl, dass sein Freund ihn anstarrte. Seine Augen befahlen ihm, dass er es zu Ende brachte.

»Ich verspreche es, Jannis«, flüsterte er, »ich verspreche es dir.«

50.

Schwarz wurde durch Glockengeläut geweckt. Es roch nach Kaffee. Noch leicht benommen stieg er die ausgetretenen Treppenstufen hinunter.

In der Stube wartete Eva schon auf ihn. »Guten Morgen, Anton.« Sie gab ihm einen Kuss.

»Pfarrer Schickinger?«

»Ist schon weg. Ich habe mit ihm gefrühstückt.«

Sie schenkte ihm Kaffee ein.

Schwarz nahm sich eine nach Hefe duftende Rosinensemmel und tunkte sie ein.

»Kommst du mit zum Gottesdienst, Eva?«

»Klar. Schade, dass nicht Karfreitag ist, sonst könnte ich mal hören, wie sie für unsere Bekehrung beten.«

»Noch dazu auf Lateinisch«, sagte Schwarz.

Die beiden trafen erst kurz vor Beginn des Gottesdienstes in der voll besetzten Klosterkirche ein. Für Eva war das kein Problem, sie hatte ihren Stuhl immer dabei, Schwarz musste stehen. Er lehnte sich neben einem Beichtstuhl an die Wand.

Der barocke Kirchenbau war von Licht durchflutet, das den goldenen Tabernakel erglänzen ließ. Auch das große Altargemälde mit dem heiligen Joseph, dem sich ein Engel offenbart, schien von innen heraus zu leuchten. Es wurde von vier gewundenen Säulen aus altrosa Marmor eingerahmt. Links und rechts vor dem Hochaltar stand das mit üppigen Schnitzereien verzierte Chorgestühl. Der übliche Altarblock fehlte, stattdessen war der Chorraum mit einer steinernen Balustrade von der übrigen Kirche abgetrennt.

Aber Schwarz nahm sich nicht die Zeit, St. Joseph als kunstgeschichtliches Juwel zu würdigen. Er schaute nicht zum phantastischen Deckengemälde mit Szenen aus dem Leben des Kirchenpatrons. Er übersah den fein gearbeiteten Stuck, die alabasterfarbenen Heiligenfiguren und den wertvollen gotischen Taufstein.

Anton Schwarz interessierten nur die Menschen, die zum Festgottesdienst gekommen waren.

Auf den ersten Blick waren die Kirchenbänke mit gewöhnlichen Gläubigen besetzt, zu gut einem Drittel mit Dorfbewohnern, sonst mit einem offenbar von weiter her angereisten, eher städtischen Publikum. Bei genauerem Hinsehen erkannte Schwarz, dass sich hier vor allem sehr konservative Menschen versammelt hatten. Viele Männer trugen dunkle Anzüge und Krawatten, die Frauen Kostüme in gedeckten Farben. Die Frisuren waren akkurat, die Mienen streng.

Bei einigen männlichen Kirchenbesuchern sah Schwarz am Revers eine Anstecknadel in Form eines ›M‹, vermutlich das Zeichen des *Militia*-Ordens.

Vier Ministranten in weißen Chorhemden und roten Röcken gingen die Kirchenbänke entlang und verteilten Liedtexte. Schwarz sah, wie sie da und dort Gleichaltrigen zunickten und begriff, dass über die ganze Kirche kleine Gruppen von Jungen verteilt waren, die sich in der Obhut des Ordens befanden. Sie waren zwischen vierzehn und achtzehn Jahren alt, die Jüngeren trugen über ihren weißen Hemden graue, die älteren blaue Pullunder mit einem eingestickten ›M‹. Auffällig war, dass die kräftigsten Jungen wie Türsteher das Kirchentor flankierten.

Dann erfüllte der mächtige Klang der Orgel das Kirchenschiff. Ein Messner im schwarzen Talar läutete ein Glöckchen. Die Gläubigen erhoben sich.

Ein Dutzend Ministranten zogen von hinten in die Kirche ein. Der vorderste schwenkte ein silbernes Weihrauchfass und hüllte die Gemeinde in dichte Schwaden ein. Neben ihm trug ein dicker Junge das silberne Schiffchen mit dem Weihrauch. Zwei hielten Kerzenleuchter, einer ein goldenes Kreuz. Es folgten Diakone, Fratres, Mönche.

Zuletzt schritten fünf Geistliche in goldbestickten Messgewändern feierlich durch den Mittelgang zum Altar. Bei dreien fiel Schwarz das südländische Aussehen auf. Er vermutete, dass es sich um Bischöfe oder sogar Kardinäle handelte.

Im Chorraum machte jeder aus der Prozession eine Kniebeuge, um dann seinen Platz einzunehmen: Die Mönche und Fratres verteilten sich über das Chorgestühl, die Ministranten stellten sich links und rechts des Altars auf. Die hohen Geistlichen knieten schließlich, nachdem ihnen Krummstab und Mitra abgenommen worden waren, direkt vor dem Altar.

Schwarz war der alte katholische Messritus nicht fremd. Als kleiner Junge war er von seiner Mutter manchmal in die Waldramer Kirche *St. Josef der Arbeiter* geschickt worden – sie selbst hatte den Gottesdienst nur selten besucht. Außerdem waren einige seiner Klassenkameraden an der Volksschule Ministranten geworden. Er hatte ihnen beim Pauken der lateinischen Texte geholfen. Er erinnerte sich noch an Passagen aus dem Stufengebet. Immer hatte er den Part des Priesters übernommen: ›In nomine Patris et Filii et Spiritus Sancti. Amen. Introibo ad altare dei‹.

Und die Freunde hatten mit ›Ad deum, qui laetivicat juventutem meam‹ geantwortet.

Was das bedeutete, wusste keiner. Und bald war die lateinische Messe ja auch verschwunden. In den Kirchen wurden sogenannte Volksaltäre errichtet, der Priester feierte die Messe auf Deutsch und mit dem Gesicht zur Gemeinde.

Schwarz wunderte sich, dass in der barocken Klosterkirche so viele Menschen einem Gottesdienst beiwohnten, bei dem sie kaum etwas verstanden und die Priester nur von hinten und im Weihrauchnebel sahen. Die Sehnsucht nach der guten alten Zeit war offenbar groß, und noch größer die nach dem Mysterium.

Schon komisch, dachte Schwarz. Denn der Nebel, die Sentimentalität und das Mysterium gehörten zu den größten Feinden des Ermittlers.

Da sah er den Jungen.

Er kniete ganz in seiner Nähe am äußersten Rand einer Bank. Er trug den grauen Pullunder der jüngeren *Militia*-Zöglinge und war auffallend bleich und dünn. Seine Stirn stützte er auf die gefalteten Hände, damit es aussah, als würde er beten. In Wirklichkeit ging sein Blick ruhelos hin und her. Er befand sich in einem Zustand äußerster Anspannung und wackelte unruhig mit den Beinen. Als die Gemeinde sich zu einem Lied erhob, nutzte er die Gelegenheit, sich schnell nach allen Seiten umzublicken.

Schwarz begriff, dass der Junge abhauen wollte und nach einer Fluchtmöglichkeit Ausschau hielt. Jetzt tat er so, als habe sein Schnürsenkel sich gelöst und bückte sich, um ihn zu binden. Dabei warf er Kontrollblicke Richtung Kirchentor und Seitenausgang. Aber die Portale waren bewacht.

Resigniert richtete der Junge sich wieder auf.

Die Gemeinde setzte sich zur Lesung. Der Junge schaute

sehnsüchtig zu einer kleinen Galerie und einer mit Fresken übermalten Tür. Wahrscheinlich träumte er davon, dort hinaufzuklettern.

Als er den Kopf senkte, trafen sich sein und Schwarz' Blick.

Es war nur ein kurzer Moment, trotzdem versuchte Schwarz, ihm einen Wink zu geben.

Der Junge blickte in sein Gebetbuch.

Mist, dachte Schwarz, er hat mich nicht verstanden.

Aber da sah der Junge ihn fragend an.

Schwarz bewegte den Kopf erneut leicht Richtung Beichtstuhl.

Die Miene des Jungen verriet Verwirrung und Misstrauen.

Du musst keine Angst haben, vielleicht kann ich dir helfen, dachte Schwarz und hatte keine Ahnung, wie er das dem Jungen mitteilen sollte.

Jetzt erhoben die Gläubigen sich, um das Evangelium zu hören.

Der Junge blickte starr in Richtung Altar. Aber dann nickte er plötzlich. Zwei Mal. Es war eindeutig.

Nur, wie sollte er, ohne aufzufallen, in den Beichtstuhl gelangen, wie hinter einem der drei schweren burgunderroten Vorhänge verschwinden?

Schwarz versuchte, die Kirchenbesucher neben und hinter dem Jungen einzuschätzen. Einige waren alt und so ins Gebet vertieft, dass sie nichts mitkriegen würden, andere aber schienen ihre Umgebung sehr genau wahrzunehmen.

Er sah, dass der Junge immer unruhiger wurde. Er bedeutete ihm mit einer verdeckten Geste, dass er Geduld haben müsse.

Einer der Priester hatte sein goldenes Obergewand abgelegt und stieg im weißen Unterkleid zur Predigt auf die Kanzel. Sein Ton war theatralisch, offenbar gefiel er sich in der Rolle des strengen Mahners. Seine Kollegen legten die Köpfe schief oder unterstrichen bestimmte Sätze mit einem würdigen Nicken.

Schwarz trat hinter Evas Rollstuhl und beugte sich zu ihr hinab.

»Keine Fragen«, flüsterte er. »Du fährst jetzt nach vorne in den Quergang. Dir ist schlecht, du willst ins Freie. In der Mitte der Kirche bekommst du einen Schwächeanfall. Ich werde nicht kommen, um dir zu helfen.«

»Geht klar«, sagte Eva. »Wann?«

»Sofort nach der Predigt.«

Schwarz kehrte an seinen Platz zurück, stellte sich aber noch etwas näher an den Beichtstuhl. Wenn er den richtigen Augenblick wählte, dürfte es kein Problem sein, unbemerkt hinter den Vorhang auf der linken Seite zu schlüpfen. Aber würde der Junge es auch schaffen? Würde er überhaupt begreifen, was er zu tun hatte?

Schwarz nahm erneut Blickkontakt mit ihm auf. Er versuchte, ihm zu bedeuten, dass es gleich so weit war. Er schaute zum mittleren Eingang des Beichtstuhls und nickte leicht. Das ist deiner, hast du das verstanden?

In dem Moment setzte Eva sich in Bewegung.

Tatsächlich war der Priester am Ende seiner Bußpredigt angelangt und gerade im Begriff, die Kanzel zu verlassen. Als er den Fuß auf die erste Treppenstufe setzte, stöhnte Eva im Mittelgang laut auf und sank in ihrem Rollstuhl zusammen.

Damit zog sie die Blicke der gesamten Gemeinde auf sich.

Schwarz gab dem Jungen, der atemlos zu ihm schaute, das Zeichen. Dann schob er schnell den Vorhang zur Seite und schlüpfte in den engen Verschlag.

Im nächsten Moment hörte er es nebenan rumpeln.

»Leise!«, zischte er und versuchte eine einigermaßen

bequeme Position zu finden. Er wollte nicht knien, aber es half nichts, die Konstruktion des Beichtstuhls ließ ihm keine Wahl. Für den armen Sünder war nur eine schmale Kniebank vorgesehen.

Das Beichtfenster war mit einem Holzgitter blickdicht gemacht, aber er konnte den Jungen atmen hören.

Sie schwiegen und lauschten. In der Kirche waren hektische, halblaute Stimmen zu hören. Die Messe war offenbar unterbrochen worden.

»Danke, es geht schon wieder«, sagte Eva, »ich muss nur an die frische Luft.«

Die Gemeinde beruhigte sich langsam.

Der Bischof stimmte das lateinische Glaubensbekenntnis an.

»Credo in unum deum.«

»Patrem omnipotentem«, fiel das Volk ein, »factorem caeli et terrae.«

Jetzt sangen alle aus voller Brust.

Für Schwarz und den Jungen war das die Gelegenheit, in aller Eile miteinander zu reden.

»Ich heiße Anton Schwarz. Du bist …?«

»Patrick Kellner. Was wollen Sie?«

»Du willst abhauen, stimmt's?«

Schweigen.

»Sag mir, was im Kloster los ist, dann kann ich dir vielleicht helfen.«

»Sie machen uns fertig.«

»Was heißt das?«

Keine Antwort.

»Schlagen Sie euch?«

»Auch. Sie machen Sachen mit uns. Schweinische Sachen.«

»Anselm Schneider«, flüsterte Schwarz, »sagt dir der Name was?«

Patrick schwieg, aber Schwarz hörte, wie sein Atem schneller wurde.

»Ist das ein Pater?«

»Den bring ich um.«

»Patrick, ich hol dich da raus.«

»Er hat meinen Freund fertiggemacht. Der ist tot.«

»Nicht so laut.«

»Qui cum padre et Filio simul adorator et conglorificator«, schallte es von draußen.

»Ich muss ihn rächen.«

»Hör zu. Morgen, spätestens übermorgen, bist du frei, das verspreche ich dir.«

Keine Reaktion.

»Patrick, hast du mich verstanden?«

Er reagierte wieder nicht.

»Und kein Wort zu niemandem.«

»Wie komme ich hier wieder raus, ohne dass jemand es merkt?«

Das wusste Schwarz auch nicht.

»Ich tu so, als hätte ich Quatsch gemacht«, sagte Patrick. »Die Strafe ist mir scheißegal.«

Draußen spielte die Orgel zur Opferbereitung. Schwarz hörte das Klimpern von Münzen, offenbar waren Ministranten mit Klingelbeuteln unterwegs, um die Kollekte einzusammeln.

»Heut' Nacht, wenn er mich wieder zur Vigil holt, bring ich ihn um«, sagte Patrick.

Bevor Schwarz antworten konnte, signalisierte ihm ein Poltern, dass der Junge den Beichtstuhl verließ. Er selbst wartete geduldig, bis die Gläubigen zur Kommunionbank strebten. Dann trat er mit frommer Miene aus dem Beichtstuhl, als seien ihm eben seine Sünden erlassen worden. Er stellte sich in die Schlange. Kein Mensch schien Verdacht zu schöpfen.

Als Schwarz allerdings kurz vor dem Altar scharf abbog und zum Seitenausgang strebte, glaubte er, in seinem Rücken misstrauische Blicke zu spüren.

51.

Eva wartete schon ungeduldig an der Tür zum Pfarrhof. Schwarz hob sie aus dem Rollstuhl und trug sie wie eine Braut über die Schwelle. In der Stube setzte er sie auf die Eckbank.

»Hast du irgendwas rausgefunden, Anton?«

Er nickte und schilderte in knappen Worten, wie es ihm dank ihrer kleinen Schauspieleinlage gelungen war, mit Patrick zu sprechen.

»Er hat angedeutet, dass sie im Kloster misshandelt und missbraucht werden. Angeblich soll es sogar zu einem Todesfall unter den Jungen gekommen sein.«

»Glaubst du ihm das?«

»Ich hatte den Eindruck, dass er völlig verzweifelt ist.«

»Dann musst du ihn da rausholen.«

»Das Kloster ist eine Festung, und die Jungen werden bewacht wie Gefangene.«

»Wir müssen die Polizei informieren«, sagte Eva.

Im Flur waren Schritte zu hören. Pfarrer Schickinger brachte den Rollstuhl für Eva in die Stube. Er hatte nach der Frühmesse noch einen Kranken besucht und ein Gespräch mit zwei jungen Leuten geführt, die demnächst kirchlich heiraten wollten.

»Ich muss Sie sprechen«, sagte Schwarz, »dringend«.

Der Priester führte ihn in den Obstgarten hinter dem Pfarrhof.

»Den hat vor über hundert Jahren ein Vorgänger von mir angelegt. Wir haben vierzehn verschiedene Apfel- und Birnensorten.«

Aber Schwarz interessierte sich gerade nicht so für den pastoralen Gartenbau.

»Sagen Sie mir jetzt bitte alles, was Sie über Anselm Schneider wissen.«

Der gerade noch freundliche Gesichtsausdruck des Priesters wurde abweisend.

»Wieso?«

»Ich habe mit einem Jungen sprechen können, der im Kloster untergebracht ist. Da passieren offenbar schreckliche Dinge.«

Schickinger musterte ihn. »Wer sind Sie?«

»Ich heiße Anton Schwarz, das habe ich Ihnen doch schon gesagt.«

»Aber Sie sind kein Tourist.«

Schwarz zögerte. Konnte er dem Pfarrer trauen? Sein Gefühl sagte ihm: ja.

»Gut, also: Ich bin Privatermittler und versuche herauszufinden, weshalb Pfarrer Heimeran und Pastoralreferent Weber sterben mussten.«

»Rainer auch?«

»Er ist beim Joggen überfallen und grausam umgebracht worden.«

Schickingers Miene verriet blankes Entsetzen. Er wandte sich ab und versuchte, seine Emotionen zu kontrollieren.

»Für wen arbeiten Sie, Herr Schwarz?«

»Ursprünglich für die Mutter eines Jungen, der ein paar Mal mit den Menzinger Ministranten hier war. Er hat sich vor einen Zug geworfen. Aber die Frau hat es sich anders überlegt und den Auftrag zurückgezogen.«

»Und jetzt?«

»Jetzt will ich es selbst wissen.«

»Sind Sie auch kein Jude?«

»Ja, nein … also, meine Mutter ist Jüdin.«

»Dann sind Sie einer.«

Der Priester schwieg. Schwarz konnte sehen, wie er mit sich rang.

Hatte er Angst, dass es ihm genauso erging wie seinen Kollegen?

»Sie können mir wirklich vertrauen, Herr Pfarrer.«

»Das hat dieser Sonderermittler auch gesagt.«

»Gut, dass Sie nicht mit ihm gesprochen haben. Er ist ein *Militia*-Mann.«

Schickinger sah auf und suchte seinen Blick.

»Ich habe den Schneider Anselm im Studium kennengelernt und gleich gemerkt, dass mit ihm was nicht stimmt. Wenn er im Hörsaal aus Versehen zwischen zwei Studentinnen gelandet ist, hat er sich weggesetzt. Es hat gereicht, dass ein Professor das Thema Sexualität auch nur gestreift hat, da ist der Anselm schon dunkelrot angelaufen wie ein Schulbub. Jeder, der nicht völlig blind war, hat merken müssen, dass er ein Problem hat, ein riesengroßes Problem sogar. Trotzdem ist er gleich in seiner ersten Gemeinde mit der Jugendarbeit betraut worden.«

Er schüttelte den Kopf, als könnte er es selbst nicht glauben.

»Es hat kaum ein Jahr gedauert, da hat er einen Zehnjährigen zum Beichten zu sich nach Hause bestellt, ihn betrunken gemacht und … den Rest können Sie sich denken.«

»Ist er dafür zur Rechenschaft gezogen worden?«

»Schon, aber nur kirchenintern. Er hat sich einer Therapie unterziehen müssen, dann wurde er wieder in die Seelsorge geschickt.«

»Wer war dafür verantwortlich?«, sagte Schwarz.

»Hinterher ist immer keiner verantwortlich. Aber wenn

Sie nach dem obersten Dienstherrn fragen, war das der damalige Erzbischof von München und Freising.«

»Aha«, sagte Schwarz und stutzte im nächsten Moment. »Kennt man den Namen?«

Pfarrer Schickinger schwieg beredt.

Er meint doch nicht den Papst, dachte Schwarz, das kann nicht sein. Aber er insistierte nicht. »Anselm Schneider hat also weiter als Pfarrer gearbeitet?«

»Ja, in einer ganz kleinen Gemeinde ohne Kaplan und Haushälterin. Deshalb hat auch niemand gemerkt, dass er weiter Buben missbraucht und ihnen mit allen Teufeln und der Hölle droht, falls sie ihn verraten. Aber wahrscheinlich hätte den armen Kerlen sowieso niemand geglaubt, nicht mal die eigenen Eltern, bei so einem netten Herrn Pfarrer. Aufgeflogen ist der Anselm erst, als eines seiner Opfer sich das Leben nehmen wollte. Im Abschiedsbrief waren die ganzen Schweinereien beschrieben. Das war Anselms zweite Station.«

»Wie bitte? Das ist noch nicht das Ende?«, sagte Schwarz.

Pfarrer Schickinger schüttelte den Kopf. »Beim Thema Sexualität schauen unsere Oberen gern mal weg. Und wenn etwas passiert, geht es ihnen vor allem darum, Schaden von der Kirche abzuwenden – die Seelen der Kinder scheinen da nicht ganz so wichtig zu sein.«

»Übertreiben Sie jetzt nicht ein bisschen?«

Schickinger schnappte nach Luft.

»Übertreiben? Sie können sich nicht vorstellen, wie die Opfer unter Druck gesetzt wurden, damit sie sich auf keinen Fall an die Presse wenden oder einen Anwalt einschalten. ›Damit macht ihr alles nur noch schlimmer‹, hieß es.«

»Anselm Schneider ist nie angezeigt worden?«

»Kein einziges Mal.«

Schwarz schaute ihn ungläubig an. »Weder von einem

der Jungen, noch von einem Kollegen wie Ihnen, der Bescheid wusste?«

Schickinger lachte höhnisch. »Als Priester sind wir zur Verschwiegenheit verpflichtet. Wenn ich wüsste, dass dort drüben im Kloster Buben vergewaltigt werden, dürfte ich damit nur zu meinem Bischof gehen – aber nicht zur Polizei.«

»Das grenzt ja an Strafvereitelung.«

»Sie sagen es. Darum hat der Anselm auch immer weitermachen können.«

»Wäre es für den Ruf der Kirche denn nicht besser, wenn sie sich um Aufklärung bemühen würde?«

»Das erklären sie mal den alten Männern in Rom. Die sehen sich doch von Feinden umzingelt.«

Schwarz' Telefon klingelte. Er schaute aufs Display. Kolbinger. »Entschuldigung, da muss ich dran.«

»Kein Problem«, sagte Schickinger und zog sich zurück.

»Nein, warten Sie, es dauert sicher nicht lang!«

Aber der Pfarrer ließ sich nicht aufhalten.

52.

»Kolbinger, was ist?«

»Kannst du mir einen Kontakt zu deiner hübschen Freundin im Rollstuhl machen?«

»Wieso?«

»Ich bräuchte Sie für eine Aussage wegen des Überfalls und für ein Phantombild.«

»Ich richte es ihr aus. Aber jetzt geht es um wichtigere Dinge.«

»Und was wichtig ist, entscheidest du?«

Schwarz überhörte die Spitze. »Pass auf, Kolbinger: Alles, was ich dir jetzt sage, darf unter keinen Umständen Perfall erfahren.«

»Bitte? Wieso denn nicht? Der Chef ist so glücklich, dass die Kirche mal mit uns zusammenarbeitet.«

»Hast du überprüft, ob Perfall wirklich im kirchlichen Auftrag unterwegs ist?«

»Nein, das nicht, aber …«

»Dann geh mal an deinen Computer und schau, was du zu einem gewissen Hubert Tramin findest.«

»Ich verstehe nicht …« Aber er tippte bereits. »Das gibt's ja nicht … der hat uns verarscht. Aber warum …?«

»Erkläre ich dir später. Er bleibt draußen, versprochen?«

»Ja, sicher.«

»Gut, dann hör zu. Ich bin jetzt in Steinsberg. Hier ist ein Kloster, in dem die Menzinger Ministranten immer ihr Pfingstlager abgehalten haben. Matthias Sass war hier, Pfarrer Heimeran und der Pastoralreferent Weber. Dieses Kloster hat seit einiger Zeit einen neuen Besitzer und zwar einen Geheimorden namens *Sancta Militia Jesu*.«

»Ich kann kein Latein.«

»Musst du auch nicht. Der Orden hat einen Priester aufgenommen, der in mehreren Pfarreien Jungen missbraucht hat. Er heißt Anselm Schneider.«

Schwarz hörte es rascheln, Kolbinger hatte den Hörer abgelegt. Es dauerte keine Minute, bis er sich wieder meldete. »Fehlanzeige.«

»War zu befürchten. Aber dieser Schneider macht weiter. Ich habe mit einem seiner Opfer gesprochen.«

»Dann bring es mir.«

»Wie denn? Die Jungen sind eingesperrt. Du musst dir einen Durchsuchungsbeschluss besorgen.«

Sein ehemaliger Kollege lachte höhnisch. »Spinnst du? Für ein Kloster? Auf einen vagen Verdacht hin?«

»Kolbinger, ich bin mir sicher, dass die Morde an Heimeran und Weber auf das Konto der *Militia* gehen.«

Sein ehemaliger Kollege stieß demonstrativ die Luft aus. Eine Weile sagte er nichts, dann räusperte er sich.

»Anton, du weißt, wie sehr ich dich schätze. Du warst mein bester Lehrmeister.«

»Spar dir das Gesülze.«

»Und«, fuhr Kolbinger unbeeindruckt fort, »du hast mir beigebracht, dass es fast immer eine klare Relation zwischen einem Mord und seinem Motiv gibt. Wie hieß dein schöner Merksatz? *Kaum einer schlachtet einen ab, weil der ungefragt von seiner Weißwurst gebissen hat.*«

»Ja, und?«

»Hältst du es wirklich für wahrscheinlich, dass ein katholischer Orden zwei Männer umbringen lässt, um die sexuellen Übergriffe eines Mitglieds zu vertuschen? Dafür gibt es doch einfachere Lösungen. Der Täter wird ins Ausland versetzt, und basta.«

»Ich habe nicht über das Mordmotiv gesprochen, Kolbinger. Weil ich das nämlich noch nicht kenne.«

»Schade eigentlich.«

Schwarz dachte an den Jungen, an Patrick. Wie konnte er ihn vor dem Fehler seines Lebens bewahren? Denn da war er sich ganz sicher: Es war keine leere Drohung gewesen. Patrick war so tief verzweifelt, dass er ernst machen würde – auch wenn er keine Chance gegen den Pater hatte und eine furchtbare Bestrafung oder sogar sein Leben riskierte.

Ich muss ins Kloster und das Schlimmste verhindern, dachte Schwarz. »Anton, bist du noch da?«

Er hatte Kolbinger völlig vergessen.

»Ja.«

»Wie wär's, wenn wir eine Nacht über die Sache schlafen? Einverstanden?«

»Ja, gute Nacht«, sagte Schwarz und legte auf.

Als er in den Flur des Pfarrhofs trat, kam Pfarrer Schickinger ihm mit einem Brief entgegen.

»Der ist von Wolfgang.«

»Von Pfarrer Heimeran? Wann haben Sie den bekommen?«

»Am Tag, als er unter der Brücke gefunden wurde.«

Nach meinem Tod zu öffnen, stand auf dem verschlossenen Kuvert.

»Warum haben Sie ihn nicht gelesen?«

Der Priester sah ihn hilflos an. »Ich hab's noch nicht geschafft.«

Schwarz zog sich in das Fremdenzimmer unterm Dach zurück, um ungestört zu sein.

53.

Lieber Alfred! Wir haben rund um das Pfingstfest vor zwei Jahren, als Du die Menzinger Ministranten, Rainer und mich so gastfreundlich aufgenommen hast, viel geredet, und wir waren sehr offen miteinander. Und doch habe ich Dich und sogar Rainer, weil ich euch nicht in Gefahr bringen wollte, über das, was mich damals am meisten bewegt und erschüttert hat, im Dunkeln gelassen.

Anonyme Morddrohungen, die ich während der letzten Tage erhalten habe, zeigen mir, dass meine Angst begründet war. Die Drohanrufe haben übrigens nach einem vertraulichen Gespräch mit meinem Dekan, Peter Wels, begonnen. Ich möchte ihn nicht verdächtigen, aber möglicherweise hat er unbedacht Informationen weitergegeben.

Du erinnerst Dich, Alfred, dass ich während des Aufenthalts bei Dir zweimal im Kloster war, um für meine enttäuschten Ministranten wenigstens etwas für das folgende Jahr zu erreichen. Du hast sicher auch bemerkt, wie aufgewühlt ich von diesen Besuchen zurückgekehrt bin. Ich hatte mit dem Prior von St. Joseph verhandelt und beim zweiten Mal auch mit dem italienischen Erzabt des ›Militia‹-Ordens.

Im Kloster sollte ich wohl ausschließlich das Büro des Priors zu sehen bekommen, zu dem mich zwei junge Fratres eskortierten. Doch auf dem Weg dorthin begegneten wir einer Gruppe seltsam verängstigter Jungen, die von ihren Betreuern wie Rekruten in einer Kaserne des 19. Jahrhunderts behandelt wurden. Auch bei meinem zweiten Besuch sah ich einige der Jungen, die dem Orden, wie ich inzwischen herausgefunden habe, durch überregionale Stellen zugewiesen werden. Mich beschlich der Verdacht, dass die ›Sancta Militia Jesu‹ sie nicht zu stärken, sondern zu brechen versucht.

Noch erschrockener war ich, als ich während des Gesprächs im Büro des Priors plötzlich ein bekanntes Gesicht sah: Manfred Dahlke. Ich weiß nicht, ob Dir dieser inzwischen entlassene Kollege je über den Weg gelaufen ist. Er ist ein übler Kinderschänder, der in mehreren Pfarreien sein Unwesen getrieben hat. – Und so jemand findet bei einem Orden Unterschlupf, der sich um junge Menschen aus den schwierigsten Verhältnissen kümmern soll!

Ich merkte, dass der Prior über Dahlkes kurzes Auftauchen sehr ungehalten war, und habe so getan, als hätte ich ihn wegen des Barts, den er jetzt trägt, nicht erkannt. Am selben Abend hast du eine Bemerkung über deinen Kommilitonen Anselm Schneider fallen lassen, der auch im Kloster lebt.

Ich habe mich gefragt, ob es ein Zufall sein kann, dass ein Orden zwei bekanntermaßen pädophile Männer aufnimmt. Aber auch die verschlossenen Mienen der Jungen in St. Joseph und der rüde Umgang der Betreuer mit ihnen haben mir keine Ruhe gelassen.

Ich wollte unbedingt mehr über die ›Militia‹ erfahren.

Aber es waren nirgends Informationen zu finden, die über die Selbstdarstellung des Ordens hinausgingen. Daher habe ich mich mit meinen römischen Freunden in Verbindung gesetzt, die ich seit der Zeit an der ›Gregoriana‹ kenne. Einer von ihnen hat mich an Paolo Longanesi erinnert, einen flüchtigen Bekannten während des Studiums. Ich wusste nicht, dass er Mitglied der ›Militia‹ geworden war, den Orden aber nach einigen Jahren wieder verlassen hatte.

Ich habe Paolo angerufen, und wir haben lange telefoniert. Zwei Tage später ist er von einem Kleintransporter überrollt worden, der Täter hat Fahrerflucht begangen.

Was Paolo mir erzählt hat, hat meine schlimmsten Befürchtungen übertroffen. Es sei alles andere als Zufall, dass in St. Joseph Pädophile aufgenommen würden, sondern im Gegenteil Politik des Ordens. Die ›Militia‹ sei der Ansicht, dass ein Priester der katholischen Kirche grundsätzlich nur nach dem Kirchenrecht bestraft werden dürfe, und man ihn notfalls vor der Verfolgung durch die staatliche Justiz in Sicherheit bringen müsse. Nebenbei gewinne man so äußerst loyale Gefolgsleute. Der Orden sei im Übrigen so männerbündisch geprägt, dass sadistische Übergriffe an Zöglingen als Feuertaufe und Ritual zur Mannwerdung abgetan würden. Die ›Militia‹ begreife sich selbst als eine Armee Gottes, deren Aufgabe die Verteidigung des einzig wahren, katholischen Glaubens sei. Sie sähe sich in einem apokalyptischen Kampf zur Rettung der Kirche. Dafür sei nahezu jedes Mittel erlaubt. Vor allem versuche man, die Gesellschaft gezielt zu unterwandern. Laienbrüder der ›Militia‹ hätten inzwischen hohe Funktionen in Politik und Medien erobert, geistliche

Brüder seien in der römischen Kurie in Schlüsselpositionen gelangt.

Das ist es vermutlich, was diesen Orden so gefährlich macht: Er sieht eine realistische Chance, dass bei der nächsten Papstwahl eines seiner Mitglieder zum neuen Kirchenoberhaupt gekürt wird.

Lieber Alfred, ich weiß, das alles ist schwer zu glauben, trotzdem habe ich am Ende meines Briefes die Namen der Bischöfe und Kardinäle aufgeführt, die laut Paolo Longanesi inoffizielle Mitglieder der ›Militia‹ sind. Diese Informationen dürfen nicht verloren gehen, falls ich meine Suche nach der Wahrheit mit dem Leben bezahlen muss.

Ich schließe mit einem Herzensanliegen, Alfred. Es ist Dir nicht verborgen geblieben, wie viel Rainer mir bedeutet. Für den Fall, dass mir etwas passiert, soll wenigstens er heil aus dieser furchtbaren Geschichte herauskommen. Er weiß nichts von all dem und soll auch nie etwas davon erfahren. Ich will, dass er lebt und sein Leben genießt. Dir, lieber Alfred, danke ich von Herzen. Dein Wolfgang.«

Schwarz legte den Brief zur Seite. Das Bild von Webers Leiche überfiel ihn. Er sah den blutunterlaufenen Reifenabdruck auf dessen Oberschenkel, und plötzlich packte ihn ein wahnsinniger Hass.

54.

»Hör endlich auf, dich wie ein bürokratisches Arschloch zu benehmen«, schrie Schwarz ins Telefon.

»Anton«, sagte Kolbinger gequält, »was kratzt mich der Vatikan?«

»Es geht um diesen Orden: Er ist eine kriminelle Vereinigung und verfolgt verfassungsfeindliche Ziele.«

»Ich bin nicht beim Staatsschutz.«

»Dass die *Militia* einem Mann wie Dahlke Unterschlupf gewährt, interessiert dich auch nicht?«

Einen Moment lang war es still in der Leitung.

»Dahlke? Manfred Dahlke?«

»Genau der, den du wegen Vergewaltigung und Misshandlung eines Elfjährigen verhört und wieder laufen lassen hast.«

»Weil ich dachte, der Junge phantasiert. Dahlke war ein Priester.«

»Und bei seiner Gemeinde sicher ungemein beliebt.«

»Ja, verdammt. Aber jetzt steht er auf unserer Fahndungsliste.«

»Darum ist er untergetaucht.«

Schweigen.

»Bist du dir sicher, dass er in dem Kloster ist?«

»Ziemlich.«

Kolbinger seufzte. »Ziemlich reicht nicht. Der Chef dreht mir den Hals um, wenn wir da reingehen und keinen Dahlke finden.«

»Kolbinger, komm! Wir haben uns schon auf dünnerem Eis bewegt.«

»Ein Kloster ist was anderes.«

»Und warum?«

Kolbinger schwieg lange, dann seufzte er tief.

»Wo liegt denn dieses Steinsberg?«

Schwarz versorgte den Exkollegen mit den nötigen Informationen und mahnte ihn zu höchster Eile. Der Orden sei durch Perfall über seine Ermittlungen im Bilde und würde möglicherweise versuchen, Dahlke noch rechtzeitig ins Ausland zu schaffen.

In Wirklichkeit machte er wegen Patrick Druck. Aber Kolbinger hätte ihn nicht verstanden, wenn er ihm von der verzweifelten Entschlossenheit in der Stimme des Jungen erzählt hätte.

Steinsberg war etwas mehr als eine Stunde von München entfernt, außerdem würde Kolbinger eine Weile brauchen, bis er den Staatsanwalt überzeugt und seine Leute zusammengetrommelt hatte. Schwarz musste sich auf eine längere Wartezeit einstellen.

Er stieg die Treppe zur Stube hinunter. Eva hatte mit dem Pfarrer zu Mittag gegessen, weil der zu einer Theateraufführung in den Kindergarten musste. Selbstverständlich hatten sie ihm ein schönes Stück Braten aufgehoben.

Doch als Schwarz vor dem Teller mit dem Fleisch und den dampfenden Knödeln saß, brachte er nichts hinunter. Er musste an einen Moment im Beichtstuhl denken, in dem plötzlich sein eigener alter Mordwunsch ganz gegenwärtig gewesen war. Er hatte noch einmal den wilden Schmerz in seinen Händen gespürt, als er seinen Lehrer Robert erdrosseln wollte. Einen Moment lang hatte es für ihn nur diesen einen Weg in die Freiheit gegeben. Dann war er doch zu schwach gewesen – aber das war bei Patrick vielleicht anders.

Schwarz sprang auf. Er hielt es nicht aus, er musste irgendetwas tun.

55.

Der alte Wallfahrerweg führte zuerst dicht an der hohen, grauschwarz verfärbten westlichen Klostermauer entlang, die jeden Blick auf das Gelände dahinter verwehrte. Nur einige Baumwipfel und überhängende Zweige deuteten darauf hin, dass auf der anderen Seite ein Park lag.

Ein Stück weiter war das Geschrei von Jungen zu hören.

»Klingt nach einem Fußballspiel«, sagte Eva.

Schwarz antwortete nicht. Er war vor einer nicht ganz mannshohen, verrosteten Eisentür stehen geblieben. Er rüttelte daran, aber sie war von innen durch einen Riegel gesichert. Schwarz kniete sich hin und untersuchte die gemauerte Schwelle. Auf den Backsteinen klebten frische Erdspuren.

Er stand auf und orientierte sich. Ein ganzes Stück entfernt stand hinter alten Eichen eine winzige, halb verfallene Kapelle. Aber der Pfad dorthin war von Gras überwuchert und wurde anders als der Wallfahrerweg anscheinend nicht mehr genutzt. Näher an der Straße war ein dichtes Gebüsch aus verschiedenen Sträuchern, vielleicht eine alte Windhecke.

»Pfarrer Schickinger hat erzählt«, sagte Eva, »dass früher am St. Josefstag …«

»Josefi ist am 19. März.«

»So was weißt du?«

»Ich weiß eine Menge Dinge, die mir nichts nützen.«

»Also, dass an diesem Tag die Prozessionen aus den umliegenden Dörfern dreimal ums Kloster herumgehen mussten, bevor sie eingelassen wurden.«

»Dann haben sie wahrscheinlich eine warme Suppe bekommen.«

»Sollen wir das auch versuchen?«, sagte Eva.

»Um Suppe betteln?«

»Dreimal ums Kloster herumgehen. Vielleicht bringt es ja Glück.«

»Uns nicht«, sagte Schwarz, »uns holt der Teufel, wenn wir so tun, als wären wir brave Katholiken.«

Sie gingen weiter. Schwarz blickte mit verkniffener Miene auf die Uhr. Wo Kolbinger jetzt wohl war?

Südlich des Klosters fiel das Gelände ab. Der Weg verlief hier in einiger Entfernung zur Mauer und war an manchen

Stellen mit dem Rollstuhl nur schwer passierbar. Aber Schwarz half Eva über alle Hindernisse hinweg. Wind kam auf, dunkle Wolken ballten sich zusammen. Außer ihnen war kein Mensch unterwegs.

Erst jetzt erzählte Schwarz ihr von Heimerans Brief.

Eva war fassungslos.

»Aber das kann doch nicht sein, dass noch nie etwas von den Machenschaften dieses Ordens an die Öffentlichkeit gedrungen ist?«

Schwarz zuckte die Schultern. »Offenbar funktioniert die Geheimhaltung ziemlich gut. Und wenn doch einer Informationen nach draußen trägt, lebt er nicht mehr lange.«

Ihr Vorsatz, das Kloster wenigstens ein Mal zu umrunden, scheiterte an einem Platzregen. Schwarz und Eva flüchteten sich in den Pfarrhof. Sie wollten gerade Tee kochen, als Kolbinger sich endlich meldete.

»Ein Sauwetter ist das, aber in zehn Minuten sind wir da.«

»Wir warten am Parkplatz vor der Kirche auf euch.«

56.

Der Regen hatte nachgelassen, der Himmel klarte auf. Auf dem Platz vor der Barockkirche standen nur noch wenige Autos. Ein kleiner Junge rannte kreischend durch die Pfützen und ignorierte die Ermahnungen seiner Mutter, die gleichzeitig mit ihrem schreienden Baby und einem an der Leine zerrenden Hündchen kämpfte. Schwarz schaute wieder auf die Uhr.

»Zehn Minuten hat er gesagt.«

Da näherte sich ein dunkelgrauer Wagen. Ihm folgte ein Polizeifahrzeug mit Rosenheimer Kennzeichen.

Schwarz begrüßte Kolbinger und Buchrieser.

»Servus. Eva habt ihr ja schon auf meinem Geburtstag kennengelernt.«

Er hielt nach weiteren Polizeikräften Ausschau, doch die beiden jungen Polizisten aus Rosenheim waren die einzige Unterstützung, die Kolbinger mitgebracht hatte.

»Das ist nicht dein Ernst, oder? Ihr seid hier nicht zum Kaffeekränzchen der katholischen Landfrauen eingeladen.«

»Das nicht«, sagte Kolbinger, »aber Dahlke ist auch kein Killer.«

»Es geht nicht nur um ihn.«

»Offiziell schon. Wir werden natürlich die Augen offen halten und andere Hinweise nicht ignorieren.«

»Und wenn da drinnen die Mörder von Heimeran und Weber auf euch warten?«

Kolbinger schaute verunsichert zum Kloster.

»Dann sparen wir uns eine Menge Ermittlungsarbeit«, sagte Buchrieser, der überraschend motiviert wirkte.

Kolbinger zog den Durchsuchungsbeschluss hervor. »Eines noch, Kollegen: Bitte verhaltet euch angemessen.«

»Ein Kloster ist kein Puff. Danke für den Hinweis«, ergänzte Buchrieser grinsend und läutete an der Pforte. Es dauerte eine Weile, bis ein älterer Mönch das Tor einen Spaltbreit öffnete.

»Grüß Gott, Kriminalpolizei. Wir haben einen Durchsuchungsbeschluss«, sagte Kolbinger.

Der Mönch starrte irritiert auf das Papier. »Moment, da hole ich besser den Prior.«

Er schloss das Tor wieder.

»Warum sind wir nicht reingegangen?«, sagte Buchrieser, »wozu haben wir den Wisch?«

Kolbinger machte eine mäßigende Geste.

Dann warteten sie. Fünf Minuten, zehn Minuten. Buchrieser drückte schimpfend auf die Klingel. Nichts geschah.

»Glückwunsch«, sagte Schwarz, »jetzt können sie noch richtig schön aufräumen.«

Endlich tauchte der Prior auf. Sein Gesicht war gerötet, seine Halbglatze glänzte. Offenbar hatte es an dem hohen Feiertag reichlich Wein zum Essen gegeben.

»Um was geht es denn bitte?«

»Dies ist ein Durchsuchungsbeschluss für das gesamte Anwesen«, sagte Kolbinger und reichte ihm das Formular.

Der Prior studierte es. Er brauchte ewig, als würde er jede Zeile dreimal lesen. Schließlich schüttelte er skeptisch den Kopf.

»Ich weiß nicht. Wir sind ja kein deutscher Orden …«

Kolbinger sah ihn fragend an.

»Verstehen Sie mich nicht falsch, wir haben hier nichts zu verbergen. Aber bevor ich einen Fehler mache, würde ich gern mit unserem Mutterhaus Rücksprache halten.«

»Kommt nicht infrage«, sagte Buchrieser aus dem Hintergrund.

Kolbinger fuhr herum und bedeutete ihm zu schweigen, aber der Kollege war nicht zu bremsen.

»Jetzt passen Sie mal auf. St. Joseph liegt in Oberbayern, und wir haben hier einen bayerischen Durchsuchungsbeschluss.«

Der Prior zog eine Augenbraue nach oben. »Das ist ein Ton, den wir gar nicht schätzen.«

»Und wir schätzen es nicht, vor verschlossenen Türen zu stehen. Also, auf geht's!«

Der Prior trat zur Seite, aber nicht etwa, um die Polizei einzulassen, sondern um den Blick auf eine Gruppe großgewachsener junger Ordensmitglieder freizugeben, die mit feindseliger Miene den Eingang bewachten.

In dem Moment bemerkte Eva, die ein Stück hinter den Polizisten und Schwarz stand, in einem gut zweihundert Meter entfernten Gebüsch westlich des Klosters drei Personen. Sie drehte ihren Rollstuhl herum, um genauer hinzuschauen. Dadurch wurde Schwarz auf sie aufmerksam. Sie machte ihm ein Zeichen und setzte sich in Bewegung. Er folgte ihr unauffällig, während Kolbinger sich weiter vom Prior hinhalten ließ, und Buchrieser immer wütender wurde.

»Was ist da los, Eva?«, sagte Schwarz. »Hast du gesehen, woher die Männer gekommen sind?«

»Ich glaube, aus dem Kloster – durch die kleine Tür. Zuerst dachte ich, die laufen weg, aber jetzt …«

»Da kommt ein Wagen«, sagte Schwarz und deutete zu einer Limousine, die sich von der Rückseite des Anwesens her auf dem holprigen Wallfahrerweg näherte.

»Lass mich das machen, Eva. Du bleibst besser hier.« Er begann zu rennen.

Einer der drei Männer winkte dem Wagen. Der Fahrer hielt etwa zwanzig Meter von dem Gebüsch entfernt, stieg aus und öffnete eilig die Türen. Die Männer näherten sich im Laufschritt, Schwarz hatten sie noch nicht bemerkt.

Er konnte jetzt ihre Gesichter erkennen.

Der erste Mann stieg rechts hinten ein und schlug die Tür zu. Der zweite sagte etwas zum Fahrer, der sich sofort hinters Steuer setzte, und ging dann vorn an der Limousine vorbei zur Beifahrertür.

»Das ist ja eine Überraschung«, rief Schwarz.

Perfall blieb wie angewurzelt stehen und drehte sich langsam herum. Der dritte Mann sah ihn fragend an. Seine Nase war auffällig schief.

Schwarz rang nach Luft. »Lassen Sie mich nur einen Moment verschnaufen …« Er legte die Hände auf die Oberschenkel und atmete tief ein und aus. Die Männer sahen sich irritiert an.

Schwarz richtete sich wieder auf. »Danke. Jetzt kann ich Sie auch begrüßen, Herr Pager. Ralf Pager, so heißen Sie doch? Und wer ist der Kollege im Wagen? Ihr Komplize nehme ich an.«

Der Mann starrte ihn entgeistert an.

Schwarz mimte weiter den Coolen. Was hätte er auch sonst tun sollen, angesichts der Übermacht des Gegners?

»Ich hoffe, Sie wissen, mit wem Sie es da zu tun haben, Herr Perfall«, sagte er. »Das ist doch keine Gesellschaft für einen kirchlichen Ermittler. Oder sind Sie gar keiner?«

Perfall schwieg und dachte offenbar fieberhaft nach. Plötzlich verschwand seine Hand im Sakko.

»Überlegen Sie sich das gut«, sagte Schwarz, »bisher haben Sie die Drecksarbeit doch auch den anderen überlassen.«

Perfall zögerte, dann zog er die Hand langsam wieder zurück.

»Scheiße, wir müssen hier weg«, sagte Pager mit heiserer Stimme. »Von dem Arsch lasse ich mich doch nicht aufhalten.«

Da Perfall nicht reagierte, übernahm er selbst die Initiative.

Schwarz sah ihn auf sich zukommen. Das ist also der Mann, dachte er, der Pfarrer Heimeran und Rainer Weber umgebracht hat.

Trotzdem wich er keinen Schritt zurück.

Pager ballte die Fäuste.

»Nicht noch mal«, sagte Eva ruhig und stand plötzlich neben Schwarz.

Pager ließ den Arm sinken und starrte auf die kleinkalibrige *Walther* in ihrer Hand.

Schwarz, der eigentlich immer unbewaffnet ermittelte, war jetzt verdammt froh, dass Eva – offenbar bei dem Zwischenstopp zu Hause – ihre Pistole mitgeschmuggelt hatte.

»Darf ich mir die kurz leihen?«

Mit der *Walther* in der Hand näherte Schwarz sich Perfall, der ihn hasserfüllt fixierte.

»Sie erlauben doch?« Er nahm ihm seine Pistole ab. »Österreichisches Fabrikat. Ja, die Heimatverbundenheit.«

»Vorsicht!«, rief Eva.

Aber Schwarz hatte mit Pagers Angriff gerechnet. Er fuhr herum und richtete die Waffe auf ihn. Pager hatte mit einem Totschläger bereits ausgeholt. Schwarz ließ ihn sich aushändigen und forderte den dritten Mann zum Aussteigen aus dem Wagen auf. Er tastete ihn ab und beförderte ein Stilett zutage.

Der Fahrer klammerte sich am Lenkrad fest. »Ich bin Student«, sagte er, »ich jobbe nur bei dem Fahrdienst.«

Schwarz untersuchte ihn trotzdem, fand aber nichts. Er händigte die Waffen Eva aus, die sie in ihrer Tasche verstaute.

»Und meine *Walther*?«

Schwarz reichte sie ihr. »So, meine Herren, jetzt bewegen wir uns ganz gesittet Richtung Pforte.«

Die Männer reagierten nicht. Offenbar wollten sie nicht wahrhaben, dass sie von einem leicht übergewichtigen Fünfzigjährigen und einer Behinderten mit einer lächerlich kleinen Pistole abgeführt werden sollten.

»Ich glaube, hier handelt es sich um einen Irrtum«, sagte Perfall.

»Haben Sie nicht verstanden? Los jetzt«, rief Eva und fuchtelte ungeduldig mit der *Walther*.

»Ich möchte das aber gerne aufklären.«

»Das können Sie dann gern mit der Polizei ausmachen«, sagte Schwarz.

Perfall ging mit einer resignierten Geste an den beiden vorbei. Pager und sein Komplize setzten sich mit ihm in Richtung Pforte in Bewegung.

Dann ging alles sehr schnell.

Schwarz schrie noch: »Achtung!« Eva fuhr herum. Die Stablampe verfehlte ihren Kopf um wenige Zentimeter und krachte auf ihre rechte Schulter. Sie schrie auf. Der Fahrer holte erneut aus, versuchte diesmal, Schwarz zu treffen. Der konnte im letzten Moment ausweichen.

Pager stürzte sich auf Eva, die sich mit schmerzverzerrtem Gesicht die Schulter hielt.

Da drückte sie ab.

Der Schuss hallte von der Klostermauer wider. Pager ging zu Boden. Für einen Moment waren alle wie erstarrt. Nur Perfall witterte seine Chance zur Flucht. Er hatte den Wagen beinahe erreicht, da gab Eva, obwohl sie die Pistole kaum noch halten konnte, einen zweiten Schuss ab. Diesmal allerdings in die Luft. Perfall warf sich trotzdem zu Boden. Er hatte die Warnung verstanden.

Von der Pforte her kamen die Polizisten gerannt, die beiden Uniformierten mit gezogener Waffe vorneweg.

Kolbinger traf als Letzter am Ort des Geschehens ein, und Perfall war schon wieder erstaunlich gefasst.

»Gut, dass Sie da sind, Herr Hauptkommissar«, sagte er mit einem etwas gezwungenen Lächeln. »Es ist mir gelungen, die vermutlichen Mörder von Pfarrer Heimeran und Pastoralreferent Weber dingfest zu machen.«

»Drecksau«, sagte Pager, der sich am Boden krümmte und die Hand auf sein blutdurchtränktes, rechtes Hosenbein presste.

Kolbinger schaute fragend zu Schwarz. Der lächelte. »An deiner Stelle würde ich sie alle vier mitnehmen.«

»Handschellen, alle«, sagte Kolbinger zu den jungen Kollegen.

Perfall protestierte heftig. Buchrieser forderte telefonisch Verstärkung an.

Aber das alles interessierte Schwarz nicht mehr. Die

Mörder waren gefasst und würden zu hohen Strafen verurteilt werden. Bei ihrem vermutlichen Auftraggeber, Tramin alias Perfall, war die Sache nicht ganz so einfach. Er würde sich mit den besten Anwälten, die ihm die *Sancta Militia Jesu* zur Seite stellte, trickreich aus der Affäre zu ziehen versuchen. Und die eigentlichen Hintermänner irgendwo in Kolumbien oder im Vatikan kamen mit Sicherheit ungeschoren davon.

Es war das alte Spiel.

Schwarz trat neben Eva. »Wie geht's dir?«

»Das spielt doch jetzt keine Rolle.«

Er sah sie fragend an. Sie bewegte den Kopf Richtung Kloster. Schwarz lächelte dankbar, weil sie seine Sorge um Patrick verstand. Sie wollte ihm unauffällig die Pistole in die Hand drücken, aber er schüttelte den Kopf.

Als Perfall und seine Helfershelfer endlich abgeführt wurden, stahl Schwarz sich durch die kleine Eisentür aufs Klostergelände.

57.

Anton Schwarz blickte sich um. Er stand am Rande eines kleinen, von Mauern umgebenen Fußballplatzes. Der Kunststoffboden war an vielen Stellen brüchig, auf der anderen Seite des Spielfelds führte ein Holztor in den Park. Links davon lag das repräsentative Haupthaus des Klosters. Er vermutete die vom Orden betreuten Jungen eher im heruntergekommenen Seitenflügel – sie wurden hier mit Sicherheit nicht verwöhnt.

Schwarz drückte vorsichtig die Klinke einer Tür herunter, die ins Souterrain des Gebäudes führte. Sie ließ sich fast geräuschlos öffnen. Über eine enge Hintertreppe gelangte er zum großzügigen, mit einer Gewölbedecke überspannten Flur im Erdgeschoss. Er hörte Stimmen und blieb hinter einem Mauervorsprung stehen.

Am anderen Ende des langen Gangs lag die Eingangshalle mit der Pforte. Er sah Gruppen von Mönchen und Fratres, die sich aufgeregt beratschlagten. Ab und zu hörte man Namen und Befehle, es war ein hektisches Hin und Her. Schwarz vermutete, dass die Ordensmitglieder und die anlässlich des Festtags erschienenen Laienbrüder gerade gezielt für ihre Aussagen vor der Polizei instruiert wurden.

Dahlke und Anselm Schneider waren nicht dabei. Hatten sie sich nur verdrückt oder war ihnen in letzter Sekunde die Flucht gelungen?

Aber das war Kolbingers Problem.

Ihm ging es nur um den Jungen.

Wo war Patrick?

Im Flur gab es nur wenige Flügeltüren, hinter denen vermutlich größere Räume oder Säle lagen, der Wohnbereich war eher in den oberen Etagen untergebracht, zu denen eine breite Holztreppe führte.

Schwarz wartete, bis er ganz sicher war, dass niemand aus der Eingangshalle in seine Richtung blickte, dann schoss er über den Flur.

Er erreichte ungesehen das erste Stockwerk. Hier war es deutlich stiller als im Erdgeschoss.

Er blickte auf die Uhr. Für die Mittagsruhe war es zu spät. Wahrscheinlich waren die Jungen wegen des Eintreffens der Polizei in ihre Zimmer verbannt worden.

Er öffnete die erstbeste Tür.

Die vier Jungen in den Stockbetten stellten sich schlafend.

»Ihr könnt wieder aufwachen«, sagte Schwarz, »mir müsst ihr nichts vorspielen.«

Die Jungen blinzelten, aber nur einer richtete sich auf.

»Wer sind Sie?«

»Ich bin Privatermittler«, sagte Schwarz.

»Was wollen Sie?«

»Ich suche Patrick.«

Der Junge musterte ihn misstrauisch.

»Ich bin auf eurer Seite.«

»Das sagen hier alle.« Er grinste schief, deutete dann aber doch mit dem Daumen auf die Rigipswand hinter ihm.

Im Gang prallte Schwarz mit einem älteren Frater zusammen, der ihn mit offenem Mund anstarrte.

»Haben Sie noch nicht von der Hausdurchsuchung gehört?«, sagte Schwarz barsch.

»Doch … schon«, stammelte der Frater und eilte davon.

Jetzt informiert er seine Mitbrüder, dachte Schwarz. Ich habe nicht viel Zeit.

Er riss die Tür zum nächsten Zimmer auf.

Hier lagen nur zwei Jungen. Das andere Stockbett war leer.

»Wo ist Patrick?«

Sie reagierten nicht.

»He, ich habe euch was gefragt. Das ist doch sein Zimmer?« Er war laut geworden.

»Da«, sagte Slavo und deutete auf das untere leere Bett.

»Und wo ist er gerade?«

»Bei Pater Anselm«, sagte Max.

»Wo finde ich den?«

»Ende vom Gang, die kleine Treppe rauf.«

Schwarz war weg, bevor die Jungen ihn irgendwas fragen konnten.

Auf dem Weg zur Hintertreppe hatte er den Eindruck, dass sich Stimmen näherten. Vielleicht täuschte er sich auch – er hatte so oder so keine Wahl. Er musste Patrick finden. Jetzt.

Er rannte die Treppe hoch, nahm immer zwei Stufen auf einmal und vergaß völlig, dass seine Kondition eigentlich nicht für zwei sportliche Höchstleistungen an einem Tag reichte.

Neben der Kassettentür war ein schlichtes Namensschild angebracht: *P. Anselm.* Schwarz hielt den Atem an und horchte.

Nichts.

War der Pater tatsächlich längst über alle Berge? Oder hatte Patrick die Ankündigung, sich an seinem Peiniger zu rächen, wahr gemacht?

Da hörte er ein Röcheln.

Er riss die Tür auf.

Der korpulente Pater lag auf dem Rücken. Seine auffallend hellen Augen waren weit aufgerissen.

Von Patrick keine Spur. Was hatte der Junge getan?

Schwarz kniete sich neben den Mann. Er hörte, dass sein Atem flatterte.

»Was ist passiert? Können Sie sprechen?«

Keine Reaktion.

Schwarz öffnete den Hemdkragen des Paters und fühlte seinen Puls. Er war unregelmäßig und sehr flach. Jetzt bemerkte er die verätzten Lippen und den weißlichen Schaum in den Mundwinkeln des Paters. Ein Stück entfernt lagen mehrere leere Glasröhrchen ohne Etikett. Der Geruch erinnerte Schwarz an irgendetwas. War das Chloroform? Oder Poppers, die Schwulendroge?

Plötzlich fielen Zentnerlasten von seinen Schultern. Anselm Schneider hatte sich, weil die Polizei vor dem Kloster stand, selbst vergiftet.

Aber wo war Patrick?

Hatte der Pater ihm etwas angetan? Hatte die *Militia* sich eines gefährlichen Zeugen entledigt?

Da hörte Schwarz Rufe. Schwere Schritte kamen die Hintertreppe hochgepoltert. Er sprang auf.

Die Tür öffnete sich.

»Ich glaube es nicht«, sagte Buchrieser.

»Schnell«, sagte Schwarz, »er stirbt.«

58.

Das funzelige Licht in Pfarrer Schickingers Stube passte zur düsteren Stimmung. Schwarz neigte sein Glas, goss einen Tropfen Wasser auf die Tischplatte und betrachtete die ovale Form. Er stupste ihn mit dem Zeigefinger an. So leicht, dass er nur an einer Seite ausfranste. Dann gab er dem Wassertropfen noch einen vorsichtigen Stoß, damit er in die alte Form zurückfand. Als der Tropfen zerriss, griff er zu einem Papiertaschentuch und tupfte ihn auf. Er starrte auf den feuchten Fleck und griff wieder zum Wasserglas …

Eva, die ihre lädierte Schulter mit einem Eisbeutel kühlte, störte Schwarz nicht in seinen finsteren Gedanken.

Pater Anselm Schneider war noch auf dem Weg in die Klinik gestorben. Der gesuchte Kinderschänder Dahlke hatte sein Versteck im Dachboden des Klosters freiwillig verlassen und sich der Polizei gestellt. Schwarz, der während der Durchsuchung vor Ort geblieben war, als gehöre er zur Kripo, war über die jämmerliche Gestalt erstaunt gewesen. Dann hatte er miterleben müssen, wie man die entstellte Leiche des kleinen Jannis gefunden hatte. Sie war offenbar in aller Eile in einem Eck des Klosterparks verscharrt worden. Das war der Moment gewesen, in dem Schwarz ausgerastet war. Er hatte lautstark verlangt, dass die Spurensicherung sofort den ganzen Park umgrabe, weil Patrick noch immer vermisst war. Er hatte so getobt, dass Kolbinger ihn schließlich von den Rosenheimer Polizisten aus dem Kloster hatte bringen lassen.

»So ein Arschloch«, brummte Schwarz.

Die Kirchenglocken riefen zur Abendmesse. Bevor Pfarrer Schickinger zur Dorfkirche aufgebrochen war, hatte er sie eingeladen, noch eine weitere Nacht im Pfarrhof zu bleiben. Schwarz wäre auch so nicht abgereist.

Plötzlich blickte er auf. »Eva?«

»Ja.«

»Du hast doch erst gedacht, die Männer würden weglaufen?«

»Welche Männer?«

»Welche wohl? Perfall und Konsorten natürlich«, sagte Schwarz barsch.

Sie dachte nach. »Ja, stimmt. Aber ich habe es nur aus dem Augenwinkel gesehen … und dann haben sie ja an dem Gebüsch gewartet.«

»Welche Richtung?«

»Weg vom Kloster.«

»Genauer, verdammt.«

Sie sah ihn befremdet an. Diesen Ton mochte sie gar nicht.

»Eva, könnte es sein, dass Perfall und seine Leute erst Patrick hinterhergelaufen sind?«

»Ja, vielleicht, ich weiß nicht.«

Er überlegte kurz. »Ich muss noch mal zum Wallfahrerweg.«

»Ich komme mit«, sagte Eva.

Er sah sie überrascht an. »Du bist doch verletzt?«

Es begann zu dämmern. Im Kloster gingen die ersten Lichter an, der Weg entlang der hohen Mauer lag im Halbdunkel. Schwarz und Eva sprachen kein Wort. Bis auf das surrende Geräusch des Rollstuhls war es gespenstisch still. An der kleinen Eisentür blieb Eva stehen. Hier hatten die Männer das Kloster verlassen.

Sie blickten zu dem Gebüsch, das sich wie ein schwarzer Scherenschnitt vom Himmel abhob, dann hoch zu dem düsteren Gebäude, in dem die Jungen nach dem heutigen Tag auf ihre Befreiung hoffen durften.

»Die Kapelle«, sagte Schwarz.

Hielt Patrick sich dort versteckt? Er hatte vielleicht das Durcheinander nach dem Auftauchen der Polizei genutzt, war aber, als er das Kloster verließ, beobachtet und verfolgt worden. Zuletzt hatten Perfall und seine Männer es aber doch vorgezogen, selbst das Weite zu suchen. So könnte es gewesen sein.

Schwarz musste Eva zurücklassen, mit dem Rollstuhl wäre sie nach wenigen Metern stecken geblieben. Der Weg zwischen den alten Eichen war von Pflanzen überwuchert, überall lagen morsche Äste herum. Schwarz stolperte über eine unter Gras versteckte Wurzel und prellte sich bei dem Sturz den rechten Handballen an einem Stein. Aber er spürte keinen Schmerz, er sah nur noch die Kapelle. Er war plötzlich ganz sicher, dass Patrick dort war.

Als er das verwitterte zweiflügelige Holztor erreicht hatte, verschnaufte er kurz. Er blickte zu Eva zurück, die unverwandt in seine Richtung schaute. Er hörte überlaut seinen eigenen Atem.

Plötzlich schoss ihm der Gedanke durch den Kopf, dass auch Patrick sich vielleicht umgebracht hatte – aus Angst, man könne ihn für Pater Anselms Mörder halten.

Das Tor war mit einem verrosteten Vorhängeschloss gesichert. Schwarz zwängte seine Finger in den Spalt zwischen den beiden Flügeln und zog mit aller Kraft. Das Holz gab knarrend ein paar Zentimeter nach, aber nicht mehr. Als er losließ, schloss der Spalt sich wieder.

Schwarz ließ die Arme sinken. Auf diesem Weg war der Junge mit Sicherheit nicht in die Kapelle gekommen. Er ging dicht an der Mauer um das schlichte Gebäude herum. An den Seiten gab es keine Öffnungen und vor den beiden Fenstern in der kleinen Apsis waren schmiedeeiserne Gitter angebracht.

Ich hätte im Pfarrhof bleiben können, dachte Schwarz, oder noch besser gleich zurück nach Pasing fahren sollen.

Er hatte sich mal wieder von einer fixen Idee leiten lassen. Gerade eben, vor dem Kapellentor, hatte er Patrick regelrecht vor sich gesehen: Er lag zusammengekrümmt vor dem ungeschmückten Altar, und hinter ihm lehnte der Heiland mit dem Gesicht gegen die Wand, weil der Junge das Kreuz abgehängt hatte.

Plötzlich stutzte Schwarz. Am Boden lagen Glasscherben. Er trat näher. Eine Scheibe war zerbrochen. War Patrick zwischen den Eisenstäben in die Kapelle geschlüpft? War er so dünn?

Er schaute durch das Fenster, aber er blickte nur in ein dunkles Loch.

»Patrick, bist du da drinnen?«

Keine Reaktion.

»Ich bin es. Anton Schwarz, der Mann aus dem Beichtstuhl.«

Klingt irgendwie komisch, dachte er.

»Der Pater ist tot. Wir wissen, dass er sich umgebracht hat. Und du musst nicht mehr ins Kloster zurück.«

Er hörte etwas. Ein Schlurfen. Es kam näher. Der Junge am Fenster war bleich und hatte dunkle Schatten unter den Augen. Er sah ihn mit dem Ernst eines alten Mannes an.

»Sicher?«

Schwarz nickte.

»Schwör es!«

»Patrick, jetzt keine Spielereien mehr, du kannst mir vertrauen. Komm raus!«

Als Patrick endlich vor ihm stand und ihn misstrauisch ansah, tat Schwarz etwas, das ihn selbst überraschte: Er nahm den Jungen fest in den Arm.

Und sie fingen beide an zu weinen.

59.

14 Tage später

Das Treppenhaus sah aus, als hätte dort ein Künstler im Stile Christos gewirkt. Überall hing Folie, die verhindert hatte, dass sich der Staub von Ziegeln und Mörtel auf die Currys im *Koh Samui* legte. Zwei Männer im Blaumann bauten ein Gerüst ab. Ein Maler gipste die letzten Löcher in der Wand zu.

Schwarz betrachtete skeptisch die Schiene an der Decke, die vom Erdgeschoss in den Oberstock führte.

»Ist der Strom angeschlossen?«

»Ja, sicher«, sagte einer der Handwerker.

»Und Sie haben einen Test gemacht?«

»Den machen dann Sie.« Er lachte.

Schwarz entfernte die Staubsperre aus Plastik.

Vor einer Stunde hatte Kolbinger angerufen, um ihm die letzten Neuigkeiten mitzuteilen. Angeblich stiegen die Chancen, die *Sancta Militia Jesu* als kriminelle Vereinigung anzuklagen. Perfall, der sich wieder Tramin nannte, war gegen eine hohe Kaution aus der Untersuchungshaft entlassen worden. Trotz aller Bemühungen der Kriminalpolizei war ihm bisher nicht nachzuweisen, dass er die mutmaßlichen Mörder Heimerans und Webers gedungen hatte. Die Vernehmung des Dekans Wels hatte keine Hinweise auf eine wissentliche Zusammenarbeit mit der *Militia* erbracht. Er hatte es wohl als seine Pflicht betrachtet, den vermeintlichen kirchlichen Ermittler zu unterstützen. Patrick war aus Sicherheitsgründen in einem ausländischen Internat untergebracht, bis er als einer der wichtigsten Zeugen im Prozess gegen die *Sancta Militia Jesu* auftreten sollte.

»Was ist denn hier los?«

Schwarz fuhr herum. »Luisa.«

»Du wirkst nicht sonderlich erfreut, Papa.«

»Ehrlich gesagt, passt es gerade nicht so gut.«

»Ich zeige dir nur schnell ein Ultraschallbild.«

Sie reichte ihm den Ausdruck. Schwarz blickte auf ein unregelmäßiges Muster aus hellen und dunklen Flächen, konnte aber beim besten Willen keinen Embryo erkennen.

»Findest du auch, dass er dir ähnlich sieht?«

»Hm.«

Da ging die Tür zum zweiten Mal auf.

»Da sind wir!«, rief Hildegard und schob Eva ins Treppenhaus.

»Hallo, Luisa.«

»Hallo, Eva!«

Die beiden drückten sich.

»Ihr seid zu früh, Mama!«, zischte Schwarz.

»In zwei Minuten sind wir weg«, rief einer der Handwerker.

Eva, die an der rasierten Stelle über ihrer Stirn nur noch ein kleines Pflaster trug, verfolgte verwirrt, wie ein letztes Gerüstteil, ein großer Karton mit Plastikfolien und das Werkzeug aus dem Haus getragen wurden. Schwarz nutzte das, um seiner Tochter unauffällig das Ultraschallbild zurückzugeben.

Dann waren die vier allein.

»Es ist völlig ungefährlich«, sagte Schwarz und befestigte die Karabiner an Evas Rollstuhl. Er reichte ihr eine Fernbedienung.

»Wenn irgendwas nicht stimmt, drückst du einfach auf Stopp. Klar?«

Eva nickte. Sie war immer noch sprachlos.

»Hier«, sagte Schwarz und deutete auf den Startknopf.

Eva zögerte, aber dann fasste sie sich ein Herz und drückte ihn.

Der Rollstuhl wurde sanft angehoben.

»Und jetzt?«, rief sie aufgeregt. Aber da schwebte sie schon wie eine Skifahrerin im Sessellift nach oben.

Luisa und Hildegard applaudierten begeistert.

»Es funktioniert«, sagte Schwarz.

Aber da blieb der Lift auf halber Strecke stehen.

»Was ist jetzt passiert?«, rief er und rannte die Treppe hoch.

Eva lächelte verlegen. »Ich möchte, dass du mich oben erwartest. Das ist romantischer.«

Schwarz lächelte.

»Ich liebe dich«, sagte sie.

Dann küssten sie sich.

»Weiß sie überhaupt schon, dass du Opa wirst, Tonele?«, rief Hildegard von unten.

Eva sah Schwarz ungläubig an. »Stimmt das?«

Er seufzte tief.

Zitiert wurde aus:

Arthur Landsberger: »Jüdische Sprichwörter«. Ernst Rowohlt Verlag. Leipzig 1912.
Ingeborg Bachmann: »Anrufung des großen Bären«. Piper Verlag. München 1956.

Dank an:

Norbert Denef vom »Netzwerk Betroffener von sexualisierter Gewalt«,
Dr. med. Claus-Peter Glonner für die medizinische Beratung,
Bernd Hans Göhrig vom »Ökumenischen Netzwerk Initiative Kirche von unten«,
Marian Krüsman für die psychologische Beratung und
die Mitarbeiter der katholischen Kirche, die bereit waren zu sprechen, aber nicht namentlich genannt werden möchten.